莞香飘四海

李小梅　主编

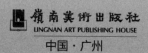
岭南美术出版社
LINGNAN ART PUBLISHING HOUSE
中国·广州

图书在版编目（CIP）数据

莞香飘四海 / 李小梅主编.—广州 ：岭南美术出
版社，2021.7
ISBN 978-7-5362-7286-6

Ⅰ.①莞…　Ⅱ.①李…　Ⅲ.①中国文学—当代文学—
作品综合集　Ⅳ.①I217.1

中国版本图书馆CIP数据核字(2021)第129661号

责任编辑： 王效云
责任技编： 许伟群

莞 香 飘 四 海
GUANXIANG PIAO SIHAI

出版、总发行：岭南美术出版社（网址：www.lnysw.net）
（广州市文德北路170号3楼 邮编：510045）

经　　　销：全国新华书店
印　　　刷：三河市嵩川印刷有限公司
版　　　次：2021年7月第1版
　　　　　　2021年7月第1次印刷
开　　　本：787mm×1092mm　　1/16
印　　　张：17.5
字　　　数：265千字
印　　　数：1—500册
ISBN 978-7-5362-7286-6

定　　　价：88.00元

编委会

序言

向外界讲述东莞好故事

骆招群

东莞是中国改革开放的先行地，被誉为"国际制造业名城"，对外联系广泛，国际交往活跃，公共关系资源丰富。在波澜壮阔的改革发展历程中，东莞这片创新创业的热土，演绎着许多精彩生动的奋斗故事、见证了许多鼓舞人心的合作交流，涵养出海纳百川、厚德务实、敢为人先的城市精神。

"十四五"时期是开启全面建设社会主义现代化国家新征程的第一个五年。当前，东莞正按照习近平总书记赋予广东的总定位、总目标，以更大魄力、在更高起点上推进改革开放，激发推进现代化建设的强大动力活力。在奋进新征程的时代背景下，尤其需要讲好东莞发展故事，扩大知莞友莞的力量，凝聚推动东莞新一轮改革发展的伟力。在东莞市政协的指导下，东莞市文联精心组织举办征文大赛，评选出一大批精品佳作，并将其结集出版，当中既有企业打造国际特色品牌的励志事迹，又有开展公共交流活动的动人时刻，更有东莞向外界传递爱心的感人善举，有助于向国际社会展现立体鲜活、真实全面的东莞。

精彩的故事是城市形象的生动演绎。相信这本作品集的出版，对充分展示东莞开放包容的形象，为新时代改革开放再出发凝心聚力，必将产生积极的推动作用。希望新时代的东莞公共交流工作，继续发挥对内团结联系会员，对外讲好东莞故事的优势作用，主动与世界握手，广交四海朋友，为建设"湾区都市、品质东莞"贡献更多的智慧和力量。

（作者为东莞市政协主席、党组书记）

目 录

1

典型事件

乌克兰院士东莞行

郭凤志

东莞国际合作周，我们邀请了十二位乌克兰科学家来广东洽谈交流，73岁的乌克兰国家科学院副院长安东欣然带队，这是他第五次来广东了，也是乌克兰事件后第一次来华，一年多没有见面，安东·纳乌莫维茨先生依然精神矍铄，兴致勃勃地参加各项活动。

乌克兰专家参加东莞国际科技合作周

安东副院长领衔的乌克兰国家科学院可是非常厉害的，它是乌克兰最高的学术机构和最大的科学研究中心。在苏联时期是加盟共和国中最大的科学院，承担了大量工业部门特别是军工部门的任务。科学院拥有许多先进的技术，而它在新材料、理论物理、焊接技术、表面涂覆和防护技术等领域取得的科研成果也是世界级水平。科学院非常重视与中国的科技创新合作，广东、江苏、浙江、上海、

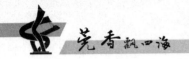

山东、黑龙江、辽宁等，全国各地都有它的合作伙伴。而安东副院长本人也是欧洲著名的物理学家，在物理电子学和表面物理学方面拥有丰硕的成果。

朱小丹省长率先来到他面前，握手、问候，回忆起三年前访问乌克兰的情景，高度评价广东与乌克兰的合作成果，并表示一如既往支持乌克兰。

乌克兰事件持续近一年，乌克兰物价上涨，货币贬值，工资已经不能正常发放，更让人担忧的是未来不可预测，国家各方面还在恶化，研究所日常的科研经费都难以保障，原本对未来生活有很多美好期望的民众，现在只希望不要再有战乱和动荡，让原本美丽的乌克兰不再千疮百孔。

乌克兰专家和东莞企业家在一起

苦难藏于心中，方为大家。在十多天的科技交流和洽谈中，安东副院长以及他带领的科学家们不辞辛苦，分秒必争地参加一场场的洽谈、对接、推介活动，着西装领带，随身不忘带精心准备的小礼物。安东副院长总是这样认真、有条不紊。每到一处，他认真听着、记录着，每一个技术细节，他自己会写出数学公式，画出图形，给年轻技术人员解释，直到他们听懂为止。他严谨认真的态度和气质，学术上的执着，让很多合作伙伴尊敬佩服，乌克兰科学家以自己的学识和人格保持着自尊，让人忘记了这是来自举步维艰的国家的子民。只是在逛超市的时候，看着喜欢的中国商品如茶叶、丝绸、手机、电脑，他们到处比较价格，细心地想着，那时他们才会有一点点羞涩和无奈，很多人也只是在超市买了几包十几元的茉莉花茶，带回国送给亲朋好友。一个院士在电脑城逛了一下午，才下决心买了五百元的爱不释手的平板电脑，那情景，让陪同的年轻翻译心酸。

在东莞宜安电器制品有限公司，民营企业的技术水平和实力也让乌克兰代表团震惊，安东副院长更对企业董事长李总的个人经历感兴趣，我知道，他要了解中国经济发展的模式。李总的创业史和对科技创新的重视，让这位在欧洲学术界备受尊崇的科学家连连赞叹。安东真诚地说："我是来中国学习的，学习你们发展和科技创新的经验，我们也要建设富强如中国的乌克兰。"

在松山湖材料实验室，身处东莞的大国重器——中国散裂中子源、南方光源、极端材料环境设施等大科学装置，让安东副院长再次惊叹东莞的创新发展成就，频频点赞。"我们乌克兰虽然位于欧洲大陆，但是我们知道，我们学习的榜样是中国，中国的快速发展给这个世界带来了惊喜和希望。果真要常来东莞走走，这样才能认识不一样的东莞。"

乌克兰专家和东莞企业技术人员联合研究

还记得2018年9月，东莞市政府拜访乌克兰国家科学院，安东副院长提出共同搭建东莞—乌克兰国际科技创新中心的倡议。希望中心能立足东莞，辐射广东，与松山湖材料实验室等新型研发机构和高新技术企业相辅相成，瞄准新材料、高端装备制造，按照新一代信息技术领域等新兴产业发展方向，推动更多的创新项目在东莞实现转移转化。

在东莞市政府招待酒会上，微醉的安东副院长举杯激动地说：国家发展有两种模式，一种是不顾一切打乱重来，让百姓受苦；一种是保持原有传统和精华，按规划建设。遗憾的是，我们乌克兰选择了前者，而聪明的中国人选择了后者，邓小平真伟大，中国共产党真伟大，中国特色社会主义真好！

安东副院长在党的十九大开幕那天通过央视俄语频道全程收看了习总书记的报告，当确认总书记三个半小时报告都没有休息的时候，他竖起大拇指，说中国有这样伟大的领袖是国家的福气。安东副院长让秘书打印出来八十四页俄语版的党的十九大报告认真研读，他还对照中国驻乌克兰大使送给他的《习近平谈治国理政》俄文版，认真学习科技创新部分，在读书笔记中，他写道：

经济增长从高速向高质量转变，必须依靠科技创新。

注重基础研究和应用研究的创新。

聚天下英才而用之。

安东副院长把《习近平谈治国理政》俄文版放在床头，经常学习，经历太多国家和社会的变化，他读这些文章总喜欢对照思考，比较之后，他为自己的国家忧虑，也为伟大的中国赞叹。

乌克兰专家和东莞企业家代表讨论成立国际技术创新中心

十天紧张的工作安排，五次对接会，两场学术讲座，七个企业走访，我们跑遍珠三角，工作强度之大让年轻翻译叫苦不迭，可是这些乌克兰专家没有怨言，他们也总是安慰我们，联盟为我们解决机票，我们总要做出积极合作成果啊！所有工作完成后，我决定邀请安东副院长和他的同事来我家吃饭，理由是这个季节广东海鲜最多、最肥美、最新鲜，我亲自下厨，请老朋友家庭聚会，我知道，这海鲜和情谊对他们有极大吸引力，更会减轻他们的疲劳。

给家里人说晚上要请乌克兰国家科学院安东副院长来家吃饭，安东相当于中国的钱学森、李四光。太太说除了海鲜，就包点家乡的酸菜水饺吧。不过，太太最后问了一句，科学院副院长是属于副部级吧？这让我很难回答，真的，这个问题，不知国内接待单位问过我多少次呢，我也试图问他们，你们属于啥级别，他们却总是回答，我们是学者、专家，是院士，行政级别这个概念我们欧洲都没有。所以每次我们可爱的国内接待单位只能参照国内惯例，国家科学院副院长按副部级，院士按正厅级，研究所所长按副厅级。可就是这个被国内称为副部长的国家科学院副院长安东，没有秘书和专车，每月工资一千美元不到，没有接待费，没有补贴，没有担任企业顾问，也没有自己的科技发展公司，甚至也没有自由支配的接待费，所有讲话稿都要自己用钢笔写。至于其他的院士情况也基本一样，可是他们仍然坚持科研，钟情基础理论研究，他们不比房子大小、工资多少，学术成果是他们生活中重要的一部分！

饭后，我陪他们散步，欣赏夜色下的东莞美景，也介绍着中国改革开放的历程。老人说，中国人民很幸运，社会稳定，人民幸福，国家有前途。望着远处的江水，安东副院长动情地说，郭，我们相识合作八年了，人生一大部分啊。我开玩笑地说，那就来广东定居吧！安东却笑着回答，还是在自己的国家好。

过了几天，和安东挥手告别时，我想起了乌克兰著名民族诗人舍甫琴科的诗：我离世后，把我安放在高山之上，让我日夜守护着家园，让我的血液进入黑色土地，让沉睡大地沸腾……

东莞电梯"抢滩"海外

康钦华

快意电梯厂部

2017年3月24日，对于历经30年顽强生长的快意电梯股份有限公司来说，是一个成功蝶变的历史节点：这一天，快意电梯于深圳交易所成功敲钟上市，成为东莞第24家A股上市企业，也是国内民族电梯品牌6家主流上市企业之一。这一天，快意电梯董事长罗爱文女士与东莞市和清溪镇领导一道，亮相深交所，共享属于中国民族电梯品牌发展的高光时刻！

倔强地生长

位于中国最美小镇清溪的快意电梯股份有限公司，前身为飞鹏电梯有限公司，创立于1988年，是一个占地约2000平方米的小型电梯加工厂。主要生产一些低档次的简易梯、餐梯和杂物梯，产品附加值低，无自主核心技术，举步维艰。经过10年的奠基发展，1998年，公司已自主研发3M/S高速梯，并成为首批获得国家电梯制造许可证的电梯企业。命运之手，猝不及防，把公司担任生产副总经理的罗爱文女士推上了企业掌门人的舞台。

2002年，对于风雨中接掌公司的罗爱文和她的弟弟罗爱明来说，面临着两难的选择。这一年，公司面向市场，起步转型，与德国IFE电梯公司合作，飞鹏电梯正式更名为快意电梯有限公司。转型不久，一家大公司瞄上了快意，许以优厚条件，希望快意用他们的牌子进行生产。企业该何去何从？这对于自身实力较弱，在行业中名不见经传的快意电梯来说，无疑是送来了一个靠山，机会诱人。罗爱文女士反复掂量：做贴牌，永远跟着别人，路好走，但却丢了自己；不做贴牌，市场风险重重，前途又难料。恰在此时，公司内部对做贴牌的呼声很高，有人还提出了一个折中的办法：先做贴牌，等公司实力强大后再创品牌。这个抉择，对于一位女企业家来说，无疑是一个巨大的心理考验。辗转难眠中，罗爱文回忆起快意电梯从一个小机械厂一路走来的艰辛历程，想起了1995年为清溪电视台安装的第一台客梯，时过多年仍在正常运行，这就说明快意电梯产品的品质是过关的。

品质就是生命力，品质就是竞争力！关键时刻，一位女企业家不甘心、不认命的自强意识被唤醒。罗爱文铁了心：再大的困难，再大的风险，也要坚定走自己的路，做自己的品牌！

调子定好，步伐统一，接下来就是破浪前行了。之后，快意电梯一手抓生产研发，一手抓营销维保，一路披荆斩棘，业绩节节攀升。2006年，在廊坊中国国际电梯展览会和中国（上海）住交会上，快意电梯品牌一炮打响。2010年，快意电梯搬入了占地11.8万平方米的现代化新厂区，拥有了高达84.5米的电梯试验塔，电梯和扶梯生产基地，研发中心，以及办公、生活、娱乐等完善的配套设施。快意电梯成为一家集研发、设计、生产、安装和售后服务为一体的大型专业电梯企业，公司拥有员工1600多人，注册资金达3亿多元。公司整机生产能力大幅提高，年产能由2002年的5000台上升到2019年的15000台，年销量平均每年递增30%以上，占东莞市近五分之一的市场份额，并在华南、华中、西部、北部等4个大区设立了36个营销服务网点，综合实力迈进华南民族品牌领先位置。

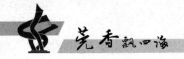

"抢滩"海外

2005年之后，中国房地产市场持续升温，电梯需求量随之飙升，中国已然成为全球最大的电梯市场，电梯持有量占全球三分之一以上。但据统计数据显示，外资却占据了中国电梯市场超过六成的份额。国外的电梯能大量进军中国市场，为何我们不能漂洋过海抢占国际市场呢？机遇来临时刻，罗爱文"抢滩"海外的想法得到了公司上下的一致响应。

做全球信赖的电梯品牌！公司愿景响亮出台。

品质就是实力！要想在强手林立的国际市场开天辟地，必须用品质"擦亮"品牌。为此，快意电梯先后斥巨资从德国、美国、日本引进具有国际先进水平的自动化机器生产线、严格的精益生产标准化理念，辅以成熟的生产信息管理系统，保证产品品质的精益求精。经过持续不断地研发，快意电梯已拥有住宅电梯、超高速电梯、无机房电梯、观光电梯、自动扶梯、自动人行道、大吨位载货电梯以及汽车电梯、医用电梯、旧楼加装电梯等全系列产品。

产品过硬了，海外市场的集中拓展成为当务之急。经过反复考察论证，面对世界版图，快意公司海外"抢滩"策略初步明朗：以广东为据点，首站新加坡；以新加坡为据点，辐射东南亚；以东南亚为据点，放眼全世界！

那是近20年的破冰之路，步履艰辛，却铿锵有力！

2007年，在新加坡，成功拿下第一标！

据快意公司国际运营总监叶锐新回忆，新加坡市场第一标说起来也是机缘巧合。21世纪初，珠三角制造业发展已如火如荼，不少外国客商来中国寻求合作。据说当时一新加坡客商无意间在广深高速路上看到了快意的广告牌，结果就促成了快意电梯与新加坡华侨中学的成功签约。

新加坡作为东南亚发达国家，对电梯品质要求非常高。在当时中国民族品牌电梯国际认可度不高的情况下，快意电梯面临的压力可想而知。在第一标——新加坡建屋发展局（HDB）第9期项目中，为尽快完成样梯的设计，公司设计团队没日没夜地加班；为达到客户对电梯玻璃的防火测试要求，叶锐新总监连夜赶往秦皇岛，在冷风呼呼的玻璃厂门口蹲好几个小时才等到天亮。高标准的品质获得了新加坡客户的信赖，之后高效率的安装则更让他们惊讶。据说，当时新加坡工人安装一部电梯要耗时两三个月，而快意团队却只需20天。

第一标的成功，打开了新加坡市场。到2016年，快意电梯已在新加坡连续夺得10个标段，累计向新加坡销售电梯超过8000部。

海外"抢滩"，如攻城拔寨！说起个中艰辛，公司海外市场拓展部部长罗琛仍记忆犹新。

那是2015年的1月，快意电梯海外第一单公交型超大跨度重载项目——印度新德里地铁人行道项目的竞标进行。

2017年快意电梯股份有限公司上市

这是个要求极其严苛的全新项目，光英文标书就有7本，每本都超过1000页。要在短短半个月内吃透标书，完成所有投标文件，要从国际电梯品牌大鳄们口中抢食，快意人遭遇了空前的压力。但客户的需求就是命令！不管多难，一定要拿下这个项目！公司董事长罗爱文语气平和，目光却十分坚定。春节临近，放假在即，为抢进度，国际业务部部长罗琛和他的伙伴们放弃了和家人团圆，每天14小时以上投入到项目之中：研读技术标，提炼技术要求，逐一译成中文，及时提供给技术部草拟竞标文件。为方便联络，罗琛把自己的车变成了移动办公室，标书

就放在车上，随时准备解答技术部门的提问。多部门通力合作，硬是赶在竞标之前做好了500多页的高质量竞标文件，并于当年5月，在异常激烈的竞争中脱颖而出，成功中标。中标通知到达之时，公司内一片欢呼声。

中标过后的经历，更让快意人尝到了严苛的滋味。用快意人的话说，是"一路升级打怪兽"，关关难过，但是每一关都要过。光技术展示环节，公司每一两个月就跑一趟新德里，给印方各个级别的相关工程负责人，逐个反复地技术展示和实力验证。公司还派扶梯部机械、电气工程师在新德里驻扎，每天与印方开会研讨，对照标书的每一个字明确方案，历时20多天才终于敲定技术细节。扶梯生产期间，客户又要求必须实地考察所有零部件供应商。于是，快意人在半个月时间里，分头陪客户跑遍了广东、浙江、上海的所有供应商。在产品检验环节，印方又提出必须吊装检验。为此，公司专门在车间新建一根6米多高的立柱，把84米长的扶梯吊起来接受检验。就产品尺寸测量等相关数据，印方竟前后提出了103个细节问题要求整改。电梯出货给印方后，为指导和监督安装，快意3名工程师在新德里地铁站一待就是大半年。

电梯为媒，中印双方人员在长期的相处中，结下了深厚的友情，中印文化在新德里友好碰撞。中方人员经常参加印方的节日活动，印方厨师则学会了炒中国菜。"china（中国）"和"IFE（快意电梯）"被越来越多的海外人叫响。

快意扬帆

为实现"做全球信赖的电梯品牌"的伟大愿景，快意人常年海外征战，硕果累累：

2005年，成功进入新加坡市场，与新加坡华侨中学签约；

2007年，中标新加坡建屋发展局（HDB）第9期项目，共计销售电梯1010台；

2008年，通过德国TUV-ISO9001质量体系认证。公司成立国际业务部，专门负责公司全球化战略落实；

2011年，快意电梯（中东）有限公司成立，通过欧盟CE（欧洲理事会）认证；

2013年，中标马来西亚帝国城、澳大利亚KingS1等超高速电梯项目。

随着我国"一带一路"倡议的实施及东莞市"湾区都市 品质东莞"号角的吹响，快意人抢抓先机，到北京设立办事处，积极与中建三局、中建八局、中航国际等国企构建战略合作关系，大大加快了"中国制造"在海外拓展的步伐。

2014年，快意电梯斯里兰卡有限公司成立。

2015年，快意电梯印度尼西亚有限公司成立。

2018年，产品通过俄罗斯海关联盟CU认证。公司国际业务部升级为国际运营中心，下设海外业务部、市场拓展部、海外综合支持部。

2019年，分别成立澳洲、俄罗斯等2家直属海外子公司，并且俄罗斯子公司的成立提供了打开独联体市场的契机。

20年来，快意电梯海外项目经典纷呈：

其中，印度新德里地铁项目：为新德里提供26台超大型长度100米的不锈钢重载自动人行道，是首家将100米重载人行道出口到国外的中国民族电梯企业；

印度world one高速梯项目：楼宇高度255.8米，共79层站。快意为其提供多台高品质电梯，其产品高于美国ASME（美国机械工程师协会）标准的2倍，以及EN81-72电梯消防设计标准的5米/秒的消防梯。快意为首家出口5米/秒超高速梯的中国电梯品牌；

阿联酋迪拜顶级品牌房地产DAMAC项目：快意为其提供4米/秒直梯共计14台。还有科威特机场、尼日利亚喜来登大酒店、孟加拉BRT等，覆盖亚、非、欧、美等国家和地区的数百个项目，不胜枚举。

2017年，快意电梯成功上市（股票代码：002774），为快意电梯逐鹿国际市场构筑了新的起跑线。

2018年10月，快意董事长罗爱文成功当选东莞市女企业家联合会会长，肩上有了更重的责任、正能量担当。东莞清溪，一位知性、优雅的女企业家，跃上了人生新的高度。

2019年，快意电梯10米/秒高速梯在东莞寰宇汇金项目中正式投入运行，公司再次揽获近20项大奖。

2020年5月，快意产品首次登陆美国市场，为洛杉矶机场项目提供13台重型自

动扶梯产品，完全符合欧美2 X ASME（美国机械）标准。

快意的一小步，就是中国民族电梯品牌的一大步！

愿快意人始终秉持"致力于为人们提供安全、舒适、智能的运载系统整体解决方案"的企业使命、"快乐运载，恒久支持"的经营理念，乘风破浪，阔步前行！

一场特殊的风波

王康银　蔡妮　杨姣

岭南八月，丹桂飘香。2001年初秋，东莞市政法系统表彰大会如期举行。上午10时许，宽敞而又座无虚席的大会场里，在一千多双眼睛的注视之下，一个胖胖的，双眼细眯的中年"麒麟仔"昂首挺胸阔步走到台上，微微颔首，旋即伸出双手恭敬地从台上领导手里接过闪闪发光的"反邪教先进个人"牌匾，伴随着简短介绍他先进事迹的话音，台下顿时掌声雷动，经久不息！一脸憨笑的"麒麟仔"眼里噙满泪花，转身向台下左中右三方各深鞠一躬，热烈的掌声再次响了起来。

获得这个殊荣的"麒麟仔"名叫赖业伟。他是樟木头镇文广中心分管非遗工作的副主任，从事麒麟艺术活动长达20余年，也是当地艺术活动的主要策划者和组织者之一。此人看似憨头憨脑，实则精明能干。此时的他，早已在麒麟艺园里披挂上阵，率队"南征北战"，是夺金无数的麒麟老将了！又因他在麒麟行业圈内稍有名气，素有"老大哥"之尊称，加之名字中有一个"伟"字，故被当地人戏称为"伟哥"。对此似褒似贬的称呼，他一笑了之。而从另一个角度来看，当地"麒麟仔"们也有意无意地促成了他"老大哥"的地位，他觉得这是最为欣慰的事情！按说，一个原本从事舞台"耍杂"行业多年的"麒麟仔"，咋一夜之间与反邪教沾上了边呢？这事还得从头说起。

原来，已有近500年历史沉淀的东莞唯一的纯客家镇樟木头的传统麒麟舞，在"文革"中几乎绝迹。改革开放之初，当地文化部门敏锐地意识到，打造有着传统凝聚力与广泛参与性的客家麒麟艺术是文化繁荣发展的好思路、好品牌。于是，在樟木头镇有关单位上下联动，多方支持下，当地文化部门对传统麒麟舞进

行了挖掘、整理、传承、创新，使得昔日"卖艺"田间地头的民间传统麒麟舞走向了今日绚丽开放的文艺大舞台。加之当地政府十分注重传统文化品牌的锻造，动员社会力量，出钱出力出人，倾全镇之力，接连举办了轰动国内外的"中国首届麒麟舞大赛"和"中国民间文艺'山花奖'"赛事。此后，客家麒麟舞便风生水起，声名鹊起，走向了五湖四海，红遍了大江南北。慕名而来学习交流的国内外民间艺术使者络绎不绝，应接不暇！

紧接着，在社会各界的大力支持下，客家麒麟舞再次凤凰涅槃，浴火重生。聘请专家学者，集思广益、探索创新，融入多元文化，集传统和现代艺术元素于一体，相继打造了一批麒麟艺术精品佳作，先后参加了北京奥运展演、杭州群星奖角逐、上海世博会、广州亚运会展演等重大文化活动，麒麟文化品牌独树一帜，声名远扬。获得了首届中国麒麟舞大赛金奖、中国民间文艺"山花奖"、中宣部"四进社区"银奖，获评"中国民间艺术之乡"、国家非物质文化遗产保护项目、"麒麟艺术之乡"等殊荣！

毫无疑问，经过不断打磨、不断创新，集传统艺术魅力和现代文化精华于一体的客家麒麟舞"脱胎换骨"，焕发青春，成了当地"八方来朝"的高雅艺术和"百鸟朝凤"的文化使者。一时间前来邀请麒麟队表演的中外文化团体络绎不绝，从未间断。客家麒麟舞俨然成了方圆百里之内的"武林盟主"，也自然而然成为当地对外经济和文化交流的桥梁和纽带。

时光倒回2001年春节前夕，应加拿大民间艺术团（华侨）盛情相邀，恳请樟木头客家麒麟表演队前往加拿大多伦多等五个城市参加最负盛名的"迎新春庙会"艺术交流表演，为当地华人华侨欢度春节增添新的艺术盛宴，让古老的麒麟舞在万里之外的异国他乡再现艺术雄风。在省市有关部门和当地政府的大力支持下，伟哥受托，肩负使命，率领20余人的樟木头客家麒麟队一行，不远万里，风尘仆仆，在除夕前一天赶往第一站表演城市多伦多进行艺术交流活动。二月的多伦多城市，繁花似锦，风光旖旎，花团锦簇，热闹非凡。加之当地华人华侨居多，春节氛围浓厚，麒麟舞表演地点又是当地久负盛名的"新春大庙会"——当地文化艺术交流的最大"集散地"。进入闹市，抬眼望去，方圆数里之内，商铺林立，星罗棋布，人潮涌动。集商贸和演艺于一体，熔商气和文气于一炉；汇天南地北杂艺，聚四面八方高才。各类摊点应有尽有，杂耍卖艺随处可见，南杂北货琳琅满目，风味小食五花八门。可谓百步之内皆"芳草"，十步之内尽繁华。尤其是艺术表演场所盘踞闹市，这里不仅是各地民间艺术表演的大舞台，更是展示客家麒麟艺术魅力的新天地！

麒麟舞大巡游

大年初一这天上午，和风拂袖，万里无云。邀请方一早便派人张罗着搭台布景。不到两三个小时的工夫，表演舞台前前后后花团锦簇，装饰一新。这时，实地考察演出环境的伟哥，暗暗高兴客家麒麟舞能在这繁华集市施展拳脚，一展风采，让家乡古老的民俗艺术麒麟舞在异国他乡呈现艺术风姿，这是一件多么来之不易，多么值得自豪的大好事啊！伟哥正流连忘返这闹市的繁华，忽然间，双目一瞥，发现距演出场地三十来米远的地方多了几处大煞风景、形迹可疑的小摊点。仔细一瞧，但见三三两两穿着似道似仙般服装的中年男女捏着破锣嗓子卖命地吆喝……近前一看，眼前这几个人打扮得看似道骨仙风，实则不伦不类。被这些人就地支架起来的一块块旧渍斑驳的木牌上贴满了恐怖照片和攻击性言论，这无疑就是邪教牌位。几个贼眉鼠眼的人看到有大陆人近前，有些慌张起来，随后几个人凑齐脑袋，嘀嘀咕咕了一会儿，便开始一阵阵地吆喝几声，当看到伟哥人单势薄后，便更加放肆地大声嚷嚷起来。伟哥眉头一拧，出于高度的政治警觉和敏锐性，他马上意识到这是一群邪教分子，估计听闻大陆麒麟队来闹市演出的

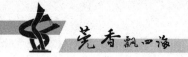

消息后，故意前来"搅局"闹场吧。这还了得？大陆民间艺术交流演出岂能和混迹异国"江湖"、公开抹黑政府的邪教分子同台亮相！他随即想起了临行前当地文化部门领导一席语重心长的叮咛：麒麟队出国艺术交流，代表的不仅仅是樟木头、东莞和广东，从某种角度来说，代表的是国家的艺术形象。一定要让走出国门的麒麟艺术瑰宝尽显魅力，发扬光大。决不能在华人华侨云集的友好城市留下丝毫不良印象！尤其是考虑到国外表演场所情况复杂，无论遇到什么样的复杂和疑难问题，都要保持高度的政治敏锐性，决不能给国人丢脸！这掷地有声、如雷贯耳的一席话，言犹在耳，重锤敲心，让此刻的伟哥心潮起伏，久久难平。出于本能，伟哥立即向演出团领导和国内外有关部门领导如实反映了这一现实情况。顷刻，一条条"红线电波"在两国城市地域之间来回穿梭，传递着一道道"金牌令箭"，一条条"锦囊妙计"：想尽一切办法，驱逐负面摊点，做到有理、有据、有节开展劝说工作，保证艺术交流表演顺利完成！随后，伟哥临危受命，被委托出面与多伦多此项活动主办方交涉，要求采取积极措施，马上撤离这些颇具反面宣传的小摊点。就这样，一场特殊的风波悄然而至……

此时的中国驻多伦多大陆使馆人员也开始忙乎起来，在接到麒麟队和国内有关领导通报的这一突发情况后，使馆人员立即意识到，如果任由负面言行流行，任由攻击祖国的邪教摊主同麒麟队一起表演，经西方媒体刻意放大、随意炒作后，那将造成什么样的严重后果？由于责任重大，使馆人员便立即与当地有关方面交涉此事，同时联系牵头组织此次活动的爱国华人华侨出面做说服工作，要求他们想方设法阻止摊主演出，排除负面干扰，保证正常演出交流。但主办方得知消息后，表示为难，以无权干涉言论"自由"和"国情"现实为由，仅仅答应做做摊主的劝说工作，而不能强行驱赶，云云……彼此几番唇枪舌剑、火花四溅的争论之后，双方无法达成共识，眼看僵局已定，"危情"依然难解！

转眼快到中午一点，对方还是闪烁其词，一边打着"散手拳"，一边拖延"谈判"时间，以此逼迫麒麟队让步与摊主们同场演出，造成既成事实。时间匆匆而过，问题迟迟难以解决。此时的伟哥，再也无心茶饭之事了。他急匆匆再次回到表演场地，苦思应对良策。随之发现原来的摊点非但没有撤离，反而又增加了几处新的摊点。事情越来越蹊跷离奇，他忽然意识到，前后与这些刻意设置的新旧摊点的一些人再次"重逢"，绝非巧合，也绝非偶然，更绝非意外。而明显是一起有组织、有策划、有企图的挑衅行为和干扰艺术交流的拙劣表演。意识到问题严重性的伟哥又一次找到主办方严肃指明：民间麒麟艺术交流不仅事关地方艺术形象，也代表国家艺术形象，绝非个人"草台班"表演，如果麒麟交流表演与负面宣传表演在如此公众表演场所同场亮相，若是西方媒体不分青红皂白，不管事实真相，大报小报一经渲染，势必酿成严重的政治事件，这是绝对不能容忍和不允许发生的事情。经他义正词严地表明了立场，晓之以理，动之以情，同时强调彼此都有"国情"，不能以此作借口任其恶劣事态发展而酿成严重后果，坚决要求主办方撤离这些有碍艺术交流表演的摊点，后主办方当事人见其态度坚决，语气凌厉，也似乎意识到了自己的责任，当即便安排人做好撤离劝说工作，经过几番交涉，时至下午三点时分，这些摊点悄然消失了。

伟哥此时也松了口气，稍稍休息了一会儿，已临近下午五点演出时间了。但此时的伟哥依然没有放松心情，似乎预感到不祥，心有不安，他决定再次返回现场做最后巡查。当他急匆匆来到演出场地后，果不其然，眼前的一出出情景不看不知道，一看吓一跳。但见原来固定的摊点"捉迷藏"似的忽然变成流动摊点，摊主们似乎玩起了猫捉老鼠的滑稽游戏。怎么可以这样玩阴招？这分明是摊主藏头露尾的故意搅局！此时的伟哥才真的看清了"摊主"的真实目的。决不能让这些别有用心的"摊主"阴谋得逞！伟哥当即再次向表演队负责人汇报了现场情况。很快得到了国内传来的"尚方宝剑"：邪教摊点不撤离，麒麟舞队不表演！伟哥得到指示后，激动不已，当即向主办方表明了这一严正立场，最后使出了停演的"险招"。这一招果然很灵，主办方接到这一"警告"后，马上慌了神，显得颇为焦急，如果真的停演，后果难以承受。并开始意识到这是事关两国民间艺术交流的严重事件，若处理不当，不仅将严重影响两地文化交流，而且将承担由此造成的全部经济损失，可谓两败俱伤、得不偿失。于是，他们不再向麒麟表演队"讨价还价"，也不再闪烁其词，推脱了。随后在当地爱国华侨的亲自组织安排下，很快派出"清场"人力，两千米之内层层布哨，百步之内皆有巡查，同时，在表演场地外围里三层外三层筑起了一道道"人墙"，迫使那些摊主再也无法靠近麒麟演出场地。

莞香飘四海

　　当晚七点整，麒麟舞如期开锣了，"咚咚锵，咚咚锵，咚咚，咚咚，咚咚锵……"台上麒麟翻腾，台下观众喝彩，媒体好评如潮。此后，麒麟舞队一连在五个城市表演了七场精妙绝伦的客家麒麟舞，再也不见那些摊主招惹麻烦了。"麒麟仔"们似乎受此鼓舞，干劲倍增。人人精神饱满，在异国他乡的表演舞台上尽显艺术风采；个个武艺高强，几乎使出了十八般武艺，拿出了看家本领、武术"绝招"。刀枪剑戟，棍棒拳术，越耍越精，越耍越好。所到之处，群情振奋，观众无不称奇叫绝！一连数日，麒麟表演队给当地华人华侨留下无穷的艺术回味……伟哥率队在预定时间内终于圆满完成演出交流任务，凯旋归来。

　　回国后，伟哥一夜之间成了媒体"红人"，随后多伦多领使馆向麒麟队发来贺电，广东省和东莞市有关部门给予伟哥表彰奖励，媒体纷纷报道此事，由这次事件采编的新闻报道还荣获了全国"好新闻"一等奖……五千年悠久历史的樟木头麒麟艺术史上，浓墨重彩地书写了此次难忘的艺术交流史迹，圆满完成了一次特殊的公共文化交流任务，伟哥开心地笑了起来……

总会有人温暖你

池海朋　赵才越　谭子泳

　　村上春树说："你要记得那些大雨中为你撑伞的人，帮你挡住外来之物的人，黑暗中默默抱紧你的人，逗你笑的人，陪你彻夜聊天的人，坐车来看望你的人，陪你哭过的人，在医院陪你的人，总是以你为重的人，带着你四处游荡的人，说想念你的人。"确实，在你的人生旅途中，正是这些或许你很陌生的人，帮你将阴霾撕开一个口子，让阳光通过缝隙照射进来，让你感受到生命的温暖。三正集团，就有这么一群人，他们总能为每位宾客或业主付出关爱，送去温暖，带来阳光。以下是发生在三正集团旗下塘厦三正半山温泉酒店、樟木头三正半山酒店、三正物业公司的三则涉及外国宾客的故事，从中可以感受到三正人用行动诠释的有温度的服务！

塘厦三正半山温泉酒店工作人员与外宾合影

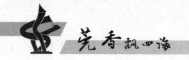

触动心灵的体验

2018年12月15日下午，英国商人史蒂文和妻子凯丽入住塘厦三正半山温泉酒店。史蒂文先生说，这是他第二次入住这家酒店了。第一次来时，就感觉这里空气清新，有山有水，风景秀美，又有温泉养生，实在是太棒了，所以他这次来中国处理生意上的事时，特意带上了妻子，让她顺便在这里度个假。

刚入住1552房不一会儿，史蒂文便匆匆跑来大堂，焦急地对大堂副理殷婷慧说，自己刚刚在酒店的ATM自动取款机取钱时，银行卡被吞了。

殷婷慧让史蒂文别着急，并告诉他，通常银行的工作人员隔天就会前来酒店将卡取出带回银行，届时他只须凭护照到银行认领就可以了。

史蒂文一听，更急了："那可不行呀！我一会儿有业务要出去，正要用钱，我现在身无分文，你可要帮我想想办法呀！"

殷婷慧一听这情况，也替史蒂文着急了，立即打电话给银行，说明了缘由并希望银行能尽快安排人员前来处理。但银行工作人员表示，正常程序都是隔天上午才会派工作人员前来取卡，取卡后会通知酒店让客人去银行领取。

殷婷慧赶紧对银行工作人员说："实在抱歉，这是我们的一位客人，他现在正有业务要出去，急需用钱，银行卡被吞了，现在他身无分文，希望你们能体谅一下，帮帮忙尽快帮他拿回银行卡。"在殷婷慧的真诚恳求下，银行最终同意临时派工作人员前来酒店取卡，并叫客人稍后到银行凭证件领取。

放下电话，殷婷慧把这个消息告诉了史蒂文，史蒂文这才放下心来，朝殷婷慧竖起大拇指，一个劲地表示感谢！

考虑到史蒂文是外国人，不知道银行在哪里，同时也可能会有语言沟通上的障碍，所以殷婷慧主动提出陪同他一起到银行去领卡。到了银行后，工作人员却告知卡还没有取回来，要再稍等一会儿。

没办法，那就等吧。殷婷慧一边安慰客人，一边陪他聊天。闲聊中得知史蒂文今天坐了很久的飞机，午饭都还没来得及吃。

"这个时候还没吃午饭？"殷婷慧关切地问，低头看了一下手表，已经下午两点一刻了。

"是的，刚刚本想取了钱就在酒店吃饭的，但卡被吞了，因为着急，也就顾不上吃饭了！"史蒂文两手一摊，无可奈何地苦笑。

"这样吧，现在反正也要等，不如我带你先去吃点东西吧，你没钱不要紧，我请你！"殷婷慧爽快地说。

"你请我吃饭？"史蒂文以为自己听错了。

"是的！"殷婷慧随即把史蒂文带到银行旁边的一家小食店，给他点了一碗云吞。

看着服务员端上来的一大碗云吞，史蒂文很是感激，他说："非常感谢你，这是我到中国收到的最好的礼物！"

等吃完云吞返回银行，卡已被拿回银行了，史蒂文凭着护照很快就办完了领卡手续。为防止银行卡再次被吞，这次史蒂文直接就在银行取了钱。回到酒店时，妻子凯丽正在大堂焦急地等他，在得知整个事情的原委后，凯丽给了殷婷慧一个大大的拥抱。

12月18日上午，GRO（宾客关系主任）覃丽梅正在大堂值班。这时凯丽打来求助电话，说身体突然感觉不舒服，而且身上开始出现大面积的红色斑块，丈夫史蒂文因有生意上的事出去了，她一个人不知如何是好，所以想找殷婷慧帮帮忙。

覃丽梅得知情况后，告诉客人，殷婷慧这天正好休假，如不介意，自己可以提供帮助。在征得客人同意后，覃丽梅马上联系车辆并陪同凯丽到塘厦医院就医。覃丽梅排队、挂号、翻译，前后忙了好一阵。医生检查后认为只是水土不服，没有大碍，所以二人取了药就返回了酒店。

下午四点左右，覃丽梅正准备下班，史蒂文匆匆跑来大堂，对覃丽梅说："我办事刚回来，看到我太太非但没有好转，身上的斑块面积反而越来越大了。"

覃丽梅听后丝毫不敢耽误，顾不上自己下班后还有其他事情，马上安排车辆陪史蒂文夫妇再次来到塘厦医院。医生检查后告诉覃丽梅，凯丽水土不服的反应比较大，要打点滴才会好得快一些。覃丽梅将医生的话翻译给史蒂文，他和太太商量后表示同意打点滴。

　　覃丽梅立即去交费拿药，并带凯丽去打点滴，待一切安排好后，已经快六点了。考虑到打点滴需要比较长的时间，覃丽梅让史蒂文陪着太太，自己则出去给他们俩买饭买水。当看到覃丽梅提着盒饭从外面回来，凯丽一下子激动得哭了，哽咽着说："你们真是太好了，待我们像亲人一般，让我都不知怎么感谢才好！"

　　覃丽梅笑笑说："这没什么，照顾好客人，为客人提供力所能及的帮助是我们的职责。只要你们健康平安，在我们酒店住得开心满意，就是我们最大的愿望！"

　　也许是上午出去办事太累了，史蒂文吃过盒饭后，坐在旁边的椅子上竟然睡着了。为了让凯丽不感到孤单和无聊，覃丽梅一直陪在她身边，为她跑前跑后，陪她聊天，给她讲中国的风土人情，介绍附近的旅游景点。

　　点滴打完，已是晚上九点钟了。覃丽梅将客人送回酒店房间，并把自己的名片递给凯丽，告诉他们有任何需要都可随时联系她。看凯丽感觉好多了，覃丽梅这才放心地离去。

　　第二天，凯丽给覃丽梅打来电话，说自己身体已无大碍了，非常感谢她昨晚的温情陪护。

　　时间来到了12月24日上午，转眼就是圣诞节了，酒店内外早已装饰一新，一派喜庆热烈的节日气氛。此时，宾客服务部总监胡丽华看到史蒂文夫妇正从外面走进大堂，开心地走到圣诞树下拍照留念。胡丽华想，史蒂文夫妇是英国人，圣诞节对他们来说不亚于我们中国人的春节。再说他们在住店期间经历了银行卡被吞、水土不服等突发状况，现在凯丽身体恢复了，是不是该给他们一个惊喜呢？

　　胡丽华当即与部门同事商量，大家都很赞同。当天下午，在电话确认史蒂文夫妇都在酒店客房后，胡丽华带上殷婷慧、覃丽梅等宾客服务部的同事一起来到他们住的1552房间，一起给他们送上圣诞礼物——酒店出品的"爱多河"精美巧克力，还有宾客服务部全体同事写着满满祝福语的圣诞贺卡。史蒂文夫妇被这突如其来的幸福瞬间感动了，久久说不出话来。好一会儿，史蒂文才说："你们太有心了！你们的服务是我住过的酒店中最棒的！我们在入住第一天就感受到了你们的热情。殷小姐不但亲自陪我去银行，还请我吃饭，这对你们来说，也许是件小事，但对身处异国他乡的我们来说，却是莫大的恩惠。还有我太太生病期间，覃小姐跑前跑后，全程陪护，把我们当亲人一样，我们都很感动。现在又收到你们的圣诞礼物和祝福，你们给了我们太多惊喜了！"

凯丽也一再表示感谢，并提议大家一起到大堂的圣诞树下合影留念，这一提议立即得到了大家的响应。拍照时，史蒂文拿着礼物，凯丽拿着贺卡，脸上都是满满的幸福。

第二天，趁着节假日，史蒂文特地带妻子去松山湖游玩。下午回到酒店房间时，他们惊喜地发现，昨天在大堂拍的合影已用相框装裱好放在书桌上了，相片中的每个人都喜笑颜开……

转眼两个星期过去了，史蒂文生意上的事已顺利处理完。12月27日上午，史蒂文和凯丽在大堂与酒店工作人员一一握手道别，心里充满了不舍。凯丽哽咽着说："我们相处的时间虽然不是很长，但你们却给了我们很多的温暖，我永远都会记得你们这群真诚、善良、友好的中国朋友！下次来中国，一定再住你们酒店！"

2019年10月，史蒂文因生意上的事又来到中国，并再次入住塘厦三正半山温泉酒店。他说，这家酒店让他难以忘怀，也让他倍感亲切，他对这里的山、这里的水、这里的人都有着特殊的感情！

我的印度朋友塞卡

2017年3月下旬，CCL公司开始了为期半年的升级改造工程，负责升级改造的一群印度IT工程师住进了樟木头三正半山酒店。

一天傍晚，因为口味不合，这群印度IT工程师在西餐厅用餐时显得很不愉快，我（注：本酒店前厅部经理赵才越）得知后赶紧来到西餐厅。这时，其中一位名叫塞卡的工程师毫不客气地对我说："你们做的菜真是太难吃了，我们需要在这里住半年呢，那怎么能忍受？如果你们做不出印度口味的菜，我们就只好换酒店了！"

我在诚恳地向客人表示抱歉后，微笑着告诉客人："我们的西餐厨师可以做

各国风味的菜，请您告诉我们您对菜品的要求，相信会让你们满意的。"

"是吗？"塞卡将信将疑，"那就试试吧！听着，我告诉你们怎么做这道菜，西兰花要炒得香一点，先放油，再放大蒜，爆炒，放辣椒；鱼要煎得外焦里嫩，要放咖喱……"我一边用笔快速记录，一边告诉客人："请稍等片刻，我们立即按您的要求重做。"

20分钟后，我们将重新做好的菜端上了桌，塞卡闻了闻，然后拿起刀叉，切了一块西兰花放进嘴里，慢慢地点了点头，说："香味还可以，只是味道还不够好，不过比之前好很多了，还能接受，下次大蒜要爆炒得久一点，这样才更香。"说完，其他几位也纷纷拿起刀叉，有说有笑地吃了起来。

第二天早上，塞卡和他的工程师同事们外出，见我在大堂值班，特地走过来，笑嘻嘻地对我说："谢谢你，我的朋友！昨晚帮我们解决了吃饭的大问题。今晚，我们还会继续到餐厅吃饭。"

把客人送走后，我和西餐厨师进行了沟通，让他们早做准备。晚餐时，我早早就来到西餐厅，恭候印度朋友的到来。塞卡一走进西餐厅就发现了我，老远就和我打招呼："嘿，朋友！见到你真高兴，看来我们今晚又有好吃的了！"在轻松的闲聊中，我为客人点好了菜。菜上桌后，客人尝了一口，高兴地说："可以啊！你们的菜做得越来越好了，来来来，一起坐下来吃饭！"说着便拉我坐下来。

为让客人满意，我就这样每天为客人点菜，倾听他们的意见，不断改进菜的做法。经过一个星期的磨合后，塞卡说："其实我们早就对菜式满意了，只不过想让你多陪陪我们吃饭聊天，所以每天都提一点小建议，你们的菜已经很棒了。"

我告诉客人："你们有什么要求尽管和我说，我们会努力做到让你们满意，同时也希望你们在这里找到家的感觉。"

塞卡喜欢户外锻炼，而我也喜欢沿着酒店外面的小道跑步，有一天早上，我俩正好偶遇了。塞卡高兴地说："原来你也喜欢运动，真是太好了，我以后就有伴了。"我和塞卡相互留存了对方的电话号码，两人商定每天一起锻炼！

第二天早上六点半，我和塞卡依约一起晨跑。我们沐浴着徐徐山风，盘山小道上，山花烂漫，清脆的鸟鸣让清幽的山野更显宁静。我俩体型一瘦一胖，肤色一浅一深，晨练的人们不时回头看看我们。看风景的我们，也成了别人眼中的风景。

酒店观景台上安装有一批运动器材，我和塞卡每次跑步后都会来到观景台练练器械。一天，塞卡猛虎般飞身跃上双杠，一口气来了一连串让人眼花缭乱的高难度动作。他对每种器材的运用都了如指掌，在他的鼓励下，我也撑到双杠上，正打算发力，他就叫停了我，说："你的手要这样放，才不易受伤。"说着给我做示范，直到我的动作做得标准了他才满意地笑了。

塞卡教我锻炼，投桃报李，我也开始教他说普通话，从1、2、3这些数字开始教。虽然学得很吃力，但他始终有很浓厚的兴趣。每次看到我，都会说着很难听懂的普通话，得意地在我面前炫耀一番。大多时候我都会朝他竖起大拇指，有时实在忍不住了，也会哈哈大笑起来。这时，不知所以的他也会跟着一起大笑。

塞卡告诉我，他大学时学的并非IT专业，是在毕业后一边工作，一边自学，坚持多年后才从事了自己喜欢的IT工作。他鼓励我，一定要坚持自己的梦想，并要持续为之付出努力！

因家里有事，塞卡需要回国半个月。离开前，塞卡特意叮嘱我要保持锻炼，回来时要检测运动效果。而我也叮嘱他别把我教的普通话忘记了，回来时也要抽查。我俩哈哈一笑后，拥抱道别。

半个月后，塞卡回来了，特意带来了海湾蜜枣，每天锻炼前他就拿出用纸巾包好的四颗蜜枣一同分享。看到我在双杠上从当初的10个能做到18个，他禁不住竖起了大拇指。由于我的工作需要，有时是上早班，有时是上晚班，塞卡总是跟随着我的班次调整锻炼时间。休假时本想偷个懒，但还是会被塞卡的电话吵醒，硬是要拉着我去锻炼，锻炼完后常常都被拉去餐厅分享他们的印度美食，他说在印度大家都喜欢分享食物。我说我们中国也一样，印象最深的是，儿时家里采摘新鲜蔬果时，母亲总会送一些给左邻右舍。

酒店周围种有多棵波罗蜜树，每天晨练时，我们都会看看结的波罗蜜长大了没有，这时塞卡总用他蹩脚的普通话数着波罗蜜的个数。在我俩热切的期盼中，波罗蜜逐渐成熟。酒店采摘时，我特意挑选了一个大的，用袋子装好，送到

塞卡的房间，对他说："酒店的波罗蜜成熟了，希望你和你的同事们一起分享这份丰收的喜悦！"塞卡接过波罗蜜，脸上乐开了花。半个小时后，塞卡打电话让我去他房间，我心想，又会是什么事呢？来到房间才发现，塞卡和他的同事们都在这里，"我们正等着你一起来分享波罗蜜呢！"说完，塞卡开心地吃了起来。塞卡说："这是我吃过的最好吃的波罗蜜，因为它饱含着我们友谊的芳香！"

转眼到了盛夏。8月中旬，观音山森林公园举行万人登山比赛，我们酒店也组织了参赛队伍，并邀请塞卡和他的同事们一同加入到我们酒店的参赛队。当时，赛事的特邀嘉宾、奥运冠军劳丽诗恰好就下榻在我们樟木头三正半山酒店。我告诉了塞卡这一好消息，他一副迷弟的表情，急不可耐地说："在哪里？我要和奥运冠军合影！"

我告诉他："我俩就在大堂等着，一会儿奥运冠军会经过大堂，我俩就找她合影。"

开赛前半小时，劳丽诗果然出现在了酒店大堂。我找到劳丽诗的助手，将外国友人想和奥运冠军合影的愿望告诉了他，只见他和劳丽诗低声耳语后，劳丽诗便微笑着向我们打招呼，我和塞卡快步上前，一左一右站在劳丽诗的旁边。塞卡特地整理了一下衣服，然后精神抖擞地和奥运冠军合了影。

活动结束后，我把合影的照片打印了出来，摆放在大堂"咖啡一角"的书架上。第二天，塞卡到那里喝咖啡，无意中看到了自己与奥运冠军合影的照片，开心地对我："你看，我们的照片太棒了！"说完，又叫来了他的同事，大家在照片前都流露出羡慕的表情。激动之余，塞卡还拨通了万里之外家人的视频电话，与家人一起分享这份喜悦。此后很长一段时间，每当CCL公司有新客户入住我们酒店，塞卡总会带着他们到"咖啡一角"，自豪地说起照片背后的故事。

11月下旬，塞卡和他的同事们完成了CCL一期改造工程，即将返回印度。离开的前一天，我和塞卡的IT团队再次相聚在西餐厅，大家共同回忆着相处半年来的点点滴滴，尽管脸上都挂着笑容，但心里都有许多的不舍！这时，塞卡提议："我们一起去打乒乓球吧！"

来到乒乓球室，一看塞卡的动作，还真有两下子，几局下来，塞卡把大家都打得落花流水。这时才知道，塞卡读中学时是乒乓球联赛冠军。好歹乒乓球是我们的国球，我提出和塞卡切磋一下，来一场"中印对抗赛"。可三局下来，我竟一局未胜。这时，塞卡指了指自己身上穿着的"中国制造"的衣服，说："我穿着中国的衣服，因此我代表的是中国队，中国队获胜！"

打完乒乓球后，我们一起到花园散步，塞卡告诉我，他刚到酒店时，感觉时间特别漫长，非常难熬，每天都倒数着日子期盼早点回国。可这段时间，他虽然也在倒数着回国的天数，但觉得时间过得太快了，因为心有不舍，所以总希望时间能慢一点，再慢一点。

塞卡说，在他15年的从业生涯中，他住过很多国家最好的五星级酒店，但在这些酒店都只是简单地入住、睡觉、退房，没什么特别的感受，但在樟木头三正半山酒店，除了衣食住行，他则更多地感受到了亲人般的关怀和照顾，所以特别难忘和不舍！

塞卡说，他以前不了解中国，受国内一些舆论的引导，也不太喜欢中国，但这次经过和酒店同事半年的朝夕相处，他深深感受到了中国普通民众的热情好客和真诚友善，让他爱上了樟木头三正半山酒店，也爱上了中国！

第二天，当酒店的同事知道塞卡团队即将离开的消息后，大家纷纷自发来到酒店大堂，轮流和塞卡团队合影留念。塞卡和他的IT团队依依不舍地上了车，关上车门前，酒店同事把自己带来的零食和特产塞到他们的手里。尽管他们的车辆已经驶离了很远，但同事们挥别的手仍然舍不得放下来……

国之交在于民相亲，民相亲在于心相通。酒店同事们的用心服务，不仅赢得了塞卡他们对酒店的喜爱，也改变了他们对中国的印象，让他们重新认识了一个真诚友善的中国！

在中国，没有人是一座孤岛

2020年2月和3月间，三正物业公司桥头公园里小区客户服务中心接连收到一位租户的感谢信，其中一封感谢信写道："我是来自以色列的商人阿玛拉，我要特别感谢Amy在疫情期间对我真诚无私的帮助，使我这个在这异国他乡的外国人面对新冠肺炎疫情的肆虐，也不再感觉到害怕……"

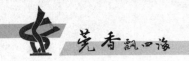

Amy是客服主任欧爱玉的英文名。阿玛拉在感谢信中详细地记叙了疫情期间欧爱玉帮助自己的一个又一个暖心的故事。

60多岁的阿玛拉，独自在中国做贸易生意，公司在深圳，常住深圳布吉街的一家酒店。因工作需要，他经常要到东莞桥头镇看工厂。为了方便，2019年10月，他在桥头三正公园里小区租下了一套房子，每次到桥头看工厂时，他就会在这里住上几天。

2020年1月21日，阿玛拉从深圳回到公园里，因临近中国的春节，他本打算在这里住上一周，于是他就让自己的司机兼翻译回老家过春节去了。此时，看着小区内外洋溢着春节的喜庆气氛，形单影只的阿玛拉不免也有些想家了。他虽然已和中国做了25年的生意，但以前大多时间都在以色列，近两年才来到中国，这也是他第一次在中国过春节。

阿玛拉怎么也想不到，春节的热烈气氛转眼就被新冠肺炎疫情打破了。1月23日，武汉封城，疫情形势陡然严峻，中国上下同心、众志成城，打响了抗疫阻击战。此时，由于大家对新冠肺炎了解不多，加之形势危急，阿玛拉的家人和以色列驻广州领事馆工作人员，还有公园里小区客服人员，都先后给他打来电话，让他宅在家里，不要出门。突如其来的情况，让阿玛拉一下子蒙了，心里慌张，不知所措。对于普通国人来说，宅在家里不出去倒也没什么大不了，但对于身在异国他乡的阿玛拉来说，则陷入了困境。一方面，他家里剩下的食物不多，仅能维持一天，他必须出去买牛奶、面包等；另一方面，他的司机兼翻译回家了，他无依无靠，即便出去，因语言不通也会困难重重。更要命的是，出门必须佩戴口罩，而此时的口罩早已成了稀缺物品，有钱都买不到，更何况他一个外国人，人生地不熟，到哪去弄口罩呢？阿玛拉生平第一次感受到了身在异国他乡的无助和恐慌。

身陷困境的阿玛拉，忽然想起小区客户服务中心的欧爱玉主任。在当初办理租房手续时，是欧爱玉接待的他，又因为欧爱玉通晓英文，让他印象深刻，所以当时特地加了她的微信。他立即通过微信，向欧爱玉述说了他没有口罩以及即将断粮的困境。

欧爱玉得知后，第一时间上门，给阿玛拉送来了一包口罩。要知道，当时的口罩是十分珍贵的，用人们开玩笑的话来说就是：这个时候愿意把口罩给你的人，等于溺水时把救命的绳索给了你，可谓"生死之交"啊！正因如此，阿玛拉接过口罩时，一个劲地表示感谢，眼里噙满了泪花。

他赶紧取出一个口罩戴上，开心地说："现在我是不是可以去超市购买食物了？"

"按理说，现在最好别出去，但你食物都快没了，总不能挨饿呀！这样吧，我带你去！"欧爱玉爽快地说。

"那太好了！"阿玛拉高兴得像个孩子。

疫情期间，为方便住户，公园里小区其实是有"代购食材"服务的，但由于阿玛拉饮食习惯不一样，这项服务并不适用于他，于是欧爱玉决定自己开车带他去超市。

此时正是疫情肆虐期，街上几乎空无一人。阿玛拉忍不住问欧爱玉："你怕不？"

"说实在的，现在疫情这么严重，我也怕，但看到你一个人在这边很不容易，而且都快断粮了，这还有什么好说的呢，再怕我也要带你去！"欧爱玉认真地回复道。

看着车窗外空荡荡的街道，阿玛拉深深为眼前这位善良而坚强的中国女孩所折服。

在超市，阿玛拉采购了大包小包至少有十天的食物。回到公园里小区后，欧爱玉一直把他送进家门才离开，并一再叮嘱他没要紧的事尽量不要出门。

断粮问题解决了，不久之后，阿玛拉又遇到了新的麻烦。

2月28日早上，欧爱玉刚到办公室，就接到阿玛拉的电话，说他早上起床时发现脚突然肿起来了，没法走路，不知道该怎么办了。欧爱玉以为他不小心扭伤了，就连忙带上客服中心常备的跌伤药去了他家。进门一看，阿玛拉脚肿了好大一块，没有外伤，问他是不是扭伤或者被什么虫子咬了。阿玛拉说他自己也不清楚是怎么回事。欧爱玉只好让他把药擦了看看情况再做决定，毕竟疫情期间去医院不太方便。

然而，当下午欧爱玉再去看他时，却发现他的脚肿得更厉害了！欧爱玉担

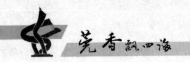

心情况越来越严重，决定送他去社区门诊看看医生。在去的路上，由于对附近社区门诊的具体位置不清楚，欧爱玉开车在附近兜了好几圈，急得满头大汗，后来向路过的巡警求助，好不容易才找到门诊。在那里，欧爱玉边忙着挂号，边做翻译。经过医生检查，初步诊断为痛风引起的脚肿。因为社区门诊检查设施有限，医生建议他到大医院去做进一步的检查。这时，阿玛拉也说，以前他也出现过痛风的情况，他决定等他的司机回来后再去医院检查。拿了药回到小区，欧爱玉又把阿玛拉的情况向自己一位做医生的朋友说了，她的朋友也认为应该是痛风，此时她悬着的心才稍稍放下。忙碌了一个下午，回到办公室，欧爱玉累得一下子瘫坐在了椅子上。

随着全国抗疫工作的持续加强，国内疫情得到了控制，许多城市开始复工复产。阿玛拉也准备回深圳查看自己公司的情况。此时他的司机还在老家，他想叫个出租车，可一直都叫不到，疫情期间无论出租车还是滴滴车都少，加上语言不通，他根本找不到车子。无奈之下，阿玛拉只好找欧爱玉。欧爱玉亲自开车送阿玛拉到东莞东火车站，让他坐火车去深圳。一次又一次麻烦欧爱玉，阿玛拉也有些不好意思，不住地说抱歉。欧爱玉却说："疫情之下，每个人都不容易，无论是哪个国家的人需要帮助，我们都会尽全力提供力所能及的帮助。"

"真是患难见真情啊！疫情之下，你让我看到了中国人的善良、友爱、乐于助人的优秀品格。尽管我已和中国做了25年的生意，但在这次疫情中，我才真正见识了你们中国的强大以及你们中国人更优秀的一面！"阿玛拉深有感触地说。

到火车站后，看着阿玛拉远去的孤单背影，欧爱玉不知怎的，心里涌起隐隐的担心。果不其然，3月2日下午，阿玛拉从深圳向她发来微信求助，说他在长住的酒店，突然脚痛走不了路，已经一整天没吃东西了。由于他住的是经济型小酒店，打电话到前台，服务员听不懂英文，无法沟通，一时他感觉自己成了一座"孤岛"。欧爱玉立即打电话过去，了解情况后，欧爱玉安慰他先冷静，不用担心，她会帮他解决问题。在问清了酒店的电话后，她随即打过去，与酒店的工作人员进行了沟通。酒店人员得知阿玛拉的情况后，也感到很抱歉，专门安排服务人员去买了止痛药和面包、牛奶等食物，送到阿玛拉的房间。"得救"的阿玛拉随后给欧爱玉打来电话，感激地说："在我陷入困境时，你总能帮助我，真是我的保护神呀！"

此后，随着国内疫情得到有效控制，广东全面复工复产，省内各市均降为疫情低风险地区。阿玛拉也恢复了他深圳、桥头两头跑的工作节奏。但此时由于国外的疫情骤然加剧，阿玛拉一个外国人的面孔又给他带来了新的烦扰。

有一次，他回到桥头公园里小区，业主们以为他是刚从国外回来，都远远地躲着他，有位业主甚至专门到服务中心反映情况。欧爱玉得知后，拍着胸脯说："放心，我以人格担保，疫情发生以来，他一直在中国，没有离开过，大家无须恐慌。"随即，又在小区业主微信群里向大家说明阿玛拉的情况。欧爱玉及时、有力的澄清，不仅消除了小区业主们的担心，也让阿玛拉倍感温暖。

感念于几个月以来，欧爱玉像朋友又像亲人一样及时的帮助，阿玛拉接连向公园里小区服务中心写了两封感谢信。不仅如此，3月底，阿玛拉还专门拨通了以色列驻北京大使馆的电话，反映了他在疫情期间所感受到的温情，电话中他说："中国的防疫工作做得很好，我很安全！疫情期间，在我最孤单无助的时候，这里有个中国女孩一直在帮助我，让我一次次走出困境，使我在异国他乡也不感到孤单和害怕。我很感动，希望可以谢谢她⋯⋯"

疫情期间，欧爱玉和阿玛拉暖心的小故事，让我们看到了疫情之下人间的温情，更让我们看到了一个善良、勇敢、有担当的中国人的形象。尽管阿玛拉身在异国他乡，风土人情不同，语言文化各异，但没有人是一座孤岛，只要你需要帮助，总有一些善良、温暖的人会及时伸出援手，给你前行的力量，这就是中国！

常回家看看

何振航

2017年12月，我有幸参加了名为"海外华裔青少年中国寻根之旅·东莞冬令营"的活动，与20多位海外华裔小伙伴共同探索东莞的传统文化，与他们一起了解祖辈生活过的地方，感受家乡的发展之迅猛。虽然共处了仅仅5天，但我们在结营时已成为好朋友，冬令营结束之后不时都会交流一下境况，希望有一天他们会再回来看看祖籍的家。

——题记

"中国寻根之旅"夏令营是国务院侨务办公室创立的华文教育工作的重要品牌活动，旨在通过与地方有关单位合作，挖掘特色文化资源，邀请海外华裔及港澳台地区青少年来祖（籍）国——中国寻根访祖、学习交流、参观访问，激发他们学习中文和热爱中华文化的兴趣，增进他们对祖（籍）国的认知和了解，强化他们对中华文化和中华民族的认同。该活动自1999年开始举办，根据海外华校假期情况春、夏、秋、冬四季办营，每年邀请数万名海外华裔及部分港澳台地区青少年来祖（籍）国开展交流活动。

以上是我参加完冬令营回家之后，在网上详细了解到的信息。这个时候我才认识到，原来这个活动是多么的重要，它是要帮助海外华裔及港澳台青少年重新认识中国、认识自己祖辈生活过的地区，宣传中华文化，激发他们对中华文化的兴趣以及对家乡的乡情。

刚开始知道这个活动的时候，也只是听老师提了一两句，我并没有太在意，彼时的我正在忙着大学期末考试的复习，而且我从小到大也没参加过类似的活动，有点害怕。但之后，我的老师知道了我的想法，更加建议我去参加这个活动，一来这个活动不只有我参加，还有我的几位同学参加。二来也能多一个角度，重新认识自己生活的城市。回去思考再三，觉得还是挺有意思的，于是就参加了这个活动。

第一天参加这个活动的时候，主办方就把我们分成了几个小组，便于进行活动。让我惊讶的是，参加这个冬令营的伙伴们有的还是小学生，最大的刚大学毕业出来参加工作，未来4天我们将一起参加体验各种活动。虽然大家基本来自不同的地方，但好在大家都会一些普通话，有的还会几句广东话，交流还是不成问题的，看来这次的冬令营会相当有趣。

2017海外华裔青少年中国寻根之旅·东莞冬令营在东莞开营

我被分到的小组，组长是冬令营里年龄最小的，因为他非常可爱又聪明，一下就成为大家的"团宠"，大家就都跟着其他的哥哥姐姐一样叫他"弟弟"了，之后大家聊天熟识了才知道，他的祖籍是广东化州，但从小在澳大利亚生活，这次参加活动，也是爸爸妈妈替他报名的，爸爸妈妈还是想让他回来看看自己的家乡，认识一下中国文化。一圈交流下来，大家也都是类似的情况，在外生活久了，总会想回家看看，外国的月亮可能会更圆，但永远比不上家乡的月亮好。

中国文化博大精深，几天时间肯定是不能体验完的，于是我们选择了一些活动，第一天的内容就是参加户外拓展活动，通过各种小活动让大家初步互相认识。年龄不同，语言不通，但面对挑战，大家竟然还比较默契，都很快熟络起来，通过了各种挑战。短短一天时间，小组内都能叫得出彼此的名字了。

晚上回到酒店，洗漱完毕之后，大家聚在一起玩"狼人杀"。不同地方的孩子们，聚在一起玩游戏，说着别扭的普通话甚至是粤语，手舞足蹈地表达自己的意思，这场景多么有趣啊。冬令营的第一天进展还是非常顺利的。

第二天，我们预定要去学习体验简单的中国武术：咏春拳。大家来到场馆后都跃跃欲试，有的已经手舞足蹈地打起了拳，虽然不知道那是哪门子的拳术。咏春拳老师很快就给我们演示了几组简单的动作，大家都迫不及待地开始练习，有的确实打得有模有样，和同伴打得有来有回；有的打得完全就不是一回事，只得在老师的指导下一遍遍地重复。我们当时是在露天的练习场里练习，北风呼呼地吹，刚开始确实挺冷的，但是一旦打起拳之后，身体就暖和起来了。不知不觉打了一个多小时，有的伙伴居然已经得到老师的认可，说可以算是初级入门了，虽然不知道老师说的是真是假，但起码我们都乐在其中，中华文化给我们带来的影响，远远不止这一个多小时的快乐。

队员们参观留影

吃完午饭，领队老师跟我们说要带我们去东莞最香的地方，正当我们在车上想着到底是哪里时，我们就到了目的地，原来是位于寮步的沉香文化博物馆。从某种意义上说，这里确实算得上东莞最香的地方，收藏了非常多的沉香制品。大家对这种传统的香制品非常好奇，认真地听着沉香的历史。曾经，东莞的莞香文化享誉一方，还出口到国外。尽管现在处于低谷时期，但依旧在发展，并且朝着科学管理的方向发展。小小的一块沉香，不仅仅为大家带来了与众不同的美的享受，更构筑了东莞这座城市对外文化交流的桥梁，通过这座桥梁，我们看到了东莞别样的美，这或许就是这个冬令营的意义之一吧！

到了第三天，则是我最期待的城市定向活动，在完成一系列任务的同时，踏踏实实地认识东莞。从新城国际酒店开始，一直走到鸿福路路口，找到东莞最大的"心"（那时候第一国际有全东莞最大的心形景观）。接着坐地铁，体验了东莞交通的方便，再登上黄旗山。中午再去探索莞城老城区的美食，东莞大包的滋味深深印刻在我们的味蕾里。东莞的城市保护做得很好，无论是高楼林立的新城，还是传统气息浓厚的老城区，都有其发展之道，都是东莞对外形象宣传的重要场所。随着东莞发展的日益开放，会有越来越多像我们一样的学生、工作人员乃至学者或者企业家到东莞来，合理利用好东莞的每一处地方，使其成为诠释东莞文化的一张张拼图，最终向世界展示东莞的新面貌。增强交流，才有发展。仅仅是展示高楼或旧城区等硬性条件或许还不足以展示东莞的美好。下午我们去的糕点制作店，还有东莞民俗文化博物馆，则生动地诠释了东莞深厚的传统文化内涵，这从另外一个角度为我们描绘了一个立体的东莞，华裔青少年们能看到一个立体化的东莞，而不是仅仅看到一面，多角度的观察让东莞形象更饱满。

最后一天，活动行程是学习毛笔字和包饺子。毛笔和饺子都是中国特色文化之一，在练习毛笔字的过程中，华裔伙伴们颤抖着拿着笔，歪歪扭扭地写出自己名字的时候，个个都显得惊喜和满足；之后包的饺子，都快鼓成小笼包了，但大家依旧笑嘻嘻地包着，看他们吃得非常享受的样子，大概是在这趟冬令营中有非常好的收获吧。他们是真的享受这份体验文化的快乐。剩下的时间就该准备结营典礼了，每个小组需要表演一个节目。短时间内能练习好的小节目，不是唱歌就是小品吧，但我们依然选择了一个比较难的小表演——杯子舞，一种需要团队配合的演奏唱歌类表演。用杯子跟着旋律做不同的动作，尽管在短时间的练习里依旧很难做到熟练，但我们觉得有意思、有创意，更有新意，这就足够了。最后上台表演的时候，效果竟然意外的好。

结营典礼难得大家都正装出席，或许是即将分别，都难免有点难过，但这依

然是最好的晚会呀，这几天来，大家都充分体会到东莞这座城市的魅力，在侨务办公室的协助下，大家的这次东莞寻根之旅体验得非常圆满。在晚会上，每一位伙伴都向这次冬令营的组织人员致以诚挚的感谢。晚会结束的时候，大家早已湿了眼眶，有些伙伴直接就哭出来了，这四天的相处，真的把美好的地方都展现出来了。晚会结束之后，我们才发现最后还有一个隐藏任务，那就是和华裔伙伴们去附近的超市里搜罗一番，把东莞的特产塞满行李箱，现在回想起来，虽然觉得挺傻的，但在当时，我们奔跑在热闹的大街上，那种恣意畅快感，如今已难寻踪迹。

第二天凌晨，伙伴们就赶着乘坐班机离开了。华裔青少年由于从小就在国外地区成长，对中国的印象还停留在父辈的描述和各类史料的记载，因此，如果有机会能让这些华裔青少年们认识国内，认识东莞，无论是对他们本身而言，还是对东莞公共形象的塑造而言，都是非常好的。

东莞是一座开放的城市，每一天都在迎接着世界各地的优秀人才到这里发展。我们每一个人，每一次在路上行走，或者坐在公交车上，身边擦肩的人，或许就来自全球各地，我们所做出的每一个行动，所说的每一句话，都会被别人看在眼里，希望东莞的每一个人，都能自觉成为东莞形象的缔造者，有身份自觉，这样才是真正地为东莞加分，展现美丽的东莞。

温　度

陆福军

2019年10月在美国达拉斯隆重举办了"Printing United"（丝网印刷及数码印刷展览会），集结了50多个国家420个城市的1000多名经销商和记者参加，盛况空前。此次，柯尼卡美能达集团以场内最大型的展位参展，展示了丰富多彩的产品和解决方案，聚焦了世界的目光。

在到场者的惊叹和欢呼中，柯尼卡美能达集团与法国利来客股份有限公司一举签下销售额接近9000万美元的订单，并吸引了2000多名潜在客户，展会十分成功。

柯尼卡美能达商用科技（东莞）有限公司

法国利来客是一家经销办公设备用品的贸易公司，主要服务欧洲客户。这次柯尼卡美能达集团能与法国利来客顺利签下这份订单，一个叫戴维斯的法国人发挥了至关重要的作用。

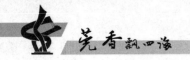

戴维斯是个混血儿，他在利来客负责产品采购。他母亲是中国人，父亲是法国人，一头金发，高高帅帅的，从小就在中国长大，会一口流利的中文。

2018年5月，利来客委派戴维斯前往"世界工厂"的中国采购打印机，寻找公司最大的打印机供应商。

他在广州找个酒店驻扎下来，每天对打印机的各个企业进行考察。

广东生产打印机的企业有好多家，如何在这些企业中挑选，难度不小。

数月过去了，戴维斯前后对不少的企业进行考察，最后在京瓷、理光、柯尼卡美能达三家企业中徘徊。

京瓷生产打印机的工厂是日本京瓷集团属下的一家高科技企业，位于东莞石龙镇，占地面积18万平方米，营利能力强，年产值约60亿元，越南也设有分厂，产品在国际上享有相当的知名度。京瓷集团创始人是日本"经营四圣"之一的稻盛和夫。

理光技术力量雄厚，它是全球第一家大规模生产双镜头反光相机的企业，有许多高端人才，研发的新产品令人赞叹，是全球唯一一家两次荣获"戴明奖"的企业。

柯尼卡美能达呢，与京瓷同在一个地方，相隔不过百米远。在石龙建厂有20多年了，凭着过硬的技术优势，采用高速的单通方式，制造出能够轻松进行3D效果和高光等调整，1分钟可以打印140页的"最快打印机"激光喷墨打印机。

这3家企业都资金雄厚，规模庞大，技术先进。

戴维斯难以做出选择，把这三家的情况向公司汇报，等待回复。

数日后，公司的回复是：继续考察。

理光和京瓷满怀希望，志在必得，分别派出队伍庞大的销售精英，使出各种手段，轮番上阵轰炸戴维斯，戴维斯心如古井，不为所动。

相反，只有柯尼卡美能达毫无动静。

这一天早上，戴维斯与柯尼卡美能达的营销人员一起走进公司的大门。

那天气温下降，有点寒冷，大门口打卡机的两侧排着长长的两排队伍，里面有总经理，有高层主管，有公司员工，一个个精神抖擞，笑脸如春。

"早上好！""早上好！"……两旁的员工不停地打招呼。

"早上好！早上好！"戴维斯一边回应着，一边注视着两边真诚的脸庞，心底顿时涌起一股暖流。

"你们每天都有这么多人站在这里打招呼吗？"戴维斯一脸疑惑地走到总经理跟前问道。

"不瞒您说，这活动我们已经坚持很多年了！"总经理笑呵呵地说道。

"这是为何？"戴维斯好奇地问。

"这也是我们公司六个价值观所倡导的，里面就有'热情洋溢、融合协助'两条。早上，同事们一见面，热情地相互打个招呼，会让一天的工作变得更轻松愉悦。"总经理解释道。

就这样，戴维斯愉悦地走进柯尼卡美能达的大门，看着两边打招呼的人群，心头像被春风拂过一样。

时光飞逝，转眼就到了7月，戴维斯去柯尼卡美能达生产现场考察。

流水线上开足马力，工人们紧张有序地忙碌着。

生产工位上有一个戴黄色工帽的女孩，个子不高，面容清秀，大学生模样，吸引了戴维斯的注意，戴维斯停下脚步问道：

"小姑娘，你是不是还在读书呀？利用暑假时间来搞勤工俭学吗？"

"是的先生，挣点生活费，留着开学以后用。"女孩大方地回答。

"哦，像你这样的好学生真是难得，现在的许多孩子放假了就在家里玩手机，不喜欢出来工作。"

"因为我是孤儿，我只能勤工俭学，依靠自己！"女孩低下了头，眼睛里闪烁着泪光，把手上的螺丝刀轻轻放回工具筒内。

"不好意思，我提起你的伤心事了，那你上学的学费也是你打工挣来的吗？"

"是柯尼卡美能达手拉手善助会捐助的，我大部分生活费和学费都是他们捐助的。这公司真好，每年捐助了不少像我这样的贫困生上学，从来不求回报！"女孩抬起头来，白皙的脸上还带有泪痕。

"哦，这公司确实不错！"戴维斯若有所思地点点头。

有一天，戴维斯打开手机，浏览新闻，发现上面登载一则有关柯尼卡美能达的新闻，标题是《关爱老人、浓浓深情》，文中写道：在国庆、中秋双节来临之际，柯尼卡美能达公司总经理川田一行数人，前往石龙镇敬老院，亲切看望了院中老人，致以节日的问候和祝福，并送去果篮和慰问品。

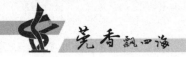

结尾写道：柯尼卡美能达公司扎根龙城25年，一直秉承着关怀、创新、有影响力的企业理念，年复一年看望院中老人，并为老人带来急需物品，是一家有温度、有社会责任感的企业。

柯尼卡美能达集团开展敬老恤孤活动

回国前夕，戴维斯去照相馆打印了一些签证资料。

"老板，你们店里也用柯尼卡美能达的打印机？"戴维斯一眼认出了店里打印机的牌子。

"对呀，我的打印机自从换了柯尼卡美能达生产的打印机后，这几年很少出现过问题，质量杠杠的。"老板拍了拍他的打印机，自豪地说道。

"有一次，打印机有点卡纸，我给他们客户服务中心打了一个电话，立马就有维修师傅上门检修，很快就修好，还耐心解答了我的问题，一分钱也不要。"

"最主要的是他们的打印机，速度快，图像很清晰。"老板不停地介绍着。

"给我的印象就是，柯尼卡美能达是一家值得信赖的、真诚的公司。"

戴维斯将这里的所见所闻，写成报告，回到法国，交给公司，等待董事会的决策。

过了一周左右，董事会一致同意，决定参加达拉斯印刷技术展览会，与柯尼卡美能达成为合作伙伴，并签订10年的合同。

柯尼卡美能达的打印机不仅质量好，而且低碳环保，它用温度感染了社会，也用质量获得了世界尊重。

中非万里尚为邻

胡汉　颜铭

当太阳从地平线上升起，黑夜转成白昼，非洲苏醒了。在那一片无垠的大地上，自然万物和谐共生，融为一体。而东方大国的不凡风范，源于以和为贵的历史传承，源于行大道、担大义、谋大同的豪迈气度。

南非是金砖五国成员之一，也是非洲的第二大经济体，国民拥有较高的生活水平，与中国关系密切。在南非约翰内斯堡、德班等地，你会发现，很多当地居民家中都购置了来自东莞的家具，就连南非国防部的办公家具都来自东莞，这真是不可思议的事情。"东莞制造"在当地之所以能有这么大的名气，这与祖籍东莞厚街的方锡波多年来的努力分不开。

方锡波出席中非合作论坛北京峰会

许多年后的今天，方锡波依旧记得当初刚到南非做生意的点点滴滴。他是

国内去南非投资的先行者，20世纪80年代末就到了南非，经历了南非的动荡和变革，生意上的发展经历了诸多颠簸，苦乐交织。在时间的过滤下，曾经经历的人生苦难也慢慢变成了他的人生财富。随着曼德拉掌权，黑人地位得到极大提高，南非走进了新时代。他作为时代局势的见证人，也收获了许多不凡的经历。

时间，刻下前行的足印。1989年的某个偶然机缘，在东莞做进出口贸易生意的方锡波，听到台湾客商谈及南非的商业机会异常丰富，作为生意人，心底跃跃欲试。光想不做是空想家。机不可失，时不再来。方锡波很快联系到一家港资企业，采购了一批总价值30多万元人民币的皮外套，迅速发往南非。然而正当方锡波满心期待时，没想到满载着希望的货物抵达南非后，发现衣服的尺寸竟与当地人的体形完全不相符。做生意讲究的是细节，这个被忽略的细节让他损失惨重。产品没有人买，只能堆积在仓库里。吸取教训后，方锡波很快又采购了一大批东莞厚街特产蛋卷。方锡波不懂英语，在跟南非客商沟通的过程中，产生误解，南非客商以为他的到岸价就是他的销售价，最终合同无法执行。看着满仓库的蛋卷，方锡波愁眉不展。厚街特产蛋卷有保质期，为了能早点销售出去，他不得不把产品低价处理。

方锡波与南非"非国大党经济发展论坛"委员会主席达瑞尔博士（右）合影

当时的南非社会正处于动荡和变革时期，动荡的社会环境也让方锡波十分头痛，但是无论遇到什么困难，他都会迎难而上努力克服。不服输就是他的性格。记得有一次，他的客人当天订了货，要求次日必须送货上门安装。时间相当紧迫。然而屋漏偏逢连夜雨，这个时候，公司的员工响应南非工会全国大罢工，走到大街上去游行示威，只有一两个员工回到公司上班。如果不按时送货，就会损坏公司的声誉，留下不好的口碑。万般无奈，权衡之下，方锡波留下一个员工留守店面，自己和另外一个员工远赴外地送货。要知道，在异乡，语言仿佛是给人引领方向的灯塔，不懂当地语言的他们很快就迷路了。夜色慢慢降临在异乡的土地上，看着车窗外漆黑的夜色，他们不敢轻举妄动，只好在汽车驾驶室内度过了一个不眠之夜。

创业初期肯定是艰难的，特别是对于身处异国他乡创业的游子而言，更加艰难。面对眼前的这些困难，方锡波没有放弃，而是更加坚定了走下去的决心。机会是留给有准备的人的。方锡波有着敏锐的商业嗅觉，在南非站稳脚跟后，他不断地捕捉商机。一天，东莞厚街的家具企业前来南非考察，一个比较现实的想法迅速在他脑海里生根发芽。厚街的家具是老家东莞的一大特色，享誉海外，质量过硬，价格也十分实惠。必须创造条件、机会把厚街的家具推向南非市场。随后，他利用在当地建立的人脉关系，把办公家具产品推向当地市场。幸运的是，生意一开始，他就接到了来自南非国防部的订单，虽然在收款的过程中遇到了一些波折，但是东莞家具的良好品质很快就得到了南非本地人的认可。而这非常重要，让他更加坚定了继续推广中国产品、东莞产品的信念和信心。

方锡波与南非国家旅游部副部长伊丽莎白女士（左）合影

　　为了谋求更好的发展，他聘请了精通外语的人才帮他打理生意，他在南非的业务又走上了正轨。譬如FULLERTON（富来登）家具品牌，经过他和同事们十多年的鼎力打造，从开始的亲力亲为发传单，到如今蔚然成为南非响当当的知名品牌。而这一切，都源于方锡波身为莞商，不忘初心的坚持，助推他实现了自己的中非梦。

　　生意上的成功并没有让方锡波得意忘形，反而让他愈加感到要实现自己的宏图大志是那么的任重道远。他的这种感觉并非空穴来风，而是来自生活中遭遇到的诸多经历。2014年，国内新年临近，空气中弥漫着浓郁的喜庆气息。此刻东莞一家专门生产沙发的企业老板却正焦虑不已，因为他与南非客户产生商业纠纷，对方提出无理的扣货扣款要求，眼看着堆存在南非码头的货柜每天增加堆存费用，心急如焚。这位老板迅速找到方锡波求助，希望他能帮忙。时间一分一秒地过去，这个老板的焦虑也随之加重。知道内情后，方锡波赶紧放下手中的事情，决定帮助身在国内的老乡。这个非洲商人离方锡波的连锁店有一个多小时的车程，方锡波带着律师一同前往，而后不厌其烦地一次又一次登门谈判，最终为东莞企业争取到公平的解决结果，纠纷最后得到了妥善的解决。这段风波经常让方锡波回想起自己初来乍到南非投资时的遭遇，他深刻地感受到万里之外的东莞企业与南非客商做生意遇到问题的时候，是多么盼望有人能伸出援手，多么期待有个沟通渠道从中协调。就这样，一个想法又在他的脑海里冒了出来，他想搭建莞非两地经贸互信平台，并准备建设"南非商品中国（东莞）展贸中心"。

方锡波（左）与外国友人在南非商品中国（东莞）展贸中心合影

方锡波的这个想法与时任东莞市委书记的徐建华不谋而合。2015年，东莞市委书记徐建华、副市长杨晓棠率经贸代表团访问南非，得知方锡波是东莞人后，十分高兴，希望他为莞非两地搭建经贸桥梁，通过民间交往，推动两地经贸交流与发展。而这与方锡波的初衷所见略同。在东莞市商务局的大力支持下，他与东莞的原国有转制企业东莞市环彩工艺进出口贸易有限公司，共同投资成立东莞莞非实业投资有限公司，并开始筹建南非商品中国（东莞）展贸中心德班旗舰店，同时，把他原有的分店升级为南非商品中国（东莞）展贸中心各大分店，利用展贸中心这一平台，帮助东莞企业"走出去"，把南非的优质资源"引进来"。

2015年9月，方锡波参与创办东莞莞非实业投资有限公司，正式启动在南非约翰内斯堡、德班、比勒陀利亚等各大城市组建南非商品中国（东莞）展贸中心。2016年7月，总面积超过一万平方米的展贸中心正式开业，这是在南非首次以中国城市整体形象出现的经贸推广平台，既宣传东莞城市形象，又同步推广东莞产业集群与优质产品资源。展销中心云集50多家东莞企业，包括"马可波罗瓷砖""玉兰墙纸""华尔泰铝塑板""百分百电气"等多个中国驰名商标商品，被国内外媒体称颂为"莞香花开，盛放南非"！

2019年7月，东莞市委常委、宣传部部长杨晓棠（右）考察南非约翰内斯堡经贸代表处

唐代诗人张九龄有诗云："相知无远近，万里尚为邻。"要让南非人用上东莞货。为更好地聆听客户的声音，方锡波与南非员工一道，负责送货安装、派

发传单，披星戴月，风餐露宿，在所不辞。功夫不负有心人，通过多年的深耕厚植，以办公家具为代表的东莞产品深受南非人的青睐和追捧，他倾心倾力打造的"FULLERTON"（富来登）品牌，成为当地深受欢迎的知名办公家具品牌。展销中心承接了包括南非国家警察部大楼、南非国防部等在内的多项政府办公家具配套工程，可以说"在南非，有办公大楼的地方，就有东莞办公家具的身影"。展销中心投入使用后，先后接待过广东省与东莞市的主要领导，得到中国驻南非使领馆的大力支持，推动和协助南非官员多次访粤访莞，有力地推动了莞非两地的经贸交流。之后，在原有基础上，方锡波逐步把东莞、广东商品延伸到南非其他尚未开发的省份，同时也把更多的南非优质资源产品引入广东。他还结合先进、时尚、快捷的电商平台通道，为两地商品的推广谋划了更为广阔的空间。如今的贸易展销中心，已经有50多个品牌商品入驻，大多数为东莞制造，从服装到家具再到日常用品可谓丰富多样、品类齐全。展销中心面积宏大，成为当地贸易公司中的佼佼者。有别于有些非洲贸易中的货物，方锡波的展销中心完全抵制低价劣质产品，产品都是中国大品牌或是优质的东莞当地品牌产品，质量和设计等都远超其他同类型贸易产品。

在全球一体化的今天，人类作为命运共同体，彼此之间的联系愈加紧密。要想持续和谐发展，实现互惠共赢才是最好的策略和正途。方锡波不仅大力推动东莞的产品走出去，而且也在积极推动南非商品进口至中国，将走出去、引进来的战略在莞非之间有效落实。"一带一路"的关键是"共商、共建、共享"。广东省与南非夸纳省是友好省份，2016年8月，在时任广东省省长的朱小丹和夸纳省省长齐卡拉拉的共同见证下，南非商品中国（东莞）展贸中心项目在夸纳省德班市正式签约立项，项目选址东莞市厚街镇。在两地政府的关心和支持下，该项目2019年正式开始动工建设，项目占地面积3万多平方米，总投资额10亿元人民币，包括钻石、矿产、林木、水果、海洋渔业、红酒等，越来越多的南非优质商品通过南非商品中国（东莞）展贸中心源源不断地走进中国市场，走进中国百姓生活。

在莞非两地互设实体商品展贸中心，搭建"互联、互通、互信"新经贸平台模式，简称为"新平台、双中心"。2018年以来，经贸代表处先后在南非约翰内斯堡金砖国家工商论坛、中非合作论坛北京峰会、南非夸纳省经济发展论坛等国内外各种公众场合以演讲、推介会等多种形式，宣传东莞城市形象，传播东莞好声音。展销中心以及代表处多次接受中央、省、市电视台的摄制采访，推介东莞"新平台、双中心"的新经贸模式，被全球200多家媒体转载报道，引发外界对东莞的广泛关注和好评。南非"非国大党经济发展论坛（PBF）"委员会主席达瑞尔博士为此还接受了专访，认为东莞模式有别于新加坡、日本、德国与南非经贸合作模式。达瑞尔博士还采纳相关内容观点撰写了学术论文，提交南非国家经济管理部门作决策参考，以便更好地推动南非与中国深层次经贸合作。"双中心"发挥越来越积极的作用，让莞非两地人民实实在在享受到"一带一路"带来的经济成果。

海纳百川，有容乃大。低调务实是莞商的性格，缓缓流淌的东江养育出了水一般包容且灵动的东莞人。方锡波先生不仅是一位成功的商人，同时也是中国东莞市驻南非洲经贸代表处首席代表、东莞市人民对外友好协会理事、东莞市厚街镇归国华侨联合会副主席，以社会和民间的姿态成为莞非商贸合作的"红娘"和推手。30年栉风沐雨，非洲商人在互利共赢发展中看到携手合作力量的壮大，感受到友谊与真诚的传递。

方锡波与南非总统拉马福萨先生（右）合影

这好比一个"窗口"两个扇面，从1989年至今，方锡波为协助"东莞制造"走进南非而不遗余力奔波着，先后帮助五十多家东莞企业、多个中国驰名商标企业进驻南非市场，在约翰内斯堡、比勒陀利亚、德班等各大城市建立线上线下商品展示中心，每一步都留下了他辛勤耕耘的汗水，每一步都能窥见他浓郁的家国情怀和家乡情结。

风从东方来，万千气象新。30年的沧桑巨变，世界见证中国前行的铿锵步伐，从封闭落后迈向开放进步，前所未有地走近国际舞台中央。中国声音激荡，彰显古老文明东方大国的不凡风范。30多年来，方锡波先生一步一个脚印，踏实而沉稳，从商人到国家海外服务人员，这是他在南非打拼30多年的回报，在未来的日子里，他将继续为中非友谊贡献出自己的积极力量，继续为"莞香花开，盛放南非"培根沃土。

巴格达、秦尼国与莞香

吴诗娴

5月，一封感谢信从遥远的国度——希腊跨越万里飞渡重洋，寄往东莞。这是一封感谢东莞大力支援希腊的防疫工作的信件。在全球抗疫形势异常严峻的背景下，它瞬间暖化了在危机时刻人们所有被疫情敲打着、蹂躏着、惶恐着的紧绷的心绪；也意味着，东莞在彰显其利用"世界工厂"产业制造的商业循环所造就的安稳与秩序的同时，亦以其"海纳百川"的城市精神将经济发展的快速风暴转化为对世界人民表达关爱之心的绕指柔。

或许你会发问，为何希腊会写一封给中国东莞的感谢信？为何会发生在全球爆发新冠疫情期间？这是偶然的吗？还是一种必然？

阿里斯特的描述与"秦尼国"

希腊，作为欧洲文明的摇篮，是游客向往的地方。它精雅轻盈，又沉郁博大。

"我们从机窗向下望去，爱琴海一片蔚蓝。岛上海风强劲，日光暴晒，土地沙化，几乎是寸草不生的荒岛，却被希腊人民用蓝白色的房屋、红色的三角梅、夹竹桃将其包裹成极具时光感的艺术品。"曾经去过希腊的游者姗子说，"我终于看到了《西方美术史》中照片的实物。战车、马、人物的左手臂都遗失了，但从人物五官、手、脚的雕刻上看，当时的雕刻技艺已经相当精湛。"另一个游者嘉良关注的是希腊的艺术："对，我看上了《骑马的少年》《拳击少年》，我在巴特农神庙流连忘返，这里最有特色和价值的是拜占庭时期古希腊的珠宝、陶瓷

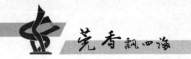

和圣像，我都很喜欢，阿伽门农金面具是纯金打造的，全是艺术王冠上最璀璨的宝石！"

那时的希腊人，地中海的波光帆影，闪烁的是他们的智慧和机敏，面对变幻莫测的大自然，他们充满征服、支配的奇妙幻想，从而创造出许多美丽的神话——这是众神的国度。

早在张骞之前，中西已经有交往，远在巴尔干半岛的古希腊，也曾对中国有无穷的想象。尽管阿里斯特的叙事诗早已散佚成零篇断简，而他介绍的故事却由于在西方享有"历史之父"的古希腊历史学家希罗多德的转述而广为世人所知。这些描述长期影响着西方世界对东方的认识。就在西方编织着关于草原走廊、黄金、各色瓷器的梦的时候，沙漠上响起了驼铃声，它带来了东方柔软亮洁的丝绸，让无数的欧洲人为之着迷……

"秦尼"最早见于公元前1世纪某佚名作者的《厄立特里亚航海记》中，相当于中国的南部地区。这是欧洲人第一次谈到从海路接近中国的地方，也是被公认为古代对中国的称呼。无论在古希腊还是在古代中国，富有创造性的思想家都在大胆尝试理解那个展现在他们面前的有待探索的世界。

随着时代的飞轮快速地前进，如今"世界地球村"的概念牵引着人们走近彼此，影响彼此。兴许这便是世界文明的本质还原，将通过文明交流而实现商贸交流成为常态——这不就是一幅古丝绸之路想要展现的世界图景吗？

中国倡导各国和平相处、开放包容、互学互鉴、互利共赢，携手共商、共建、共享"一带一路"宏伟目标，形成政策沟通、设施联通、贸易畅通、资金融通、民心相通的"五通"意识。近年来，中国"一带一路"发展成绩突出，其突出成绩为各个"一带一路"成员国做出极大的贡献，并为周边国家带去了宝贵的发展机遇。正如人们所说："中国是一头沉睡的狮子，当这头狮子醒来时，世界都会为之颤抖。"随着中国经济的迅猛发展，这种"醒狮论"在欧洲变得颇有市场。中国的发展越来越关系到世界的繁荣昌盛，中国的文化越来越影响到世界的文化，中国的经济越来越成为世界关注的焦点。

许是命中注定的缘分，希腊成为首个与中国签署政府间共建"一带一路"合作谅解备忘录的欧洲发达国家，中国在发展，希腊也在发展。一直以来，中希两国保持密切的经贸关系，特别是在经贸、农业、科技、电动汽车等领域取得了丰硕成果。2019年，希腊国家馆在上海自贸区设立，进一步推动了中希（两国）开展贸易推广、文化体育交流、旅游推介和经贸合作。

世界贸易不仅改变着城市的经济方式，也让东莞、萨洛尼卡的人们看到了希望，从一个未知走向一个未来，正因如此，打开的经济之门被生活在这些城市的人民赋予了更多意义上的人生承载和城市未来的想象空间。

因为他们都渴望在和平的世界里享受自由、安逸、健康，他们遥相守望，他们同生共存！

莞香溢满爱琴海

是不是天边的大海
流淌一湾情思
流进了高原不再离去
像一方五彩的帐篷
汇聚的岛屿
让雪花编织的美丽
回到了港湾
爱琴海　歌的家园
爱琴海　舞的天堂

在远方有一片海，名字叫作爱琴海，自古以来，海水总是很温柔地流过像石琴一样的石头，它发出瑟瑟的声音，经历千百年昼夜更替，与海的情谊琴瑟合鸣永不离弃，海纳百川相互扶持。

东莞，大海与沙滩相接的城市，跨越两大洲、两大洋，从中国的南端到欧洲的南端，浪漫的爱琴海遇见开拓奋进的白玉兰，如少年遇见夏天，书写了一段色彩斑斓的旅程。位于爱琴海畔的萨洛尼卡是希腊第二大城市，同时也是希腊主要港口城市和工商业中心，是巴尔干半岛的经济贸易中心。作为"世界工厂"的东

莞，慧眼识珠，早在2008年，就与萨洛尼卡缔结为友好城市，双方一直保持友好联系和合作。

东莞是中国开放程度最高、经济活力最强的城市之一，综合实力连续多年位居中国地级市前列。作为中国改革开放的先行地，东莞在近40年间逐步发展为国际制造名城和国际贸易大市，与超过200个国家和地区建立了紧密的经贸合作关系，引进了来自50多个国家和地区的外资企业超过10000家。

"对外联络交流"向来是国家和城市上层建筑要厘清的事务，从大多数老百姓的视角来讲，希腊是每次奥运会举办时雅典女神采集圣火的地方，希腊具有强健的体魄、典雅优美的造型的裸男雕像，希腊是浪漫爱琴海米岛、圣岛8天休闲之旅，希腊是双向直飞一张8000元的飞机票……

但对世界莞商联合会常务副会长梁永雄来说，希腊是他与世界商贸的又一次携手前行，是情谊绽放的无数种可能，是他的商业梦在世界舞台的神妙回响。

5年前，在朋友的引见下，他与希腊贸易委员会主席伊蕊妮·卡里皮迪斯多次沟通，建立了良好的友谊。让我们来了解一下希腊贸易委员会是个什么机构，准确地说，它是一个致力于加强希腊与世界其他国家和地区经济文化合作的非政府和非营利组织。为进一步促进希腊与中国的友好合作，希腊贸易委员会已获得希腊政府授权，管理其在上海自贸区的希腊国家馆。与希腊贸易委员会建立联系，就相当于能够在一定程度上获得希腊总统办公室、希腊总理办公室、希腊旅游部、希腊农业发展和食品部、希腊基础设施部、希腊运输和网络部、希腊文化部以及希腊银行的支持，促进和希腊在贸易、旅游、文化、体育、技术、投资、海运和航运的合作交流。

带着笑容、期许和所有想象，梁永雄不远万里组队来到这个岛与海唇齿相依的地方，他打算为自己、为东莞在这里再编织一个商业圈。"希腊的农业生态发展很好，我们可以向它取经。""想在东莞也建立一套农业标准。""想成立一家农业公司，把它的生态农业引进中国。"梁永雄兴奋地说。

秋种心事，夏日花开。很快，梁永雄的"优悦农业发展公司"成立了。在他的带动和世界莞商联合会进一步的穿针引线下，2019年1月，希腊贸易委员会主席伊蕊妮·卡里皮迪斯一行访问了世界莞商联合会、东莞民投集团。

　　由此，希腊和东莞政商两界高层的交流也顺利铺开：2019年5月，东莞市委常委、副市长张冠梓会见来访的希腊贸易委员会主席伊蕊妮·卡里皮迪斯一行，双方就深化经贸等领域合作进行了交流。2019年8月4日至13日，由东莞市委副书记、市长肖亚非率领的东莞市政府代表团拜会了希腊农业部门，在希腊贸易委员会的推动下，世界莞商联合会常务副会长单位帝豪集团与瑞士阿曼尼集团签订《拟在东莞成立合资公司广东优悦农业技术有限公司》的合作协议，让爱琴海与"莞香"的友谊再次升温。

2019年5月，希腊贸易委员会代表再次访莞，受到东莞市委常委、副市长张冠梓（右三）接见

2019年8月，东莞市委副书记、市长肖亚非（右三）出访希腊，
见证东莞帝豪集团与瑞士阿曼尼集团签订合作协议

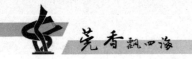

希腊时间2019年9月7日，中国东莞馆在第84届萨洛尼卡国际博览会（简称"萨博会"）上隆重举行开馆仪式。受东莞市政府委托，东莞世界莞商联合会全面负责此次东莞的参展工作。我国驻希腊大使章启月，希腊中部马其顿省副省长沃拉·帕图利杜塞，萨洛尼卡副市长彼得罗斯·列卡基斯，东莞世界莞商联合会常务副会长梁永雄等，为中国东莞馆剪彩。本届萨博会有近20个国家逾千家企业参展。首届萨博会于1926年举办，每年一届，为期9天，是巴尔干半岛展出规模最大、影响力最强的综合性国际贸易博览会。中国东莞馆作为本次展会的重要组成部分，以清新脱俗的风格，通过视频、图片、立体地图等形式全方位、立体化集中展示了东莞城市形象、投资和营商环境、对外友好交流情况，有效突出东莞优势产业和莞商品牌的整体形象。

当西奥多带领欧盟甲级足球队队员们出现在东莞馆场馆时，人潮涌动、欢腾，一时盛况空前……

回想布展期间的辛苦，梁永雄历历在目，"布展时间太短，短短十几天，企业简章、说明书、设计稿，联系当地制作公司布展，没有希腊的积极支持和无缝对接是做不到的。"

东莞这些参展企业涵盖电子信息、智能制造、生态文旅、机械装备、电子商务、服装、农业等行业，有效突出东莞优势产业和莞商品牌的整体形象，以展会为载体和平台，架起与世界交流的桥梁。"特别是智能手机产业发展迅速，全球每5部智能手机就有一部来自东莞。华为、OPPO、VIVO手机出货量均进入全球前五。"梁永雄常务副会长在接受希腊知名电视台TV100采访时自豪地说。

这年，这月，时光如梭。2020年——庚子鼠年，这一年注定要被历史铭记。一场新冠肺炎疫情席卷全球。

"如果有一天，我在异国他乡被风雨淋湿，你是否愿意给我撑一把蓝色的伞？如果有一天，我被苦难牵绊无力前行，你是否愿意陪我一个温暖的午后？如果那一次妈妈梦中的惊起让我哭泣，如果那一个地域的混乱陌生让我惶恐，你会不会把爱当作七彩云霞，像一个乘风破浪的英雄出现在我的面前？"海外游子在日记中写道。海外的游子们，无论何时都有着牵挂祖国母亲的心。

"山川异域，风月同天"，"岂曰无衣，与子同裳。"新冠肺炎疫情发生以来，广大海外莞商乡贤心系祖国，积极筹资筹物，倾力支援家乡抗击疫情，彰显血浓于水、情系桑梓的情怀。"情源相承一脉，风雨不分两乡。"随着海外疫情的不断扩散蔓延，防疫物资短缺成了影响海外莞商日常生活和生命安全的重要问题。作为凝聚和团结全球莞商的重要平台，莞商联合会会长尹洪卫高度重视，莞商联合会在3月16日发出了《给海外莞商的一封家书》，"我们深深关切身在海外尤其是疫情高发地区的莞商同胞，始终牵挂着你们的冷暖、惦记着你们的安危，世界莞商联合会永远和你们守望相助，心手相连……"

想念不会每时每刻，只是在恰好的时间，越来越寒冷的那刻送上暖衣，将拾起的家乡麦穗儿藏在怀中，等你来品。世界莞商联合会急海外莞商之所急，发挥海外世界莞商联合会分会的组织作用，积极了解海外莞商的防疫物资需求，协助海外莞商筹集防疫物资，支援海外莞商抗击疫情。

4月6日，由东莞市寄出的第一批共20000个一次性口罩抵达澳大利亚莞商联合会。澳大利亚莞商联合会会长陈日坤代表接收，他说："家乡东莞太棒了！其他商会和同乡会非常羡慕我们。为了方便会员和减少风险，近期将通过邮寄方式把口罩分派给会员。"

世界莞商联合会向澳大利亚捐赠1000个口罩

在留足备好抗疫物资基础上，澳大利亚莞商联合会积极参与当地抗击疫情的公益事业，展现海外莞商主动融入当地、尽职履责的良好正面形象。澳大利亚莞商联合会以及东莞同乡会公义堂积极参与了新南威尔士州华人华侨抗疫筹备委员会的工作，并推动抗疫筹款活动。4月7日，陈日坤和公义堂董事刘景棠以筹备委员会名义捐赠了2000个口罩给当地留学生，由我国驻悉尼总领馆牛文起

教育参赞代表接收；同时捐赠了1000个口罩给康平医疗中心，免费提供给前来看病的长者。

由东莞市寄出的写着"莞邑爱·同胞情，和衷共济·共克时艰"的一次性口罩
寄抵美国夏威夷莞商联合会

　　"希腊也出现了防疫物资紧缺的问题，情况不容乐观。"梁永雄眉头紧锁，从希腊方面传来的消息让他寝食难安。他迅速把情况反映给世界莞商联合会："希腊疫情告急，他们希望通过我会采购可靠的、大批量的防疫物资，以解决希腊防疫工作的燃眉之急。"

　　"我们必须行动起来，为希腊朋友出一份力。"世界莞商联合会会长尹洪卫了解到这一情况之后，积极组织，迅速行动，一方面把情况报告市工信局和外事局，一方面马上联系会员企业协调采购事宜。最终，通过常务理事单位广东茵茵股份有限公司调整产能、调节订单、加班加点生产，把一批批的防疫物资快速送往了希腊。

　　感谢信中写道："在这危急时刻，希腊与东莞虽然山水相隔，却情意相连。希腊贸易委员会与东莞世界莞商联合会有着良好的交流合作关系和深厚情谊。""这次防疫物资的顺利采购，充分体现了两地的互助友爱精神，让我们备受感动、备受鼓舞，更加增添了我们战胜疫情的信心。"

　　对希腊的防疫物资捐赠、筹备、运送的成功运作，不仅体现了东莞在全球疫情期间的人道主义精神及国际视野，更为东莞的国际影响力锦上添花。准确地说，这不是一封简单的感谢信，是东莞向中国乃至世界人民交出的一份成绩单，它借助世界莞商联合会"情系东莞，商通天下"的宗旨，落笔希腊，展望巴尔干半岛欧盟国家，用"海纳百川"的东莞精神，联通全世界。

位于北半球海浪声声的岛国希腊，与位于东半球惊涛拍岸的莞香之城东莞，他们的友谊还在续写。像海上的灯塔，给彼此最好的陪伴和慰藉。这的确是一封感谢信的故事，但它又不仅仅讲的是一封信，讲的更是真诚、是信念、是宗旨。

世事纷繁多元应，纵横当有凌云笔。"世界那么大，问题那么多，国际社会期待听到中国声音，看到中国方案，中国不能缺席。"——习近平总书记在2016年的新年贺词。

党的十八大以来，我国积极奉行"和平、稳定、发展、合作、共赢"的大国理念，充分展现我大国领导人的风采和当今中国"世界和平建设者、全球发展贡献者、国际秩序维护者"的形象。"守望相助，同舟共济，共同发展，实现命运共同体，实现共赢共享"为中国梦赋予了世界意义，中国的声音一次次在世界舞台回响。

东莞正是以此为准绳，坚持真心诚意对待海外国家，无论国际风云如何变幻，这些灵魂和风骨都不曾改变，而是历久弥坚！作为凝聚和团结全球莞商的重要平台——世界莞商联合会更将践行"创新、协同、绿色、开放、共享"的发展理念，与海外莞商促成一次次的国际合作交流活动，砥砺奋进，破浪前行，让莞香飘四海。

飞往埃塞俄比亚的友谊

孙海涛

让我们把时间拨回到2020年4月6日这天。

那天下午约2点的时候，广深高速东莞至广州方向，两名年轻人正坐车赶往白云机场。坐在副驾驶室的是张文华，坐在后排的是刘小东。当张文华全神贯注地注视着前方道路的时候，手机响了。只见他瞟了一眼屏幕，就把手机扔给了后排的刘小东，说："是外事部门的小李，你快接一下。"

接完电话，刘小东侧身对司机只说了一句："师傅，要加快速度，不然今天来不及了。"司机点点头，随后，他猛踩油门，向白云机场方向驶去。看他们满面严峻的表情，不难知晓，他们一定是遇到了特别紧急的事情。小东和文华均是来自东莞市人民对外友好协会的工作人员。那么他们究竟遇到了什么紧急的事情呢？

花开两朵，各表一枝。这里先不说小东和文华。此时远在万里之外的非洲东北部埃塞俄比亚的斯亚贝巴市（该市系埃塞俄比亚首都，也是东莞市的友好合作交流城市）国际关系部门的工作人员菲迪亚正紧张地盯着邮箱，等待着来自遥远中国东莞外事部门的工作人员小李的邮件回复。此时，在亚的斯亚贝巴市，正是上午9点。明媚的阳光从窗外照进室内，让几株绿油油的办公室绿植焕发出鲜活的光亮。空气中弥漫着清新好闻的气息。然而这一切让菲迪亚一点也高兴不起来。

众所周知，2020年那段时间，当全中国举国上下从中华人民共和国成立以来极为罕见也异常严重的新冠疫情灾难中挺过来之际，新冠疫情国际形势却越来越严重，除了每日以感染数万之多的人数递增，累计感染和累计死亡人数不断增多。埃塞俄比亚虽然疫情还未蔓延开，但是也不容乐观，尤其是医疗防疫物资十分紧缺，急需得到援助。就是在这样的情形之下的3月中旬的一天，菲迪亚却收到了东莞外事部门工作人员小李的电子邮件。在邮件中菲迪亚看到东莞发来是否需要口罩援助的问询。这无异于雪中送炭，菲迪亚顿时大喜过望，马上将这一消息报告给他的上司。随后，他就给小李回复了需要援助的邮件。于是，这场万里援助口罩的好戏就此悄然拉开了序幕。

然而谁又能料到，看似简单的援助事件背后，却是一波三折，困难重重。

大概在3月份初的时候，东莞因为及时布控，措施得当，疫情防治取得了非常好的效果。在东莞市领导和外事局各领导的关注及特别指示下，东莞市人民对外友好协会积极联系东莞的各个友好城市和准友城，除了介绍东莞经验，还广发邮件咨询友城的疫情状况，以及是否需要口罩援助。作为对外联络的主要工作人员，小李清楚地记得，当时她给韩国牙山市、德国伍珀塔尔市、埃塞俄比亚亚的斯亚贝巴市、墨西哥蒂华纳市、希腊萨洛尼卡市、汤加哈派市、巴西坎皮纳斯市、以色列霍隆市以及日本的神奈川县日中友好协会分别发去了邮件，但是最开始却只有埃塞俄比亚亚的斯亚贝巴市、以色列霍隆市表示物资紧缺，需要口罩和医疗物资援助。然而，没过几天，不少友城如巴西坎皮纳斯市、德国伍珀塔尔市以及墨西哥蒂华纳等城市也纷纷来函表示急需东莞的援助。

韩国牙山市市长（左三）接收姐妹城市东莞市捐赠的50000个一次性医用口罩

或许在外人看来，对外援助就是把对方需要的物资准备好，发航班或海运装送出去即可。其实，过程远没有这么简单。尤其是医疗物资，尤其是当时部分国家对中国援助的医用口罩检测后无端指出不合格的事件发生后，本来就很复杂的对外援助就变得更加艰难。这里，我们不妨细细说一说。首先，国家商务部门在4月初出台的医用物资出口新规规定，必须满足两个条件，其一是国内企业必须有我国医疗器械产品注册证书，其二就是出口的医疗物资必须满足进口方国家对医疗物资的质量标准要求。当时在东莞，只有两家企业取得国内的医疗器械注册认证，却没有进口国家所需的CE认证和FDA认证。其次，医疗物资捐赠必须报请东莞市疫情防控指挥部同意，再和市工信局等相关部门沟通，让其协助获取符合标准要求的口罩。当然，这还只是必须具备的主要硬件之一。其他诸如市财政经费申请、物流联系沟通、国际运费成倍增长、国际航班停运、和进口国家商谈口罩援助条款并签订捐赠协议，等等，困难是一个接一个，不停涌来。

而为了尽快地将医疗物资援助到友城国家，那段时间，东莞市人民对外友好协会的工作人员们加班加点利用一切可以利用的休息时间，写请示，进企业，跑仓库，入海关……当他们跑上跑下办理各项手续之际，一件意想不到的事情突然发生了。

墨西哥驻广州总领馆举办东莞市与准友城墨西哥蒂华纳市
口罩捐赠仪式

"李小姐，很抱歉地告诉您，因为疫情的蔓延，到部分友城的国际航班和海运都停运了。"4月中旬，小李正在办公室加班的时候，突然收到了物流公司的电话。

原来，由于国际新冠疫情的日益严峻，许多国家的城市相继封城，航班停运。这样一来，国际物流基本处于停滞状态，那么对东莞市人民对外友好协会的这次口罩等医疗物资援助而言，无异于雪上加霜。面对困难，东莞市外事局和东莞市人民对外友好协会的同志们丝毫没有退缩。外事局的领导同志对此事格外重视，除了亲自联系各友城所在国驻广州总领馆，还多次组织大家讨论，如何用最省时省力省钱的方式办好这件事。在外事局各位同志的努力下，他们相继谈妥了搭乘"顺风机"或通过转机方式将口罩运往墨西哥蒂华纳等城市。随后，通过与我国驻埃塞俄比亚大使馆及埃塞俄比亚驻广州总领事馆沟通，小李得知了一个重要的消息，近期埃塞俄比亚将有包机从广州白云机场运送其在华国民回亚的斯亚贝巴。得知这一消息后，大家都非常兴奋，因为埃塞俄比亚不仅路途遥远，物流费用也是出奇的高。并且，他们曾多次联系亚的斯亚贝巴市外事部门想要解决去亚的斯亚贝巴航班的问题，但都是悬而未决。现如今，可谓是柳暗花明又一村，自然是件让人开心的事情。小李他们立即将这一好消息报告给外事局局长……

德国伍珀塔尔市市民收到东莞市捐赠的口罩后纷纷表示感谢

物流问题迎刃而解，算是把压在大家心里的石头搬开了。一切似乎又回到了预定的轨道。按照原计划，小李安排人员将出厂的口罩检测装箱后，又物流配送到广州白

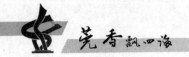

云机场,再通知到各友好城市准备发货。现在,只等着航班一到,这些口罩就能飞向它们各自的目的地,为处在新冠疫情威胁下的当地老人们带去有效的预防工具。

万事俱备,只欠东风!

话是这样说,确实没错。可谁都没料到,就在大家刚放下心中的石头之际,意外再次发生。就在口罩准备出口之际,海关对医疗物资出口报关材料有了更新更严格的要求,这就意味着做好的用于出口的医疗物资报关材料都是不符合要求的,应予以全部更换。而此时,东莞市人民对外友好协会准备对外援助的口罩早已装箱并抵达广州白云机场的物流仓库。也就是说,这批口罩的保管材料要按照海关的要求全部重新更改,做报关材料倒是不难,可原定的航班不等人啊。航班一旦错过,那等同于前功尽弃,所有的努力将付之东流。

时间不等人,航班更容不得有半点闪失。

"没什么好犹豫的,马上让相关负责人重做保管材料,然后去机场海关更换。"小李在请示领导后,当机立断,马上打电话安排工作人员重做。于是乎,这才出现了本文开头所书,刘小东、张文华火速前往白云机场的一幕。当他们两位火急火燎赶到机场更换报关材料的时候,小李也坐在了电脑前焦急地等待着。终于,经历6个小时的努力,报关材料全部予以更换完成。只见她鼠标一点,一封国际邮件也发到了埃塞俄比亚的菲迪亚那里。在邮件中,她告诉了菲迪亚,所有的麻烦都解决了,请放心按时接机卸货。

看到小李的邮件,菲迪亚嘴角终于露出了微笑,心中的担忧也全部释然。又是阳光明媚的一天。年轻帅气的菲迪亚发出了愉悦的感叹。只是,他料想不到的是,他的中国朋友为了此次的口罩援助,以及报关材料更换事件,做了多少努力,付出了多少汗水。

而此刻,小李心中也长舒一口气:又一批带着东莞温情与大爱的口罩飞往地球的那头。埃塞俄比亚,曾经陌生的地名和国度,因为疫情以及与东莞缔结友城的关系,这些天来早已在小李脑海里千回百转。当然,对小李以及她的同事们而言,虽然非常遥远,但埃塞俄比亚亚的斯亚贝巴市也不过是他们援助地标中的一个点。牙山、伍珀塔尔、蒂华纳、哈派、坎皮纳斯、霍隆……口罩每飞向一座城市,爱就将在那里撒播开去,温暖人间。

风云人物

普济往事

陈晓华

　　恩格斯的故乡巴冕建于1808年，在德国西部、伍珀河右岸，后来与邻近的埃尔伯费尔德等五个城镇组成伍珀塔尔市，也就是今天东莞的友好城市。19世纪中叶，两位巴冕年轻人在伍珀河登上蒸汽船，离开德国莱茵省，进入大西洋，穿越印度洋，前往东方一个叫"中国"的遥远国度。船只停靠在珠江口，这里刚刚经历了激烈战事，当地人销毁了英国商人的鸦片，还勇敢地用炮火去抵抗河面上的英国军舰。两个巴冕人，就在这里创办了一家诊所，救死扶伤。40年后，这家巴冕人创建的诊所发展成为珠三角地区的一家大医院，医院的名字也带着浓浓的中国味，蕴含着"普济众生"的含义，名字叫"普济医院"。

1949年，普济医院护士班的学生与教师合影

　　正如1888年的第一任德国院长一样，1921年，东莞普济医院最后一任德国院

长传教医生何惠民（Dr.Otto Hueck）从香港沿珠江、东江抵达东莞。1942年，刘役群从家乡广州增城来到东莞石龙，自此加入礼贤会护士班，展开她"服役社群"的人生。1942年至1949年期间她在东莞学习工作，那7年硝烟弥漫的从医经历如今已成为这位九旬老人刻骨铭心的记忆。

初出茅庐　满腔热情

1937年夏，日军南下侵占了广州，封锁中国东南海岸，广州遭到严重毁坏，而东莞则相对平静。1938年东莞沦陷，通往东莞的河道、公路、铁路陷于停顿，同年10月23日，是东莞普济医院成立50周年纪念日，典礼现场门可罗雀，5架飞机从医院的树梢上飞过，何惠民院长称这是"日本人奇怪的问候"。

1942年，增城人刘役群正值二八年华，出落得亭亭玉立，眉清目秀。她随着父亲刘树春来到东莞逃避战乱。父亲早年从金陵学院神学院毕业，对于德国礼贤会的护士班招生广告自然格外留意，虽然役群仅有小学学历，年龄尚且不足，但是父女俩还是决定去碰碰运气。

役群对"红楼医院"盛名早有耳闻，可当她真正置身其中时，大楼又是另一番景致，东莞普济医院建在脉沥洲，在水一方，绯红烛照江天。红瓦白墙，钟楼屹立，一派西洋风格。

年轻时的刘役群（中）

役群顺利加入礼贤会第三届护士班，完成了三年护理学习，后又接受了两年产科培训。何惠民院长亲授解体学和产科课程，战时课本寥寥无几，役群把课本一字不漏抄下来，并且背得滚瓜烂熟，如饥似渴吸收西医知识。

"成人骨头共有206块，腕骨有手舟骨、月骨、三角骨……手上的骨头可真复杂啊。"役群瞧瞧课本，再瞧瞧自己的手。学习上，役群遇到难题总是反复琢磨到深夜。尽管役群是护士宿舍的舍监，夜间协助巡房，但是她理解和她一样熄灯后偷偷读书的同学。

"Kinder Kinder，点做得。"发现没按时睡觉的学员，巡房的德籍护士长林祺迩（Adele Ranke，东莞人称她为林大姑）操着高亢而风趣的粤语说道。而被批评的护士却笑了。"Kinder Kinder，还笑？"林大姑并不较真。原来被派到香港的礼贤会医护人员都要说粤语，到了东莞有的甚至会说东莞话。

施展仁术　迎接新生

东莞普济医院是中国建立最早的西医院之一，创院伊始，正如医院名称所示，通过赠医赠药给底层人民治病，彰显仁爱博爱，使西医越来越为民众接受。何惠民医术精湛，远近闻名，尤为擅长膀胱手术，医院有一个橱窗，里面摆满大大小小的膀胱结石。当时东莞人普遍对西医外科手术不大有信心，更倾向于找中医治疗内科疾病。普济医院对本土医护人员培养具有积极意义，既减少了本地患者对西医的抵触情绪，又避免了医患之间的沟通障碍。

20世纪40年代，普济医院帮助当地居民免费接生，并传授西方喂养新生儿的方法。役群作为一名西医助产士见证了这些历史时刻。她清楚记得自己接生了33个孩子，不少是难产病例。妇女分娩多是在家里由接生婆或家人接生，遇到凶险的难产情况，就束手无策了，据东莞市人民医院志记载，旧法接生，产妇患产褥热高达25%，婴儿死亡率高达45%，普济医院提倡的新法接生使这种情况大有改善。役群每救活一个难产婴儿，都感到自豪和欣慰。"屁股出世比脚出世容易。一个脚出世比两个脚出世比较容易，有时候两个脚一起出是很危险的，用人工呼吸或拍腿的方法，多数都能救回来。"这是她在访谈中分享的经验。

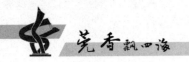

坚守仁心　无惧乱世

作为护士，役群日常工作是护理病人，倒痰盂，清理大小便，打包尸体，她常常记挂着病者，忘记了辛苦。

当时美军轰炸日军，误炸平民时有发生，伤员连夜被送往医院，场面相当血腥。看到残缺不全、血肉模糊的躯体，役群不禁潸然泪下。战争和瘟疫是孪生兄弟，当时中国南方是抗战时期日军实施细菌战的"重灾区"，1942—1944年，福建、广东、广西的鼠疫、霍乱异常流行，役群在仲鸾肺痨医舍（该医舍后来改称传染病楼）护理霍乱病人，有些病人一抬进来就死，瘟疫夺走一个个鲜活的生命，隔离病区弥漫着死亡的凝重气息，护士们像敢死队员奋战在抗疫一线，除了喝一种盐酸杀灭细菌，没有采取任何防护措施。

战火纷飞，瘟疫肆虐，正是这个二十岁不到的漂亮姑娘，所处的工作环境。

"那年死了这么多人我都没见过（鬼）。我很够胆，我不怕的。"役群说着，脸上带着一贯的平安喜乐。据刘役群回忆，当年全院除一位牧师的太太得霍乱外，其余医护人员无一感染。

心怀仁义　向善而行

1943年12月。广东抗日游击总队在坪山改编为广东人民抗日游击队东江纵队，曾生任司令员，尹林平任政治委员。

1944年的一个漆黑的夜晚，一个黑衣人穿过普济医院的手术室、药房，原来是离职后加入地下党的孔月嫦护士，"游击队被袭击了，又要劳烦何惠民医生和我走一趟。"她说得急促。过了一会儿，医生的房间灯光亮起，一支医疗队伍跟随着黑衣人急匆匆地离开了普济医院。

役群是这支四人医疗队的成员，他们拿着风灯和手电筒，在东江纵队队员的带领下，穿过漫长的田间小路，到了镇里的一个祠堂。门口放哨的游击队员轻轻打开祠堂的门，医疗队跨进门，就闻到血腥味，听到低声的呻吟。地上铺着的稻草上，满是受伤的东纵战士。何医生用粤语询问了伤员的情况，发现伤情严重，医疗队立刻开始救治。

如果在传染病房近距离感受到了死亡的凝重,那现在,役群面临的是真切的死亡威胁,死亡是可以触摸的。每次出诊面临的是,一旦被日军和伪军发现,就意味着会有生命危险。她后来回忆道:看见那些伤兵一个个被救过来的时候,我们都觉得自己特别伟大,也值了。

役群深深感到德籍医生何惠民是谦恭善良的人,后来救治了40多位东江纵队的伤员,包括东江纵队司令部参谋主任卢伟良、东一支队三龙大队队长陈昶登。从普济医院,再到后来的东莞市人民医院一直传承着这种人道主义精神。

留下火种　燃亮未来

1926年,德国基督教礼贤会派德籍护士林祺迩任普济医院首任护士长,并扩大了实验室,管理得当的实验室对地处热带地区的医院来说是必不可少的,中国女孩在实践护理中被认为"从零开始"。

德籍护士悉心指导在院护士关爱病人,言传身教,培养了一批优秀的护理人才,而役群就是其中的佼佼者。她于1945年第三届护士班毕业后继续接受了两年的产科培训,于1947年正式毕业。当时大部分女生都想出去发展,纷纷离开了普济医院。役群也打算和同学去增城开诊所,连器材都买好了。林大姑很看重役群,因为她会用显微镜看化验结果,这在当时是一项很高难度的技能。两个人在工作中也建立了深厚的交情。

当役群提出要离开时,林大姑对着她痛哭,舍不得她走,希望她留下。所以刘役群含泪答应留下来,又工作了一年多。1949年,役群走进了婚姻的殿堂。林大姑明白无法挽留这位优秀的姑娘了,怀着对役群的深情厚谊,为她准备了一份嫁妆:一套毛线棉被。在物资匮乏的年代,这便是来之不易的厚礼。

1951年,林大姑返回了德国,依然和役群保持着联系。

1949年,刘役群离开东莞,到东江对岸的香港,在一家保育中心工作,把对护理的这份爱心运用在照顾儿童上,继续"服役群众"。

她仍会想起在普济医院工作的日子,风景宛如昨日。

　　"医院在城外的河边，到医院必须先穿过北门，然后坐渡船过运河……那里有一所妇女和儿童共用的房子，和一所给男人用的大房子，里面有手术室、药房，和一个小教堂……"

刘役群近照

　　这是何惠民医生日记里的熟悉的文字，这也是役群记忆中的普济医院。

　　东江的河水，流过普济医院门前，奔流向前，汇入香江，融入太平洋。19世纪中叶两个伍珀塔尔年轻人，带着医术和友谊，漂洋过海来到了东莞的土地上，种下了仁心仁术的种子。这颗种子，在20世纪发展出了现代的医院，并在21世纪继续服务着东莞人民。

后　记

我们过去知道，1888年，东莞人民医院前身的普济医院由德国礼贤会创建，但未探究这家教会的发源地；2015年，东莞市与德国伍珀塔尔市签署了友好城市协议，但未深入了解过两市的历史渊源。在东莞市档案局展出的"东莞百年图片展"中，笔者发现教会名叫礼贤会（Rhenish Missionary Society，RMG)，起源于德国莱茵省（Rhein音译即粤语"礼贤"）乌柏图的巴冕城（Wuppertal-Barmen），也就是东莞友好城市伍珀塔尔市的前身。伍珀塔尔是弗里德里希·恩格斯的故乡，笔者在2020年恩格斯诞辰200周年之际，通过对有关史料及当事人日记、口述材料研究考证，初步接驳了上述内容的断层，也初步贯通这段历史的脉络。

1847年，第一批年轻的礼贤会传教士柯丽德牧师和叶纳清牧师离开莱茵省，抵达香港，来到虎门镇口开设医馆，就在同一年，恩格斯和这些普济医院的创建者们，同时离开了家乡，各分东西，去向了更加广阔的世界。

近日笔者用微信采访了现年94岁的役群，原本抱着试一试的态度，没想到她发来一张又一张照片，还有问必答，蓦地笔者恍然大悟，她无论何时都是时代的弄潮儿，现在玩转社交媒体，过去师夷长技以救人。她发来最后一张图片，是2019年伍珀塔尔市历史图片展宣传海报。图片场景发生在20世纪中叶普济医院实验室，三个中国女孩赫然在目，首位是役群。历史又是那么远，这么近。

刘役群生于1926年，目前定居香港。她是德国礼贤会管理的普济医院目前尚在世的为数不多的医护工作者，是普济医院发展史的亲历者和见证者。普济医院1888年在莞城文顺坊创立时，只有门诊部和留医部，病床25张。到了1949年，发展到病床160张。前身为普济医院的东莞市人民医院目前已发展成为一所集医疗、教学、科研和预防保健为一体的大型综合性三级甲等医院。全院设有三个院区、两个医疗联合体，2019年床位已经达到3020张。门急诊333万人次，住院手术8.6万例次。

"行医济世"的情怀一直不断延续着，从未间断，在伍珀河和东江水，吟唱着"友谊地久天长"。

当东莞人在东江河畔吟诵"逝者如斯夫"时，1836年，16岁的恩格斯在伍珀

河畔，写下一首诗歌：

　　这支队伍来了，又消失了，
　　只留下一片闪闪的金光，
　　啊，怎样才能把他们挽留？
　　又有谁能把他们赶上？
　　诗一般的梦幻，
　　还会重新出现，
　　当你再次看见他们，
　　欢乐充满心田。

"一带一路"上的垦荒者

周齐林

多年过去后，张华荣依旧记得那个日子。那是2011年八月的一天，在广东省外经贸厅领导的安排下，他见到了埃塞俄比亚的总理梅莱斯。

岭南的八月，正是盛夏时节，空气中弥漫着阵阵热意。当时第26届大学生夏季运动会正在深圳如火如荼地进行着。时任埃塞俄比亚总理的梅莱斯前来参加这次运动会的开幕式。梅莱斯是一个充满智慧的人，他的这次中国之行除了出席开幕式，还有一个更为重要的任务，他想把中国劳动力密集型的制造业带到自己的国家去。埃塞俄比亚劳动力低廉，这对于生产成本和人工成本日益高涨的中国而言是一个巨大的优势。

埃塞俄比亚联邦民主共和国位于非洲大陆东北部，处于非洲的中心地带。埃塞俄比亚是非洲最古老的国家之一，首都亚的斯亚贝巴是非盟所在地。埃塞俄比亚自然资源匮乏，没有石油、天然气、煤、黄金、钻石，但人口众多，有9700万人口，人均年GDP（国内生产总值）仅有500多美元，失业率达40%，还有20%的人口一天只能吃一顿饭。在过去的10多年中，埃塞俄比亚经济一直保持年均两位数的增长速度，但是它仍然是全世界最不发达的国家之一。拥有将近一亿人口的埃塞俄比亚，80%以上的人口是农业人口，GDP中的四成来自农业。

2011年，埃塞俄比亚制定并开始施行新的五年"经济增长与转型计划"。在这样的背景下，梅莱斯再次把目光投向了中国。梅莱斯深知这些年埃塞俄比亚的经济之所以能快速发展，很大程度得益于中国的帮助与支持。自从2003年埃塞俄比亚与中国建立全面合作伙伴关系以来，埃塞俄比亚的各个领域都能看到中国人的影子。在基础设施建设领域，埃塞俄比亚百分之九十以上的公路、通信网络、城市轻轨、第一个风力发电场以及几个重要的水电站等，都由中国

的企业参与建设。

　　梅莱斯来出席大学生运动会开幕式的同时，想在劳动密集型企业密集的珠三角地区进行招商引资。

　　在深圳的那次会面，作为东莞鞋业的领军人物，张华荣的个人气质和企业经营的理念给梅莱斯留下了深刻的印象。张华荣对鞋业未来发展的规划与梅莱斯的想法不谋而合。张华荣不仅要打造国内高端的鞋业品牌，更有意结合国家的"一带一路"政策，把华坚集团的生产基地拓展到海外。张华荣作为军人出身，身上不仅有着军人的干练，更有着企业领导人的睿智。梅莱斯见到他的第一眼，说他看起来像将军。张华荣确实如一个将军一般，在自己的企业战略版图里，指挥着千军万马。

　　出席完大学生运动会后，梅莱斯盛情邀请广东省的制造行业的企业家组团前往埃塞俄比亚进行商务考察。

张华荣（左四）慰问埃塞俄比亚当地员工

　　一个多月后的9月24日，张华荣作为这次考察团的团长，带领着四十多名广东省内的企业家登上了前往埃塞俄比亚的飞机。到埃塞俄比亚之后，随行的四十多名企业家经过几天细致的考察之后，看着埃塞俄比亚的地理环境和基础设施都纷纷打起了退堂鼓。张华荣心底也生出几丝退意。产业投资必须落实到每个细小的环节，不是单纯地做出一个决定。考察即将结束时，时任埃塞俄比亚总理的梅莱斯把张华荣单独邀请到亚的斯亚贝巴总理府。在总理府，张华荣与梅莱斯畅谈了两个多小时，深深被梅莱斯的睿智和诚意所打动。谈话即将结束时，梅莱斯说，由中国援助两亿美元建设的非洲联盟会议中心，就要在埃塞俄比亚首都亚的斯亚贝巴落成。这座庞大的建筑物是中国继坦铁路之后最大的援非项目，大多数建筑材料都来自中国。说到这里，梅莱斯忽然停了下来，看了张华荣一眼。梅莱斯顿了顿，继续说道："我很希望至少有一家来自中国的制造企业能在该中心落成时完成投产，从而更能显示中国和埃塞俄比亚的友好和中国对埃塞俄比亚的经济扶持。"

张华荣从梅莱斯的眼神里看到了他的希望与期待。梅莱斯几乎认定他就是这个能帮他完成这个愿望的人。

"谢谢您，我一定尽快做出答复给您。"起身出门，梅莱斯热切的眼神一直留在张华荣的脑海里，挥之不去。

回到国内，张华荣立即与美国的客户商量，张华荣把自己想在埃塞俄比亚投资建厂的想法告诉了对方。没想到对方很快认可张华荣的决定，并同意给他们在埃塞俄比亚的工厂下订单。听到这个消息，张华荣抑制不住内心的兴奋，他在办公室不停踱步，梅莱斯热切的眼神再次浮现在他眼前。其实他在自己走出亚的斯亚贝巴总理府的那一刻，决定就已经在心底种下了。距离非洲联盟会议中心开业落成的时间只有3个多月了，要在这3个多月里在埃塞俄比亚亚的斯亚贝巴建厂生产，时间已是相当紧迫。

2011年11月5日后，张华荣把自己的这个决定通函第一时间告知了埃塞俄比亚政府。这是一段特殊的日子，多年后的今天，每每回想起这段日子，张华荣依旧感到兴奋。

张华荣的这个决定让华坚集团成为第一家走进非洲发展开设工厂的中国企业，也是唯一一个赴埃塞俄比亚进行商务考察的考察团中对埃塞俄比亚投资的企业。

埃塞俄比亚总理梅莱斯接到消息后也十分兴奋，埃方政府高度重视这个项目，立刻把这个项目确立为国家招商项目，可见其对这个项目的重视。

当兵出身的张华荣做事十分干脆果断，为了能让生产线早日投入生产，他特

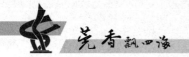

意在自己的办公室墙壁上挂了两个钟表，一个是北京时间，一个是埃塞俄比亚时间。墙壁上的时间时刻提醒着张华荣奋力前行，追赶每分每秒。

在埃塞俄比亚投资建厂不是单纯的一句话，涉及方方面面烦琐的事情。张华荣第一时间把相关生产设备运到了埃塞俄比亚首都亚的斯亚贝巴进行安装。在埃塞俄比亚当地政府和中国大使馆大力支持下，顺利招聘到了130名埃塞俄比亚员工。这批员工也很快乘飞机来到了中国东莞华坚集团总部接受从业培训。

这是一场与时间赛跑的比赛。又一个多月过后，2011年12月，张华荣带领着华坚集团200多名员工以及培训合格的100多名埃塞俄比亚员工登上了前往埃塞俄比亚的飞机。

2012年年初，两条生产线全部安装完成，员工也顺利到位。这两条生产线月产能达到20000多双鞋子，能提供530个就业岗位。同年1月28日，对于张华荣和每一位"华坚"人来说那是值得深刻铭记的日子。这一天，正式开始投产。开业典礼上，受邀莅临的有非洲多国的多位领导人。当了解了华坚国际鞋业从决定投资到首期生产建成正式开工仅用了3个月时间时，在场的所有人无不为之深感惊讶与敬佩。

埃塞俄比亚和华坚的合作是互利共赢的。作为劳动密集型的制造业，华坚需要大量成本低廉的劳动力和原材料。埃塞俄比亚为非洲第二大人口大国，失业率接近50%，生产大量的优质皮革，迫切需要华坚这类劳动密集型企业的入驻。

制鞋对于埃塞俄比亚人来说是新领域，虽然埃塞俄比亚劳动力成本相对低廉，但是员工的效率低，制鞋技术也不熟练，报废率极高。为了从根本上解决这个问题，华坚在人才培养方面下足了功夫。

对于新员工的培训，华坚建立了专门的培训教室，由经验丰富的中方老师以"一带多"的方式进行手工、设备的手把手教学；对于那些表现优异的本地员工，厂方更是为他们提供去中国华坚东莞总部和华坚赣州技校学习设备操作、企业管理和中文的培训机会。

如今，一批批学成归来的员工已经在更为重要的岗位上挑起了大梁，甚至参与管理工作。

张华荣把中国速度带到了非洲。在投产不到3个月后，华坚国际鞋城又再次创造了令人惊叹的速度。2012年3月，华坚国际鞋城生产出第一批女鞋，装入集装箱启运美国。时光飞逝，3个月过后，华坚国际鞋城产能翻了数倍。

产能迅速提升，华坚国际鞋城再次扩大生产流水线。到2012年12月，华坚在埃塞俄比亚雇用工人增加到1600人。这一年，华坚国际鞋城的出口额，占到埃塞俄比亚皮革业出口的57%。华坚集团在埃塞俄比亚创造了令人瞠目的"华坚速度"，也创造了非洲国家生产出美国主流女鞋的神话，成为埃塞俄比亚最大的出口企业。

华坚能在短短的3个月时间里建成华坚国际鞋厂，除了华坚人坚韧勤奋努力的做事风格，还与埃塞俄比亚东方工业园密不可分，东方工业园是中非产能合作、产能转移的试点单位。

3年后，为了埃塞俄比亚的经济发展，也为了给中国企业未来的可持续发展提供一个很好的设施平台，张华荣做出了一个大胆的决定，他决定建设埃塞俄比亚华坚国际轻工业城，为更多的轻工制造企业提供发展平台。

张华荣的这个想法迅速得到了中非发展基金会的盛赞，中非发展基金会的宗旨就是大力支持中国企业在非洲的发展。非洲这些年来成了中国劳动密集型企业转移的最佳选择地方。

2015年4月16日，这是一个难忘的日子，也是一个值得书写的日子。这一天，

中国—埃塞俄比亚经贸合作协定签约仪式

在埃塞俄比亚首都亚的斯亚贝巴市郊的工地上，人头涌动，弥漫着喜庆和欢闹的气息。埃塞俄比亚—中国东莞华坚国际轻工业园在这里举行盛大的奠基典礼。

典礼十分隆重，埃塞俄比亚政府十分重视，在典礼现场，

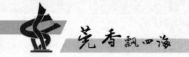

埃塞俄比亚总理海尔·马里亚姆、中国驻埃塞俄比亚大使腊羽凡、东莞市领导、埃塞俄比亚各级政府代表，以及国内各大媒体记者300余人一起见证了这次盛典。

埃塞俄比亚时任总理海尔·马里亚姆亲自主持奠基仪式，深情盛赞张华荣是为埃塞俄比亚做出卓越贡献的英雄。埃塞俄比亚—中国东莞华坚国际轻工业城的建立，无疑是中国和埃塞俄比亚在轻工业领域合作的一座全新的里程碑，意义非凡。这个占地126公顷的轻工业城将成为"中国制造"在非洲的成功典范。张华荣决定把它打造成高效、环保、文明、和谐的具有浓郁中国风格的轻工业城。

轻工业城地理位置十分独特，距离亚的斯亚贝巴总理府13千米，距离喜来登酒店12千米，距离非盟总部6.7千米，距离亚的斯亚贝巴火车站1.5千米，距离中国大使馆3.8千米，距离亚的斯亚贝巴机场10千米，距离吉布提港口800千米。轻工业城地理位置优越，安全性高，交通也十分便利。作为华坚投资建设的国际轻工业城，弥漫着浓郁的中国元素，融入了中国长城元素的城墙把整个工业城围了起来。

一年后，陆陆续续有12家企业和华坚国际轻工业城签订了入驻协议。园区以服装、鞋帽、电子等轻工业制造为主，带动一批轻工制造企业进驻园区，形成产业链聚集区。同时，增设公寓住宅区、商务办公区、商业街区等功能片区，将为埃塞俄比亚提供3万到5万个就业岗位。项目10年内计划总投资20亿美元，于2020年全面竣工。园区以建设成为可持续、高效率、产城一体的工业化新城和高度环保的人性化社区为目标，将成为"中国制造"走进非洲的成功范例。

实现从"中国制造"到"非洲制造"的跨越，是偶然也是一种必然，随着原材料、物价、工资等不断高涨，生产成本不断增加，制鞋代工企业的利润不断被压缩。华坚作为国内最大的鞋类出口企业、OEM中高端女鞋制造企业，决定走出国门。把制造业中劳动密集的加工部分转移到埃塞俄比亚明显有利于母公司的产业升级。

埃塞俄比亚华坚生产的女鞋全部出口美国。虽然面临的困难很多，但也有不少优势。如果从中国进口华坚生产的鞋，要交37%的关税，从埃塞俄比亚进口则免关税。此外埃塞俄比亚作为一个不发达国家，低廉的劳动力也成为一大优势。然而对于一个优秀的企业家来说，张华荣对企业的发展有着清醒的认识，优秀的企业不仅要有良好的职业精神和职业道德，更要树立正确的义利观，做有效益、有品德和更长远的事情。谈及企业文化，他深知要切实融入当地社会，遵守当地法律，尊重当地文化，爱护当地员工，这样才能达到合作共赢，才能保持长远持久地发展。

张华荣这样想的，也是这样身体力行的，把自己的想法落到实处。华坚在埃塞俄比亚的投资为埃塞俄比亚人民带去了福音。

华坚埃塞俄比亚项目现已有8000余名当地员工，一个人在埃塞俄比亚华坚的鞋厂上班就能解决一家人的吃饭问题。华坚为埃塞俄比亚员工免费提供一日三餐，为了给他们制造美味的早餐，公司还从中国带去了制作面包的机器，中午和晚上提供民族餐。几个月下来，很多刚进公司时比较瘦弱的甚至营养不良的员工都胖了不少，脸色也变得好看起来。一些员工住在附近的山坡上，生活用水只能跑到山脚下去背，水是生命之源，极度缺水让他们的生活陷入泥潭。张华荣得知这个消息后，组织公司修建了多个洗澡房，让员工下班后洗了热水澡再回家。为了方便员工，公司还租用大巴车接送员工上下班。细节决定命运，公司对埃塞俄比亚员工无微不至的关爱和照顾，赢得了埃塞俄比亚社会各界的赞誉。很快，在华坚工作的埃塞俄比亚员工成了当地人羡慕的对象，纷纷以能加入华坚为荣。

埃塞俄比亚华坚项目改变了许多埃塞俄比亚人的命运。

"投资埃塞俄比亚5年来，华坚关心当地青年人技能培训，关心青年女性员工的成长与身心健康。目前，埃塞俄比亚华坚的当地员工，56%为女性，已有86位女性成为初、中级管理干部。Turunesh Manecha是她们中的代表，她2011年12月入职，前往中国培训3个月，2012年担任班组长；2013年接受电脑和财务培训，负责价格审计；2015年她生育了一个健康的女儿；2016年7月她成为价格审计部门主任；她的丈夫Diro也在埃塞俄比亚华坚担任管理职务；今年他们购买了自己的住房。"

张华荣的眼光不仅仅关注着企业的发展，他的眼光放得更远，他觉得投资非洲、促进埃塞俄比亚和华坚共同发展和进步的同时，更是为了从根源上消除贫困、改善妇女不公平待遇，为中埃友谊、合作贡献出自己的力量。在张华荣的领

导下，华坚集团一直为此不懈努力着。

随着时代的发展，人类的命运紧密地联系在一起，个人早已不是单独的个体。随着中非在经济上不断深入合作，中非早已是休戚与共的命运共同体。

2020年新冠疫情发生以来，张华荣积极参与制定了详细的复工防控预案，在复工后采取派发口罩、全面消毒等一系列措施，华坚集团埃塞俄比亚工厂于3月1日开始复工，华坚集团在埃塞俄比亚已有6000多人复工生产。

作为一个优秀的有担当的企业家，疫情的肆虐牵动着张华荣的心，在国内抗击新冠肺炎疫情的关键时期，张华荣积极支持和助力疫情防控，为疫情防控贡献出一份自己的力量。他先后向湖北省红安县红十字会捐款300万元人民币、向江西省南昌市高新开发区捐款300万元人民币、向江西省赣州市开发区捐款30万元人民币，累计捐款630万元人民币。向东莞疾控中心捐赠防护服1500套、向江西省红十字会捐赠防护服1800套、向赣州医学院附属第一医院捐赠防护服200套、向赣南医学院捐赠防护口罩8万只。

张华荣是一个有情怀的企业家，作为践行"一带一路"倡议和走进非洲国家的标杆企业，张华荣积极向埃塞俄比亚、肯尼亚、卢旺达、赞比亚、刚果（布）、吉布提、津巴布韦、乌干达等非洲多国捐赠防疫物资，助力和支持非洲国家抗击疫情。得知非洲相关国家发现确诊病例后，张华荣第一时间与相关国家政府和使领馆进行了联系，就有关需求进行了沟通了解，他力求以最快的速度将物资送到非洲，非洲的兄弟最需要什么，他都会想办法解决，并以最快的速度支援。抗疫期间，累计向非洲等多国捐赠防护服6800套、隔离衣5300套、KN95口罩6.5万只、医用外科口罩3万只、一次性口罩224万只、红外线体温枪380把。

这些数据背后是张华荣那颗牵挂的心，非洲这块热土这些年来已成为他生命中的一部分，那里的点点滴滴都牵动着他的心。

张华荣对鞋子有着很深的情结，公司许多地方的设计都围绕着鞋子模型的元素展开，每个细节里都浸透着他的智慧与心血。

鞋子代表着远方，更隐喻着奔跑的姿势。

从当初的家庭式作坊到如今具有全球规模的制鞋企业，张华荣不骄不躁，一步一个脚印。

　　"我一直会做一个优秀的鞋匠，做基业长青的百年经典企业，让华坚集团成为屹立于世界鞋业制造企业之林中的经典民族品牌企业！"谈及未来，张华荣满怀深情地说道，言语间满是智慧和民族情怀。相信在他的领导下，华坚一定会创造出新的硕果，开辟出新的道路。

华坚国际鞋城（埃塞俄比亚）员工

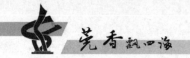
东莞钟表事业的推动者

无歌　肖国林

东莞得利钟表有限公司董事长梁伟浩，是位扎根东莞30余年的香港企业家。过去的20多年里，他先后担任中华海外联谊会理事、美国华盛顿亚太研究中心顾问、香港中华总商会常务会董、香港贸易发展局钟表业咨询委员会委员、香港钟表工业协会主席、香港青年工业家协会名誉会长等多个社会职务，这一串串头衔，是他联络国际、宣传中国的通行证。

40多年的改革开放使中国发生了翻天覆地的变化，国际地位和影响力显著提升。当前，以习近平总书记为核心的党中央提出实现中华民族伟大复兴"中国梦"的宏伟蓝图，更是振奋人心，催人奋进。习近平总书记多次强调，国之交在于民相亲，民相亲在于心相通。

梁伟浩认为，祖国母亲的繁荣富强是港商投资发展的坚强后盾，而如何讲好中国故事，提高祖国的形象和国际影响力，让世界更好地了解中国，了解东莞，则是广大港商责无旁贷的责任和义务。

事实上，围绕"让世界更好地了解中国、了解东莞"这一伟大目标，梁伟浩一直在努力着。

争取外资来莞兴业

20世纪90年代初期，中美经贸关系摩擦不断，梁伟浩利用自己在香港和美国工商界的广泛人脉和影响力，穿梭于中国内地、香港，以及美国三地之间，不断地向美国政界和工商界介绍中国、宣传中国。

1992年被美国华盛顿亚太研究中心聘为顾问后，梁伟浩在1993—1996年，每年安排美国国会议员、议员高级助理以及美国工商企业界的负责人和代表，组团到中国的北京、上海、广州、深圳、东莞等城市进行实地访问考察，加深美国政界、工商界对中国的了解和认识。

梁伟浩总是不厌其烦地告诉美国人，中国正在坚定不移地走改革开放的道路，走市场经济的道路，很多政策和规则都在慢慢地与世界接轨，中国人口多，经济正处于起步阶段，商机无限。这些大量实质性的工作，对于吸引美国工商界赴中国投资，缓和中美两国之间的经贸摩擦，促进两国经贸合作，特别是延续中国的最惠国待遇及解决知识产权纷争等，起到了一定作用。

20世纪90年代中期，梁伟浩还积极利用自己广泛的国际联系网络，先后组织了日本、美国、澳大利亚、英国等国家的企业家近20批260多人到中国考察投资环境、了解经济发展状况和金融股票市场，组织引进了大批港澳台以及外国企业家到东莞投资设厂，所引进带动的港台、外国投资超过300亿元人民币。

促进中国钟表走向国际舞台

瑞士巴塞尔国际钟表珠宝展是世界钟表业最重要的专业展览之一，在1996年之前，由于种种原因，中国一直被排除在外，没有参展资格。

"瑞士制造"商标指引宣讲

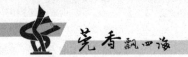

1994—1996年，梁伟浩担任香港表厂商会会长期间，多次出面与巴塞尔国际钟表珠宝展组委会主席马米先生交涉，陈述中国钟表业的发展与进步，以及其应有的国际地位等，要求组委会允许中国钟表行业参加。

经过梁伟浩以及其他人士的多方共同努力，中国钟表业终于在1996年4月获得了参展资格，由中国钟表协会、中国国际贸易促进委员会轻工行业分会共同组织中国钟表企业正式参展。当中国的五星红旗正式在瑞士巴塞尔展馆升起，此前一直存在的台湾旗从此消除。

中国钟表企业首次在全球知名度较高的瑞士巴塞尔钟表展览会展示了自己的钟表产品，这是件相当荣耀的事情。此后，中国钟表行业连续参展。通过参展，不仅使中国钟表产品走向了国际舞台，还能学习吸取先进的国际钟表设计理念，提高产品质量。

为了与瑞士巴塞尔国际钟表珠宝展组委会保持沟通联系，建立长远友谊，梁伟浩每年都协助邀请瑞士专家到中国，指导中国钟表企业参展，有效保护了中国参展商的利益。另外，他还安排中国钟表行业负责人与组委会主席定期会面，沟通信息，交流情况，争取主办方的支持。

正因为梁伟浩打开了瑞士巴塞尔国际钟表珠宝展这一宝贵的窗口，才使得中国钟表企业能不断开拓国际市场，使其发展壮大。

推动中瑞自贸协定谈判

钟表是中瑞自贸谈判中举世瞩目的焦点和亮点，谈判过程非常艰辛。

梁伟浩作为中国钟表行业的资深专家和副理事长，他积极参与有关座谈会和研讨会，收集提供行业数据和政策建议，同时广泛联络瑞士钟表业专家和政界友人，跟他们交流，跟他们说明中国钟表行业的发展状况，以及中国政府的相关立场，为中瑞自贸协定谈判增添民意基础、社会基础。

历时两年多的九轮谈判，2013年5月24日，在李克强总理与瑞士联邦主席毛雷尔的见证下，中瑞两国签署了《关于在中瑞经贸联委会下建立钟表合作工作组的谅解备忘录》。瑞士钟表关税从自贸协定生效之日起开始降低，第一年降18%，以后每年大约降5%，10年降60%。这是中国与瑞士共同签署的第一份钟表领域的政府间合作文件，对于促进中瑞两国钟表行业的交流与合作，加强钟表产业知识产权保护，提升售后服务水平，维护消费者合法权益等方面都将发挥重要作用，为钟表行业的长远发展保驾护航。

2015年7月2日，梁伟浩成功组织深圳市钟表协会职业技能培训中心多名在职员工到瑞士BBZ Biel–Biennie Technische Fachschule 钟表技术学院参加为期两周的培训课程，学习瑞士先进钟表技术以及管理经验，为中国钟表业培养技术人才添砖加瓦。

走出去谋发展

东莞得利钟表有限公司在梁伟浩的引导下，充分发挥自身行业竞争优势，把握新技术发展机遇，不断加快传统钟表制造业转型，积极实施"走出去"发展战略，有力保障了企业在行业的地位和竞争优势，促进企业平稳健康快速发展。得利钟表公司由中低端手表制造向中高端转型，凭借优质的产品、贴心的服务赢得外国客户青睐，不断扩大市场份额，成为逾20家瑞士高端钟表品牌的战略合作伙伴。这一走出去的战略部署，有助于外国消费者了解"中国制造"，有利于公司进一步赢得欧洲市场的口碑，为企业及旗下产品的核心竞争力打开了可持续的发展空间。

2017年1月1日，"瑞士制造"标准新法规正式实行，直接影响了瑞士本土的制造商，以及全球为瑞士品牌和瑞士客户供应产品的制造商。梁伟浩带领东莞得利钟表有限公司未雨绸缪，于2016年3月率先在瑞士全资成立设计研创中心和制造工厂，以应对相关法律法规的变革，并为瑞士客户提供"供应链整体解决方案"，率先抢占"Swiss Made（瑞士制造）"市场，成为中国第一家走出去的钟表成表制造企业。

中央电视台《东方时空》，以《中国制造正在悄然升级，东莞得利钟表有限公司成为"中国制造升级逆袭的典型代表"》为题，对得利钟表公司产业升级进行了宣传，给予了肯定。

原东莞市委书记吕业升（第二排中）访问瑞士

架起东莞连接世界的友谊之桥

2008年至2018年，梁伟浩担任全国政协委员期间，一直不遗余力地向外国友人介绍东莞、宣传东莞，并陪同东莞市领导接待外国友人和考察团，积极推动外商投资东莞，组织外商朋友来东莞访问考察。

梁伟浩经常跟外商这样介绍，东莞是"世界工厂"，拥有最完善的产业链配套、最有利的地理区位优势、最贴心的政府服务，是外商投资的理想热土。同时，他也鼓励身边的企业家朋友走出去，组织他们与国外企业开展交流合作，学习先进技术和管理经验。

2013年，习近平主席提出了"一带一路"战略构想以来，梁伟浩积极参与"一带一路"建设的有关工作，注重与"一带一路"沿线国家开展交流与合作，如加强与印度、俄罗斯等国的联系，均取得了较好的成果。

进入2020年，全球新冠疫情暴发，疫情初期，瑞士和土耳其的合作伙伴无偿援助了东莞得利钟表有限公司口罩9.6万个，总价值约6万美元。后来，国外疫情加重，梁伟浩也分别向瑞士、土耳其、俄罗斯等国的合作伙伴无偿援助口罩、消毒液等抗疫物资，充分发扬了国际抗疫互助精神。

梁伟浩，作为东莞钟表事业的推动者，他永远奔走在构建东莞连接世界友谊之桥的路上。

牵手苏里南

海风

2020年10月初，苏里南总统顾问张丰年率队的访亲团来到武汉，用自己的亲身体验告诉同胞："武汉最安全！中国最安全！"这则新闻，经湖北电视台等媒体一播出，如同一粒石子击破一潭春水，引起海外侨团不小的反响。

张丰年近照

这一天，张丰年和他组团的同学、海外华人社团负责人等十几人，站在高速公路武汉西路口，围成一个"心"形，齐心高唱《我爱我的祖国》《没有共产党就没有新中国》等一首首发自内心的歌曲。唱着，唱着，这个早年过番在异国他乡打拼，如今已年过古稀的老人，情不自禁流下兴奋的眼泪。

　　庚子年，是充满想象的一年，让本该早回苏里南的张丰年，因这场不请自来、前所未有的新冠疫情，不得不滞留东莞老家，直到现在还不能回去见见儿孙。新年伊始，春节鞭炮刚刚燃放，就从电视、微信里看到武汉疫情告急，就与朋友联系，希望为祖国做点什么。在他的动员下，为当地捐助了数万只口罩和部分防疫设施。而当苏里南疫情发作，张丰年又牵挂起来，一边将祖国的防控经验通过电话、微信告诉苏里南当局和家人，一边组织华侨社团开展防控。

　　这位侨界精英，1981年从东莞过番到苏里南，在那里从杂货小老板到担任苏里南共和国总统费内西恩的高级顾问、苏里南华人农工商促进会会长、苏里南东莞同乡会会长，一步一个脚印走向成功。张丰年凭着对祖国的忠诚，赢得了侨居国的广泛尊重，享有最高荣誉，成为中苏两国经贸和文化交流领域的民间友好"特使"，由此还于2002年荣获苏里南共和国最高荣誉勋章——"棕榈奖"。2004年2月，随苏里南总统访华团访问中国，并受到时任国家主席的胡锦涛和时任国务院总理的温家宝等人的亲切接见。当年2月28日，在苏里南总统费内西恩结束北京之行后，特意带总统回了一趟老家，将凤岗推介到全世界。

　　"疫情并不可怕，看我们是不是正确对待。我刚才与苏里南政府有关负责人谈到咱们东莞阻击疫情传播的经验，希望他们要高度重视，要求市民尽量减少出门，出门必须戴口罩，切莫掉以轻心。"一谈到疫情，张丰年就打开了话匣子，似乎在东莞，有太多的好经验值得他们学习，有太多的好故事值得他们讲述。

一根银针书写中国大医故事

　　1976年，在凤岗油甘埔任大队书记的张丰年，因一个偶然的机会举家迁到苏里南，开始了远战他乡的生涯。来到这里，最初经营一间杂货店，几年后开办一家在当地颇具规模的超市。他还自修了中医课程，拜一中医大师为师，开了一家私人诊所，用博大精深的中华医学为乡亲们服务。

　　一碗药汤，一根银针，常常能起到很好的效果，用其独特医理和秘方，解除了无数乡亲花费高昂、跑腿无数、求医无门、受尽病痛折磨的困扰。

1999年，苏里南总统费内西恩第二次竞选时因腰椎间盘突出而住院治疗，躺在床上达三个月之久，当地医院仍束手无策，不得不转到荷兰治疗。在荷兰会诊中，美国专家提出要手术治疗，并申明只有五成的治愈成功率。

一边是竞选逼近，一边是手术成功概率之小，让总统的医疗团队急得团团打转。

束手无策之际，团队负责人迈尔想起了来自大洋另一边的张丰年。他们两人因病人治疗结交，迈尔接触的几名患有疑难杂症的病人，被带到张丰年这里，问题竟然迎刃而解。

一天上午11点钟左右，张丰年诊所突然传来阵阵警笛声，一列车队在警车护卫下停在门前。迈尔急匆匆地走到张丰年跟前，简单地说明一下情况，便让人将总统抬了进来。

张丰年小心翼翼地将三指搭在总统手腕上，把脉检查，查看病症图片，原来总统第五节腰椎间盘严重突出，连膀胱经也在重压下破裂。依据临床经验，应该有把握治愈。但面对这位特殊的病人，时值竞选这样的特殊时期，责任重大，不敢贸然行事。在总统和政府官员的鼓励下，经过认真推敲，结合《少林寺跌打损伤秘方》一书中标注的验方，他决定采取"穴位注射法"对总统进行治疗，一根细细的银针随手势瞬间扎入"骨缝"，发出"滋滋"的声响，乌黑的淤血随针拔出。几番来回，总统只觉天地明朗，丹田清爽。完毕，张丰年还开出"跌打丸""筋骨片"等中成药配服。第二天一大早，张丰年接到了费内西恩总统家里打来的电话，说总统休息得很好，并希望能见见他。

没想到第一天的治疗效果就这么好，这更加坚定了他能够治好总统顽症的信心。他耐心地劝慰总统不用急，等三天的药服完后再进行复查。更没想到的是，三天后总统竟然能下地走路了，仅仅一个月的时间就完全康复。不久，苏里南各大媒体纷纷报道了总统康复的消息，举国上下一片欢欣。有人追问是谁治好了总统的病，总统按照"医患之约"没有说出张丰年的名字，只向媒体披露是来自东方的一名中国人治好的，并竖起大拇指说："中国人真厉害！"

"湖海相逢尽赏音，囊中粒剂值千金。单传扁鹊卢医术，不用杨高廓玉

针。"（宋·赵必象）由于张丰年精湛的医术和独特的治疗方法，费内西恩终于可以如期参加了竞选，并再次成功当选苏里南共和国总统。

张丰年一根银针的故事，又在苏里南国会主席拉齐曼身上再次演绎。

有一天，张丰年突然接到费内西恩总统的电话，希望他去帮忙看一下国会主席拉齐曼的病。

拉齐曼主席是一名印度人，他在苏里南做了五六年的国会主席，82岁了还要参加竞选。可是就在竞选前一天，突然晕倒在家里，不用说参加竞选，就连生死也难卜。

接到总统打来的电话，张丰年急忙驱车赶到拉齐曼主席家里。在无法得知拉齐曼病历的情况下，张丰年通过"望、闻、问、切"，确定拉齐曼主席患的是急性心肌梗死。于是，他果断地对拉齐曼主席进行了针灸治疗，同时将一粒"麝香救心丸"放入拉齐曼口中。可是拉齐曼主席不省人事，根本无法吞咽药丸。为了尽快让拉齐曼主席咽下药丸，张丰年叫人找来一根胶管插入主席的嘴里，通过挤压法拉开他的嘴而让他咽下药丸。不久，拉齐曼主席睁开了双眼。当身边的官员告诉拉齐曼是张丰年救了他时，他高兴地一再感谢张丰年，并希望张丰年能陪护他参加竞选活动，完成国会选举。

选举结束，当宣布82岁的拉齐曼再次当选时，拉齐曼紧紧地握着张丰年的手说："是你救了我的生命，是你帮助我们党赢得了这场竞选，你不仅是总统和我的恩人，也是这个国家的恩人。今后有什么要求，我们会尽力满足你。"

张丰年憨厚地笑了笑，说："咱们唐朝医学家孙思邈早就说过：凡大医治病，必当安神定志，无欲无求，先发大慈恻隐之心，誓愿普救含灵之苦。我只希望总统和主席身体健康，这比什么承诺都重要。"

一介布衣的国会议事

自从张丰年治好了总统和国会主席的病后，他在苏里南赢得了广泛的尊重和很高的信誉。不久，张丰年被费内西恩总统聘为高级顾问，协助总统处理华侨和苏中商贸往来事务，成为苏中两国友好的"特殊大使"。

这个来自岭南农村最基层的干部，在苏里南担任总统高级顾问，引起了轩然大波。但他并非不顾不问，还是把大部分时间和精力投入到两国交往、经济和商贸往来事务中，积极引进中资机构参加当地的经济建设，更加密切了祖国与苏里南共和国的关系。

"国家利益大于一切。"这是他的口头禅。张丰年总是说：我是一个中国人，理当为实现中华民族复兴梦做出贡献。在他的倡导和努力下，迅速改变了苏里南外贸进出口市场被少数人掌控的局面，加强了中华人民共和国与苏里南共和国在政治、经济、贸易等方面的紧密合作。现在，苏里南的进口贸易华人占了80%以上的份额。以前苏里南的大部分商品都是从欧洲和西方国家采购，现在基本上都是从中国的江浙、上海和广东一带输入；苏里南的超市、建筑、五金及轻工产品都是华人所掌握，这无疑是一种巨大的成就。

走上政治舞台的张丰年，最惊心动魄的是台湾当局拟在苏里南设立"商务办事处"那一年。台独分子千方百计在海外培植力量，多次走进苏里南，与苏里南政府交涉设立"商务办事处"，并承诺每年无偿资助巨资给苏里南政府，这

2008年，张丰年（右）率苏里南华侨回乡参观企业

一议案在苏里南政府国会上获得了通过。

中国驻苏大使馆得知这一消息后，在多次与苏里南政府交涉未果的情况下，情急之下找到了张丰年，希望他设法阻止这一决议的实施。

"这并非一个商务办事处的问题，是关乎祖国统一的问题。"听罢，张丰年

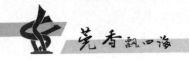

愈发感到事态的严重性，立马赶赴总统府，请求费内西恩总统否决这个决议。

费内西恩总统手一摊，一脸无奈地说：这事已经获国会通过了，要想改弦易张困难十分之大。望着总统的眼神，张丰年坚定地表达了自己的政治主张，他说："台湾是中国不可分割的领土。如果让台湾在苏里南设立商务处，这不仅意味着苏政府承认两个中国或"一中一台"，而且也违背了两国建交时所签署的政治文件。因此，我郑重地请求总统阁下，从中苏两国的长远利益和大多数中国人民的感情出发，也看在我们之间的情分上，否决这个决议。"

费内西恩总统想了想，说："张先生，我理解你的心情，也非常重视苏中两国的友谊和关系，只是我一个人的否决权有限，如果你再去国会找拉齐曼主席说明你的意思，争取得到他的支持，那么有了总统和国会主席的共同否决，这件事就好办了。"

听罢总统的一番话，张丰年又马不停蹄地赶到国会主席办公室，向拉齐曼主席陈述这次会见的事由。拉齐曼主席听后，同样也是摇了摇头说："这个决议国会已经通过了，不好处理。"

站在拉齐曼主席办公桌前，张丰年说："'不义而富且贵，于我如浮云'，这是我国《论语·述而》中的话，意思是要有正确的义利观。虽然你们通过座谈会形式讨论通过了这一决议，但这根本上不符合国际惯例，也不允许有一中一台存在。"性急的张丰年重提当年国会主席对他的承诺："你曾经说过，我要什么都能满足我，听说台湾当局要在苏里南设立商务办事处，现在我想要的就是您的否决权。"

拉齐曼见他情真意切，为他深爱祖籍国而感动，抓起总统电话，决定召开国会常务会议，以主席的名义邀请张丰年列席。

"泥杆子"上国会厅就不是简单的事了，张丰年在这样的国会厅要陈述一个伟大的事项，他按捺不住兴奋的心情，走进庄严肃穆的会场。

会上，拉齐曼主席在表述苏中关系重要性的同时，回顾了张丰年在他竞选国会主席前抢救他生命时的情景，肯定了张丰年对苏里南的贡献，并强调了自己曾经承诺过张丰年：只要我们能胜选，他要什么我都可以满足他。现在，他只有一个要求，就是希望我们维护和遵守苏中建交时所签署的政治文件，否决并废除台湾在苏里南设立商务办事处的决议。为了兑现承诺，我与费内西恩总统做了商议，同意否决这个决议，并决定今后不再接洽台湾的有关事务。

刚开始，有人想着台方无偿资助的巨资还议论纷纷，但看着张丰年那张代表东方古国的面孔，想着多年来张丰年为两国经济文化友好往来奔波，也纷纷举手同意主席的意见，打破了台湾方面在苏里南设立商务办事处的幻想。

一次议会，一个决议，一个东莞人在苏里南的政治舞台上，演绎着重要角色，谱写了精彩华章。

一条中苏友好关系的纽带

1999年至2002年期间，正是苏里南政府进行换届选举时期，当时中国大连国际合作（集团）股份有限公司已在苏里南建了100多千米的道路，并准备竞标新的项目，而在苏里南的印度人也有不少路桥公司在竞争。为了取得路桥项目，印度公司暗地里为竞选新阵线提供了一笔助选资金，条件是以路桥项目做交换，排除中国公司。费内西恩总统胜选之后，接受了印度公司的交换条件，并下达了将中资公司撤出苏里南的指令。当时中国大连国际合作（集团）股份有限公司的情况是：他们在苏里南有许多重型设备，根本无法辗转运到中国，如果放弃这几千万美元的家当，造成的不仅是材料上的损失，更有损一个大国的自信。针对这一情况，时任驻苏使馆的大使李建英与中资机构的总经理找到张丰年，希望他设法让总统改变主意，争取将中国公司留在苏里南。张丰年听罢，立即以苏里南华人农工商促进会的名义，与苏里南政府交涉，对这一事件的前因后果以及相关利弊耐心地向费内西恩总统做了分析，提出了同意两国公司留在苏里南这个两全其美的想法。经多方游说，尤其是总统带张丰年列席苏里南最大的政党"民族党"全会，让民族党各路领袖人物认识到中国改革开放的伟大觉醒，认识到中苏发展中的良性竞争，决定中国公司仍可留在苏里南，并要求当地各大媒体正面宣传中资公司对苏里南的贡献。就这样，大连国际合作（集团）股份有限公司不仅成功地留在了苏里南，张丰年还为该公司争取到了450千米的筑路项目。

在异国他乡取得了一定的社会地位，但张丰年并没有忘记生他、养他的故乡。针对在苏里南等国家95%以上的华人是做进口外贸生意的情况，帮助国外华人从浙江温州、上海、东莞拿货外销，改变了以往产品多来自东欧、美国、巴西、荷兰等地的状况。2011年，张丰年在参加东莞"两会"期间提出：在把苏里南富饶的资源带回家乡的同时，也要把东莞的产品销售到南美。为此，他与南美侨领卓文伟联合成立了"莞鑫贸易有限公司"，实现了他回馈家乡，支援祖国经济建设的心愿。

一位优秀红色侨领

众所周知，过去苏里南是国民党顽固派"统占"。刚到苏里南的第三天，张丰年就接到一个威胁电话，电话那里有人用客家话跟他说："你这个共产党员敢来这里，不怕我拿炸药炸死你！"

张丰年知道，这里的同胞生活在一个信息相互冲突、排斥、针锋相对的世界之中。他们张口谈家乡、谈内地（大陆），但那都是"泛谈"，一些关于内地（大陆）的谎言成了"大规模的杀伤性武器"，比如这个威胁电话，让这个来自东莞的中国共产党党员再一次认识到，即使在异国他乡，党的统一战线、党的政策宣传的重要性。宣传伟大的祖国，讲好中国故事，就是要厚植中华优秀传统文化基因，关心他们在外打拼的生存境况，关注他们的发展，增强对祖国之情的教育引领力、传播力、影响力。1986年他加入了苏里南华人社团组织"广义堂"，并担任了秘书长一职。为了帮助侨居苏里南的华人华侨创业和发展，还与几位志同道合的华人共同成立了苏里南华人农工商促进会，并被推选为会长。

一直以来，他始终以一个优秀共产党员的标准来要求自己，即使在苏里南，同样做到"三严三实"，为在苏的侨胞服务。2004年倡议成立了"苏里南东莞同乡会"并担任会长。该会拥有会员600多人，成为当地较大的华人社团，联络了包括苏里南、牙买加等国家的一万多名东莞人和企业，帮助国外华人与东莞建立商贸合作关系，聘请工作人员到东莞各家工厂了解产品质量、价格等情况，实现了我国与南美之间的国际贸易双赢的局面。苏里南国家领导人、中国驻苏大使及广大乡亲称他是"红色侨领"。

张丰年以其独到的领导能力和组织能力，起到了引领作用，成为中苏两国的交流不可多得的桥梁和纽带。

转身的力量

胡汉

一

王进的每一次转身都如一缕光芒，给陷入黑暗的人带去温暖和力量。

2020年年初，一场突如其来的新冠肺炎疫情肆虐全国。疫情期间，国内外口罩紧缺，有的商家甚至借机抬高口罩价格发国难财。王进得知这些消息后，在屋子里来回踱步，觉得自己作为一个企业家，应该去做点什么。其时适逢春节期间，疫情十分严重，口罩十分短缺。面对国内外市场上严重的口罩短缺情况，王进脑海里冒出一个想法：转向研发先进的全自动化口罩生产机，尽快生产出符合国家标准的机器。只要机器能及时生产出来，口罩急缺的情况就能得到缓解，就相当于给抗疫贡献出自己的一分力量，这样身边的朋友就不用大费周章地花高价托国外的朋友买口罩。

王进近照

万事开头难。刚开始王进心里没底，隔行如隔山，毕竟对跨界生产口罩机及其市场，并不是很有把握。犹豫了一番之后，看着电视上国内外令人不安的疫情趋势，感召于疫情之下逆行者们的辛苦无私的奉献精神，王进最终下定决心去做这件事。大年初三，在王进的主导下，他特邀并整合了身边一批专业技术团队力量，将所有的有关机械、软件工程师等相关人员调动起来，全力以赴集中在同一个地方办公，同时所有人力、物力、财力全部倾斜在这个项目上。时间变得十分宝贵起来，一分一秒都需要珍惜。这是一场跟时间赛跑的接力赛。早一点把全自动口罩机生产出来，就可以早一点解决口罩短缺的危机，就可以为抗疫保驾护航。屋外漆黑一片，屋内的车间里却灯火辉煌，大家都在加班加点赶工，尤其在口罩机设计期间，工程师们一连48个小时不眠不休，不断冥思苦想设计和编程。看着同事们疲惫的身影，细心的王进会去购买几箱红牛给他们提神鼓励。

时间保证质效。经过17个工程师的通力合作，日夜攻艰，一周时间内口罩机的设计便已完成。所有的准备工作都在如火如荼地进行着。项目组7名采购员工，克服春节和疫情期间大多企业尚未开工的困难，在一周内火速采购到了100多套机械设备，每套有2800多个配件及相关全自动电器配件，随后便进入装机和生产中。

打铁还需自身硬。从初三定案，到第一台全自动口罩机成功生产出来，前后只用了20天，在春节和疫情这个特殊时期以及没经验的前提下，这样的速度应该算是奇迹，往常一部新的机器从定案到生产出来，一般至少要半年时间。业内惊叹：这绝对是"东莞制造"的奇迹！东莞莱硕光电科技公司王进和他的团队，为东莞"国际制造业名城"，这一份荣光增添了值得全新解读的内涵和注脚。

功夫不负有心人。第一台口罩机生产出来后，接下来就变得容易起来。很快，到4月份他们已经生产出500多台机器。这些机器，他们都出售给有口罩生产资质的企业。在构建人类命运共同体的国家战略背景下，抗击疫情无国界，王进团队生产的机器和出售的价格迅速赢得了国内外客户的高度认可，在疫情期间始终不抬高机器价格，坚持把机器卖给具有资质企业的做法更是赢得了一些国外客户的好感，加深了外国企业对中国大国形象的崭新认知和了解。

大半年过去，谈起年初的那一壮举，王进依旧兴奋不已，心旌摇曳，激情满怀。

二

生产口罩机是王进的一次漂亮转身。其实，他的专业是从事汽车灯珠的设计制作与生产。一切得从头说起，1996年春寒料峭的日子，从八皖大地背井离乡来到东莞的王进，在身无分文几近落魄之时，得到了生命中一位贵人唐老板的相助。在异乡，这道及时出现的微光照进了王进微黯的内心世界。他诚实、大胆、质朴的样子打动了这位初次见面的老板。面对得之不易的工作机会，王进分外珍惜。落魄时，唐老板的及时援助，犹如一道微光闪亮，让他看见了生存的希望。仿佛一个在暗夜中行走的人，手持一根蜡烛，即使希望的烛火在寒风中微微闪烁，却也可以照亮脚下的路，温暖了寒风中的心。王进不想让希望的烛火熄灭，他不仅想保护这丝微光，更想凭借自己的努力创造出一片光明。为了不辜负唐老板的殷切期望，王进每天拖着疲惫的身体回到宿舍，他总是要在脑海里把一天的事情回想一遍，昏黄的灯光下，他在白纸上，写下这一天的收获，并反省自己这一天的过失。天道酬勤，很快，王进凭借着自己的勤奋、聪明和诚意成了唐老板手下最优秀的销售主管。成功背后的那一点点微光，在他理想信念的不断加持点燃下，已经开始在他生命里燎原。

一切都是种子，生命的第一个行动就是创造。不久王进便成立了自己的贸易公司，让众人感到意外的是，王进的贸易公司主要业务是润滑油销售，而不是自己熟悉的柴油机配件产品。作为公司优秀的销售主管，王进拥有很多客户资源，如果成立柴油机配件贸易公司，成功的概率就很大。这正是王进人格魅力的显现，他不想跟唐老板抢生意，他对唐老板心怀感恩。王进这个选择背后的原因和真诚打动了唐老板，也为他自己赢得了更多的客户。

光线穿透黑暗，照耀在宽阔的马路上，让人的视野更加清晰。一条路指明一个方向，指引人抵达更远的地方。灯珠是汽车的眼，它是世界的瞳孔，它是每个夜行者的守护神。东莞莱硕光电科技公司成立于2007年，在王进的带领下，公司始终专注新一代激光及LED光源产品研发。

2007年过后，金融危机的寒流也随之而来。2008年的金融危机，世界仿佛陷入一片黑暗之中，许多中小企业纷纷倒闭。王进却带领着自己的团队进行着技术研发，他在黑暗中寻找光亮。他相信只要有过硬的新技术出来，那一道熟悉的光亮就会指引他走出黑夜。

世上万事皆有定规，把小事做到精致和极致，就是成功。一款好的灯珠，要具备相对光谱攻略、相对通量与结温、电气特性、热设计、相对通量与电流、相对色温与温度、相对色度与电流、角度分布、三防设计及抗ESD（静电释放）能力等条件。想做到其中一点很简单，想在各个层面都达到极致，那对一个公司的设备、技术、人力和物力都提出了很高的要求和挑战。无数个日夜的努力，细密的汗水溢满额头，在坚持不懈地奋斗下，东莞莱硕光电科技公司终于糅合获得了计算机算法和架构设计等一系列的复杂工艺。

王进掀起了一场汽车灯珠光源产业的变革。为了让每一双汽车的"眼睛"散发出最明媚耀眼的光芒，王进殚精竭虑没少下功夫。研发的每一步，他都力求做到专业品质精益求精。热流计法导热仪、X–Ray、热阻分析仪、LED积分球光谱仪、半导体管特性图示仪、光谱辐射计、视角分析仪等，这些先进的实验设备为每一双眼睛的诞生提供了最坚实的技术保证。经过不断地科技攻坚，2009年，东莞莱硕光电科技公司研发的SCOB LED 360°全方位立体光源问世，先后取得了中国、英国、德国、日本、美国等世界主要科技型国家的发明专利认证，共计获得8项发明专利及50多项其他专利。SCOB光源凭借其卓越的光效、超强的散热性、稳定持久的使用寿命迅速获得市场认可，信誉口碑蜚声于全球高端照明领域。

三

回到那些"山川异域，日月同天"，万众一心，抗击疫情的艰难日子。

尽管在两个月不到的时间，王进团队项目生产了500多台口罩机，但依旧满足不了市场需求。在疫情期间，尤其是早期，每天有不同的公司来电要购买机器，当时市场上一台全自动口罩机的价格已经卖到了70万元到208万元不等，但他们生产的口罩机一直保持在45万元到55万元的低价。对于客户，王进他们是有选择立场的，凡是没有口罩生产资质、缺乏技术人员的、投机倒把炒机器的、借高利贷的、信誉不良的统统不卖。他们要的是把机器送到最合适的地方，物尽其用，尽

快投入口罩生产，最终有助于疫情防控。

王进始终不忘这一宗旨初心，即使市场上的价格炒到七八十万元一台，他也始终不为所动，坚持着自己的底线。他坚持将产品卖给守法，并不非法提高价格倒卖口罩的客户。他的这些做法很快赢得了国内外客户和社会各界的尊重，为东莞带来良好声誉。这一项目的生产车间向所有客户和同行开放。自从机器投入市场后，每天都有同行从全国各地来此考察。众人拾柴火焰高，王进他们不怕别人学习，他们很希望同行来学习和交流，这样就有更多有能力、有条件的企业投入口罩机的生产上来。这样国内外的抗疫工作就会有安全保障。对于市场来说，人不分南北，地不分东西。其间，有一国外朋友慕名委托深圳一朋友前来洽谈相关业务，希望王进他们动之以情，晓之以义，以解燃眉之急，王进团队权衡再三，答应了对方的恳切要求，为国内以及国外的防疫工作贡献出了自己的一分力量。

东莞莱硕光电科技公司作为一家有担当的民营企业，不仅夜以继日马不停蹄地生产口罩机，而且还热心联系政府有关职能部门，积极向当地抗疫人员捐赠物资。2020年4月29日下午，王进向派出所和税务局各捐赠了一批防疫物资，这批物资有口罩、手套、酒精、84消毒液以及水和功能饮料等。当时，王进得知派出所缺乏口罩等防疫物资时，心里着急难受，便回公司跟大伙商量，随后购买了这批捐赠物资。派出所的民警都是防疫一线的工作者，是百姓安危的守护者，他们的安全得不到保障，百姓的安危就更加无法保障。

光的存在，模糊了白昼与黑夜的界限。光穿透黑夜，点燃了整个世界。一束光源，一缕光线，引发整个世界的同频共振。每个人身上都有一道光，王进是光的传递者，更是光的缔造者。他的每一次转身，都传递着光的明亮、温暖和力量。

我的中国情，我的东莞缘

张科

田中誉士夫，今年83岁，出生于日本高知县，日本神奈川县日中友好协会顾问，东莞市人民对外友好协会第二届、第三届理事会海外理事。从青年开始，我便热衷于中医、书画等博大精深的中华传统文化，有志于献身中日友好交流事业，迄今为止，我到中国已经超过330次，足迹几乎踏遍整个中国，所在协会的业务遍及大半个中国。

第一次来中国

我还记得，第一次踏上中国的土地，是在1972年。那一年，对中日关系有着里程碑式的重要意义，田中角荣首相访华，中日关系开始改善，中日邦交正常化。建交那一年，我来到中国探望我的日本好友，感叹于中国的地大物博、边境辽阔和民风淳朴。当时，中国人民过着十分清苦的生活，但是我从他们的眼里看到了不怕吃苦、积极乐观的生活态度。有时候，我有意给中国人一些小的恩惠，但他们都坚定地拒绝了，这让我觉得中国人真有骨气，不靠施恩，只靠自己的双手去劳动去奋斗。那时我就有预感，有着这样勤劳的中国民众，有着这样广袤无垠的疆土，假以时日，中国一定会迎来腾飞。

结缘东莞

2006年，我的一位日本好友向我求助，说在东莞市企石镇经营的工厂出现

了经济纠纷案件，想请当地政府有关部门加快处理。当时，我向东莞市政府有关部门求援，心情却也十分忐忑，不知道东莞方面会不会搭理我，会不会高效处理。让我没有想到的是，政府部门迅速联系了我，与各部门负责人和我的朋友一起召开现场会议，专门研究了案情，通报了案件的进展。这让我的朋友和我坚信政府会依法、公正地处理此案。政府人员的快速回应，对他们来说也许是"应尽之责"，但给了当时焦虑的我及好友信心和光明，也在我的心中播下了温暖的种子。

在日本，有一个家喻户晓的故事，叫作"仙鹤报恩"，说的是在很久以前，在某个村子里，住着一对老大爷和老大娘。两位老人的生活很贫苦，但都是十分善良的人。有一天，老大爷救了一只仙鹤，后来，仙鹤为了报恩，变成了一位年轻漂亮的姑娘，住进了老人的家里。仙鹤拔掉了自己身上的羽毛织成织锦出售，后来因为被老大娘无意中识破了真身，不得不离开了老大爷、老大娘的家。老大爷、老大娘靠出售织锦挣来的钱，安乐幸福地度过了晚年。回国后，每每想到这件事，我便想我也要像故事里的仙鹤那样，怀着感恩的心情，传播友爱的种子，以后有机会一定要为日本和东莞市的民间友好交流事业做出贡献。

东莞对于我来说，无疑是第二个故乡。我到过行政办事中心广场、可园、市展览馆、东莞图书馆、玉兰大剧院、虎门炮台、林则徐销烟池、茶山镇明清古村落，见过莞草、莞香、千角灯、龙舟，更尝过烧鹅濑粉、腊肠、龙船饭等东莞风味小吃。在展览馆，当工作人员向我解释东莞大岭山抗日基地、抗日游击队东江纵队情况的时候，我坦然面对这段历史。我认为，日本在过去的一段时期里，国策有错误，走上了战争的道路，殖民统治和

田中誉士夫与原东莞市委常委、副市长江凌（右）合影

侵略过许多国家，特别是亚洲各国。给亚洲人民带来了巨大的损害和痛苦，对此日本必须表示深刻的反省和由衷的歉意。我认为，日本政府和政界人士应该始终保持"以史为鉴，才能面向未来"的姿态，这一点非常重要。

我先后10次到访过东莞，积极了解东莞这片土地和这片土地上可爱的人们，以及丰饶的文化和神奇的经济发展成就，也尽我所能地推动日本特色、日本文化"走"到东莞。慢慢地，我发现，越来越多日企选择了在东莞扎根，东莞街头出现了越来越多的日本料理店，年轻一代中也有越来越多的人喜欢上和服、日漫、电子游戏、茶道、柔道……

田中誉士夫与原东莞市人民对外友好协会会长蒋小莺（左）合影

用心呵护中日友谊

2011年1月，东莞市青少年交流团东莞中学的45名师生代表到访日本，我有幸全程参与陪同。我帮忙联系了日本川崎市教育委员会、学校和参观学习点，想让东莞的孩子们充分了解日本的教育理念、日本学生的想法、日本的风俗，品尝日本最具特色的风味，有一个难忘、快乐的日本体验之旅。在交流大会上，中国、日本8所学校的学生表演了与传统文化有关的节目，通过才艺的切磋，达到了互相了解对方文化、促进双方交流与加深友谊的目的。可爱的孩子们在舞台上跳啊、唱啊、笑啊、跑啊，他们欢乐的脸孔让我感到非常的快乐和幸福。

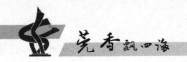

正如川崎市教育委员会委员长致欢迎辞时所说的，日本和中国是一衣带水的邻邦，两国之间的友好交往可以追溯到2000多年以前。孩子们应该珍惜现在中日两国来之不易的局面，要做维护中日友好的使者，让中日两国人民的友谊像富士山那样永存。写到这里，这让我想起了中国国家主席习近平先生说过的一句话：国之交在于民相亲，民相亲在于心相通。看着我们的下一代如此和谐、包容，心里想着的确如此啊。

牵线东莞与神奈川县签订友好组织条约

2011年10月23日，是我永生难忘的日子。日本神奈川县日中友好协会和东莞市人民对外友好协会在东莞市隆重举行友好合作组织备忘录签约仪式，友谊的"小树"终于结下硕果！神奈川县日中友好协会副会长牧内良平和东莞市人民对外友好协会时任会长蒋小莺出席仪式，并签署了友好合作组织备忘录。东莞市人民对外友好协会对于神奈川县日中友好协会来说是极为重要的合作伙伴，同时，神奈川县日中友好协会也是东莞市人民对外友好协会签订的第一个海外友好协会，对推动双方政府高层、青少年在文化、经济全方位的友好交流与合作都有着积极意义。友好合作组织关系备忘录的签署，既是两地过去友好交往的重要成果，又是两地今后交往的崭新起点。随着两地友好合作的加强，相信神奈川县与东莞必将达到互利共赢、共同发展的目标。

田中誉士夫（左五）出席东莞市与日本神奈川县签订友好合作组织备忘录仪式

真情互助抗击疫情

2020年，新冠肺炎疫情全球蔓延，日本累计确诊人数不断上升，其中我所在的神奈川县确诊数千例，疫情凶猛，日本正经历新一轮疫情的反弹。日本政府认为，"彻底防止感染"与"经济活力"并存总是困难的，如果一直保持严格的经济活动封锁措施，社会难以维持运转。因此其强调"再次流行的风险是存在的"，并表示若感染再次扩大，会发布紧急事态宣言。

我协会接收了来自中国广东省、山东省、福建省、辽宁省的防疫抗疫物资。"仙鹤报恩"的故事一次次地上演。这让我想起了中国有一个成语：雪中送炭。同时，我又想起了2008年5月12日，四川省汶川发生大地震，这对于我们生长于地震之国的人来说可谓感同身受。我迅速提议《神奈川报》报社向市民募捐支援汶川，在很短时间内，我们就募捐到1000万日元（折约70万元人民币），我当即飞赴北京，通过人民中国杂志社将捐款转到四川省。面对灾难，我们应该做的是正视困难、直面灾难，不逃避、不放弃，在抗击疫情的过程中保持积极向上的心态。我们能做的，是坚定信念、保持理智，坚守岗位、各司其职，万众一心、众志成城。

在日本，随着疫情感染进一步扩大，日本生产口罩的能力很有限，超市里买不到，市场上找不到，工厂里订不到。自疫情发生以来，神奈川县日中友好协会一直忙于处理疫情的各项公益事务，我们奔走于县内各老人院，及时向老人及最需要防疫物资的人士免费发放。2020年9月23日，我们收到了来自东莞捐赠的口罩，这对我们来说不仅能解决燃眉之困，更代表着珍贵的情谊。我听说现在全球的口罩有50%来自"中国制造"，在全球都急需中国口罩的情况下，我们的老朋友始终没有忘记我们，始终惦记、牵挂着我们。我们会小心认真分配好来自中国东莞市珍贵的礼物给每一位老人家。

未来期待更多合作

在我同中国交往的50多年中，有太多的回忆、太多的故事、太多的欢笑。如

今，我立志于培养日本的新生代日中友好使者，解决神奈川县日中友好协会的人员普遍年纪较大，以及工作思维、做事方法、社交通信方式落后等问题。

正如中国古诗文所写：随风潜入夜，润物细无声。两地交流是利益相融，命运与共的。未来，我还将继续秉持增进相互间的友谊、促进共同发展的理念，继续努力为东莞市寻觅日本的友好城市，促成东莞和日本的城市积极开展在政治、经济、科技、教育、文化、卫生、体育、环境保护，以及青少年交流等各个领域的交流合作。通过文化交流、艺术交流、公益活动、民间对话等各种方式，进一步加深日本与中国人民的相互了解、互动共融，开辟合作新前景，推动更多项目落地，并开花结果。

架起东莞与海地友谊的金桥

谢松良　姜帆

"和平勋章"——这枚联合国授予的沉甸甸的奖章，是多么的来之不易！而在东莞的公安系统，就有6位参加过海地维和的英雄警察，获得过联合国授予的"和平勋章"。其中，王晓明、陈焕梓分别被公安部记个人一等功。在海地维和期间，他们充分发挥人道主义精神，与当地国民、警察建立起超越国界的个人友谊，树立了中国人热心助人、和蔼友善的良好形象。

王晓明：在海地儿童心中播下友谊的种子

王晓明是湖南浏阳人，毕业于解放军工程兵学院，法学硕士。从军27年后，转业到东莞市公安局警察人民训练学校工作，他的事迹收录于《今日中国》（广东卷）和《发展中的广东》。不管在部队还是警营，业余时间，他坚持诗歌创作，已出版诗集《镶嵌在河山的脚印》（2021年，中国华侨出版社）等多部著作。

海地是个多灾多难的国家，长年战乱，派系纷争，民不聊生。2004年2月底，海地的国王阿里斯立德被迫流亡国外，部队也解散了，直接导致许多武器流落民间，当地老百姓几乎都持有枪械。因为社会局势动荡不安，前政府军人、现政府警察、地方武装分子，还有烧杀掳掠的土匪，以及各种派别的组织，天天打打杀杀……王晓明是在这种背景下，率领中国首批维和防暴警察部队30名先遣队队员来到海地，参与国际维和的。

出发前，王晓明时任广东省边防总队茂名边防检查站政治教导员，他有在工

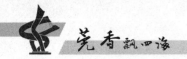

程部队当兵的经历，还参加过1992年的中国首批赴柬埔寨维和部队筹备工作，又在总参谋部任过职，可以说是一位实战经验丰富的军人。自愿报名后，经过层层选拔考核，王晓明终于如愿以偿，并被公安部委以先遣队副队长、边防分队队长的重任。

王晓明在海地太子港执勤

　　王晓明带领先遣队共30人赶到人地两生的海地，在艰苦危险环境中，用40天的时间，在海地太子港临海的荒废空地上建起了设备齐全的一级医院、宽敞的宿舍楼，以及一应俱全的厨房、厕所、枪库、发电房、修车场等配套设施，还利用废旧器材搭建成岗楼，形成了一整套全天候、全方位的后勤保障系统。

　　因为聘请工人、协调工作、采购建筑材料和日常生活用品等，王晓明经常与当地国民打交道，看到当地国民缺水少食，很多儿童、妇女、老人吃不饱，衣不遮体等情况后，联想起国内衣食无忧的美好生活情景，他觉得特别心酸。于是，每次出门，他都把自己节省下来的食物和水，分发给街边那些饥饿交加的人。在王晓明的示范带头下，其他的队员也常常把节省下来的水、食物、水果，发给那些可怜的海地国民。以至于后来，那些街头流浪的儿童，一看到悬挂中国国旗的军车，胸前或臂膀上贴着中国国旗的军人就围上来要吃的，而这些可敬可亲又可爱的中国军人和警察，总是竭尽所能地去帮助他们。

相处久了，王晓明渐渐地发现，海地的老百姓其实是善良的，战乱与大多数普通百姓无关，但受苦受难最严重的却是他们。王晓明跟队友们商量，决定要为他们提供更多力所能及的帮助。不久，王晓明联系上了中国驻海地商代处，主动与商代处的工作人员商讨帮扶海地太子港儿童的措施。商代处的工作人员介绍说，太子港的学校同这个国家一样，教材、教具严重缺乏。王晓明心想，捐资助学是不分国界、肤色、民族的，既然太子港的学校师生们如此艰苦，那就友情支援他们一下，将爱的种子播撒在那些黑人小朋友的心里，一直照亮他们今后的人生道路，温暖他们的心。

通过中国驻海地商代处工作人员牵线搭桥，王晓明和队友们采取集资，向国内的亲朋好友化缘等方式，筹集了一部分资金，委托朋友从东莞采购了一批学习用品海运到海地，然后他们向多所学校捐赠了书包、铅笔、文具盒等，受到了太子港广大师生的喜爱。

几经努力，中国维和军人和警察获得了海地百姓的赞许，在众多维和的国际队伍中，中国的声誉是最好的，因此很少遭到海地不法武装分子的主动攻击。

维和任务结束后，休整了一段时间，王晓明又欣然接受组织的安排，从茂名边检站调至东莞沙田边检站，先后任政委、站长。

几年过后，王晓明转业到东莞市公安局工作。王晓明说，在海地捐赠的学习用品是由东莞生产的，而自己不久又转业到东莞，证明自己与东莞有缘。在东莞工作和生活期间，他时常与当年受帮助的海地学生联系，向已经长大了的他们介绍中国和东莞的经济贸易情况，鼓励他们学好本领，将来为促进中国与海地共同发展多做贡献。另外，他还积极参加东莞志愿者协会的活动，继续发挥光和热。

陈焕梓：建立起东莞与海地警察的友谊

陈焕梓，1979年11月生，广东汕头人，现任东莞市公安局特警支队五大队大队长，四级高级警长。他于2005年4月赴海地执行维和任务，同他一同前往的，还有东莞市公安局选拔的另外4名队友。

陈焕梓在海地太子港执勤

中国派遣的第二批赴海地维和的警察防暴部队到达驻地，陈焕梓和队友们正在集结，准备参加正要进行的晚点名时，营区门口忽然枪声炸响，子弹像流星一样"嗖嗖嗖"地狂飞……队员们迅速穿上防弹衣，端起枪，有的冲上哨岗观察敌情，有的寻找掩体准备战斗。那一刻，陈焕梓第一次近距离感受到了生命的危险。

经过侦查，原来是当地警察在追捕一伙武装抢劫分子，双方进行拼火，战况相当惨烈。很快，陈焕梓发现，像这样的枪战在海地是最平常不过的事了。海地危机四伏，安全局势复杂多变，像抢劫、绑架、暗杀等暴力事件时有发生。

因为陈焕梓是东莞市公安局的特警队员，经过严酷的军事技能训练，所以战术理论非常强，警惕性特别高，身体素质较好，这给他以后开展维和工作带来了许多的优势。每次外出执勤，他习惯性地反复检查随身武器装备，执勤时，他第一时间就寻找可靠的掩体。他还特别注重和当地会讲汉语的海地人交朋友，有意识地向他们了解海地地方武装、前军人力量、当地警察，以及抢劫团伙的人员构成、武器配备、出行方式等情况，做到对敌情心中有数。

有一天中午，陈焕梓刚要吃饭，就接到上级命令解救人质。数名不同国家的记者被当地武装分子挟持，无耻的武装分子把这些人质当成谈判筹码，向海地政府部门提出了许多不恰当的无理要求。

上级提供的情报说人质被武装分子关押在一个偏僻的村庄，但具体位置不能确定，村庄里的情况不详，武装分子有多少同伙也不知道。连基本情况都没搞清楚，这样肯定不行，纵然心里有一百个不情愿，但命令还是要服从的。陈焕梓硬着头皮和9名队员快速来到村庄附近，只见通往村庄里面的道路十分狭窄，基本只够一人通行，装甲车开不进去。

陈焕梓他们不得不停下来，武装分子见状，时不时地在里面零星开枪，似乎想引诱他们进入包围圈。外籍指挥官急于求成，在电台里一个劲地命令立即进攻，解救人质。多年的特警工作经验告诉陈焕梓，敌暗我明，村庄地形复杂，再加上武装分子的枪声是从不同方向发出的，这里面肯定有诈，不宜进攻。于是，他通过电台向外籍指挥官提出了停止进入村庄，在外围构建包围圈，等增援大部队赶来再发起进攻的请求。外籍指挥官缺少经验，好在经过陈焕梓一番解释劝说后，总算明白了利害关系。大部队赶到后，陈焕梓部署好作战方案，冲锋在前，带领部队潜入发起猛烈攻击，经过半小时的激战，击毙武装分子10余名，迫使大部分武装分子逃命而去，安全解救出人质。

事实证明，幸亏陈焕梓顶住压力，没有强攻进去，村庄里面少说也有100多个武装分子，没有大部队增援，就他们那十几号人冲进武装分子早已设计好的伏击圈，恐怕得付出相当惨重的代价。

还有一次，陈焕梓随同其他几个国家的维和队员到一个大的贫民窟执行任务，里面有30多名负隅顽抗的武装分子，并且拥有重武器，十分凶险。陈焕梓指挥维和队员，采取用火力压制封死贫民窟路口，不强攻只智取的方式，赢得了战斗的胜利。

经过两次战斗，陈焕梓出了名，就连海地太子港警察局也知道有个中国维和警察很了不起。不久，海地太子港警察局准备搞一期业务培训，特意请了陈焕梓

去授课。出于与同行交流，弘扬东莞警察精神的目的，他愉快地接受了邀请。

　　培训课上，陈焕梓针对海地警察抓捕战术落后，枪支装备保养不到位，联合巡逻、协同作战能力弱等情况，理念联系实际，进行了深入讲解和示范，使太子港警察的战术理念、业务素质得到了很好的提升，也增强了海地警察与国际维和部队联合巡逻作战的默契感，更增强了东莞警察与海地警察的友谊。

家具教父的东莞情结

林汉筠

认识郭山辉先生，还是2001年的事。那时我正在东莞市人民政府侨务办公室谋职，因为工作关系，经常客串台办工作，也便有了与郭山辉结缘的机会。郭山辉是一位有着高学历的台商，因其企业管理与发展、社会担当责任意识强，作为国内家具行业的领军人，他获得过众多荣誉：2004年被评为"广东十大风云人物"；2008年被东莞市人民政府授予东莞市荣誉市民称号；2010年以及2013年获选全国台湾同胞投资企业联谊会第二届与第三届会长；2017年荣登"美国家具名人堂"；2019年荣获广东省"五一劳动奖章"。

郭山辉三十年磨一剑，将台升国际集团打造成为行业先锋。

好一个郭山辉，好一个家具教父！

郭山辉先生近照

问鼎"名人堂"

2017年10月15日，美国北卡罗来纳，高端国际家具展盛大开幕。全美顶级的家居企业以及世界各地家具精英会聚在此，而美国家居行业最高规格、最权威、最负盛名的行业盛事——"家居名人堂"颁奖典礼也将隆重揭幕。

这一天，东莞市荣誉市民、台升国际董事长郭山辉以其卓越的领导力和创造力与其他三位获奖嘉宾荣登行业最高"名人堂"，他是美国"家居名人堂"历史上获此荣耀的第二位华人。

当地时间17：30。前国务卿柯林·鲍威尔将军主持的颁奖盛典正式开始，在现场2000多名全球家具精英的见证下，郭山辉荣登美国"家居名人堂"，在星光大道和名人墙留下永久的印记。

这是世界家居行业的"奥斯卡"。出席典礼现场的嘉宾还有Rachael Ray（瑞秋·雷）、Kathy Ireland（凯西·爱尔兰）、Jane Seymour（珍·西摩尔）、Donny Osmond（唐尼·奥斯蒙德）等时尚娱乐及社会各界名流。

郭山辉以娴熟的英文发表获奖感言："热情、决心、恒心，是这些让我选择永不放弃。一路走来，我要感谢支持我的家人、朋友还有台升国际集团所有成员的不懈努力。"郭山辉谦逊而充满信心，展现了一个企业家宽广的胸怀和高瞻远瞩的视野。

大岭山上荔枝红

走进东莞大岭山，如今有500多家家具企业在这里深耕，这里享受着"家具之都"的美誉，成为中国家具出口第一镇、中国家具出口重镇，以"大岭山杯"金斧奖中国家具设计大赛为载体的家具文化，也成为东莞的一大重要品牌，唱响"家具之都"的集结号。

吹响集结号的就是来自台湾的郭山辉。

中国梦，家具梦，早在郭山辉的脑海里不断地升腾着。是的，每个人都有梦想，没有梦想的人注定是不会有追求，也不会成功的。在芸芸众生中，各人的梦想都不尽相同，郭山辉的梦想就是要缔造自己的家具王国。在台湾中部打理台升国际集团的他，心中向着更宽阔的天地，就像大雁向往蓝天，溪水向往大海一样——他在寻找着新的发展机遇。

去东莞！1991年春天，郭山辉敏锐地将视角投向东莞，经过各地考察和几番激烈的思想斗争之后，毅然决定到东莞大岭山投资设厂。

此时的东莞，方兴未艾，"五轮齐飞"的招商模式，虽然招引了诸多企业前来发展，但要成规模形成鸿雁方阵的则少之又少。郭山辉站在茅草丛生的工地上，深思着。

家具生产，都是雁阵式的，需要生产配套。无数家具制造企业都想着一贯化生产流程，也就是从木材切割、组装、表面磨光、实木贴皮、油漆、纸箱包装到装柜出口，全部在一条台车上加工，那这条台车的长度至少要有1600米长。假如这条一贯化生产线建成，生产时间可以省下近三分之二，同时成本会降低四分之一，但这个背后，必须要有完整的产业配套链条，而这在过去，从来未有人做到。

谁能与自己到这片处女地打拼呢？郭山辉在地上写下一个又一个人的名字。他写了擦，擦了又写。谁能愿意冒着巨额投资的风险，跟随一个名不见经传的家具小厂老板四处奔波呢？

郭山辉的人格魅力，让其他五家台湾家具配套加工厂老板所折服，一起来到这里创业。"舜有臣五人而天下治。"郭山辉想起少年时读过的《论语》，舜当时定天下，留万古美名，靠的是他有禹、稷、契、皋陶、伯益五个好干部，天下就大治了。我有五个兄弟，又加上大陆的好政策，一定会成功的。

郭山辉笑了笑，向五个兄弟保证，不惧失败，只求收获成功的果实。对，也就是如果这些兄弟公司来大岭山投资失败，其损失由他负责。

沧海横流，此举更彰显了郭山辉的英雄本色。台升在东莞一步一个脚印地发展，第一年就获得较大的盈利。那天晚上，郭山辉望着会计交来的报表，一脸兴奋，与妻子煮了一壶咖啡，加了点糖，品啜着：甜。对，东莞的投资让郭山辉及他的伙伴们尝到了甜头，也充满信心，3年内他们全部结束了在台湾的经营，一心在东莞发展。

　　郭山辉和他的伙伴们建立了家具产业的垂直整合聚落，不但吸引其他家具厂纷至沓来，更有越来越多的家具生产商及配套商落户东莞。大岭山家具聚落形成后，产生磁吸效应，后来台湾外移到大陆的家具厂，有九成聚集在此。

　　向品牌进军，要将家具好产品打上烙印"中国造"，一直是郭山辉梦寐以求的。2001年，台升一举买下了赫赫有名的环美家具（UNI-VERSAL）的品牌和销售管道。这个品牌，是香港柚木公司创办人莫若愚所创，早在1982年，就在美国纽约股市挂牌，是远东第一家在纽约股市挂牌上市的亚洲私人公司，也是全球三大家具制造商之一。2005年年底，台升国际集团在香港主板以顺诚控股有限公司挂牌上市；2006年销售额达到5.68亿美元，建立了亚洲家具业毫无疑问的霸主地位。

　　转型升级，只有转才有型、才能升，台升的裂变由小不断快速变大，并顺利完成升级转型，实现创新发展。目前，台升国际集团拥有五大生产基地，包括美国北卡罗来纳州、孟加拉吉大港、印度尼西亚棉兰，以及位于浙江嘉兴的台升、广东东莞的台升。近30年的发展中，郭山辉旗下已经拥有"环美家居"等国际品牌，其中不少品牌是收购而来。

　　内销，一直是郭山辉压在心底的经营秘籍。随着粤港澳大湾区战略不断深入，他越发感到那股血脉在汹涌，似乎已感触到中国家具市场的春天就要来临。凭着台升的制造能力和品牌沉淀，现在是全面进入内地市场的最好时机。"内地的发展速度很快，所以台升的反应一定要快。于是公司决定把东莞的生产基地量身打造成一个全新的内销生产基地：创造新的产品、新的品牌。刚进入2018年，我们推出了'雷格西'这个品牌，接下来还会持续不断地把原本外销的知名品牌重新调整，推向内地市场。"郭山辉拿出一张报纸说，大湾区概念的提出，以更宽广的视野定位城市群，气魄更宏伟，发展眼界更高远。大湾区概念的提出，就是要从更深处厘清城市关系，不再各自为政彼此争拗，而是服从更高远的目标而建立好产业协同关系，实现良性的竞争与互补关系，从而以"9+2"的城市体形成一个超级拳头，瞄准的竞争对手就是东京湾区、纽约湾区、旧金山湾区等世界级湾区。粤港澳大湾区同时还身负着使命，那就是助推中国经济转型升级，推动广西、湖南、江西等地的产业梯度转移，也肩负着外接东盟成为"一带一路"重要战略枢纽之使命，其产业要素将加速通达北部湾和南宁等地发展，形成面向东盟的海陆国际大通道。

目标用户定位为80后、90后的"雷格西",是台升国际集团自主品牌,也是台升内销的扛旗者。1999年,郭山辉在美国北卡罗来纳打出了这块金字招牌,成为全套家具供货商,并在北美多个国家和地区设立超1000个营销网点,是北美知名的时尚家居品牌。美国《今日家具》曾在头版头条对郭山辉予以大幅报道,并冠之以"中国家具教父"的美名,港台媒体也尊之为"华人之光"。

1991年的那条泥泞小道不再,迎接你的是一条条宽阔大道,当年四处求人的郭山辉早已缔造了自己的家具王国。在东莞大岭山镇带领大陆家具从业者与美国抗衡"双反"(反倾销、反补贴),声名鹊起,使"家具"成为大岭山镇的标签。2006年他和妻子刘宜美以84.5亿元人民币位居《蒙代尔》杂志年度"中国十大情侣富豪榜"第二;夫妻二人还先后被评为"广东十大经济风云人物";当选东莞市台商投资企业协会第六、第七届会长;2010年连任第二、第三届全国台湾同胞投资企业联谊会会长;2012年获得"杰出莞商"之称号。

追赶太阳

翻开郭山辉这部家具教父的大陆创业史,我们看到了台升国际集团的发展与辉煌,也看到郭山辉以及他所带领团队的勇气、自信与坚韧。

郭山辉知道,只有大陆广袤的土地和丰富的资源才足以承载如此伟大的希望和梦想,才能用最短的时间创造出如此的奇迹与辉煌。深耕东莞近30年,郭山辉见证了这儿从交通不便、水田相连之地变成高楼厂房密布、交通发达的世界制造业基地。如今,这些创业的种子长成了参天古木,根已深扎在东莞,并不断地调整这些品牌,让价格更贴近中国消费者,让国人享受到更多高品质的家具产品。

作为台商来大陆发展的领头雁,历任东莞台商协会会长、全国台湾同胞投资企业联谊会会长的郭山辉,在东莞台商协会上任伊始,带领在东莞的台商创造了台商协会盈利的新模式——协会可以不只是靠会员的会费维持,也可以以一个"经济体"的形态运营创收。这不仅解决了协会运营的问题,而且让东莞的台商找到了多条投资盈利的道路。

　　他们以台北101大厦为蓝图，投资近20亿元建设会馆大楼的计划就开始实施。东莞台商大厦（即环球经贸中心）、台心医院，是郭山辉在东莞的杰出代表作。东莞台商大厦更是东莞的地心、地标建筑。2013年12月26日，历经3届东莞台商协会会长、耗时8年建成的东莞目前的第一高楼，在东莞台商协会成立20周年庆时揭开了神秘的面纱，宣告了东莞台商心目中的"第二个家"正式落成。

　　作为全国台商的领头雁，他一直在思考，"怎么面对大陆13亿多的人口这样一个庞大的市场？台商到底要怎么走（转型升级）？我一辈子为家庭、为企业，下半辈子也要为台商的转型付出。不管是台商的好，台商的不好，都是我的责任啊！"郭山辉又站出来了，主动承担起带领台商集聚转型升级的责任。

　　郭山辉不时地说："我赶上了这趟发展快车。"尤其是党的十九大胜利召开，郭山辉更是吃了颗定心丸。他说：习近平总书记在党的十九大报告中强调，必须坚持"一个中国"原则，坚持"九二共识"，秉持"两岸一家亲"理念，增进台湾同胞福祉。

　　"习总书记的讲话无疑进一步增强了我们在大陆投资发展的信心。"近年来，郭山辉充分发挥自己的"名人效应"，积极宣传党的政策，曾组织筹办了"2015台商转型升级峰会"，倡导广大台商积极适应新常态，推进转型升级。"'一带一路'倡议，首先是解决中国生产过剩，除了自身消费外将原材料销往东亚、南亚、中东，跟各个国家进行合约签订，通过地方建设将原材料输送出去；同时大陆内部的产业结构也需要调整，将沿海经济发展逐渐往中部或西部推展，发展西藏、新疆、青海等地，最后就是通过"一带一路"推动区域整合，这也是顺应世界趋势。"熟读历史的他，对"一带一路"的历史定位早就了如指掌，他说这是一场新的发展契机，能带动区域发展，联通亚欧大陆，创造亚洲崛起。

　　"'一带一路'倡议，沿线覆盖的人口约44亿人，经济规模达21兆美元，占全球经济比重近30%，总投资规模将达1.6兆美元，约50兆台币；'一带一路'的贸易总额可以高达2.5兆美元；前述的任何一个数字都在世界经济发展的版图中，占有非常大的比重，这不仅是世界的机会，更是台商的机遇。广大台商要把握'一带一路'的商机，可以搭配自由贸易区的优惠政策，将自贸区与'一带一路'看作扩展商机与转型升级的突破点，打造一个新的市场和供应链。"郭山辉似乎感到新常态下经济发展又将迎来一个春天。他谈"一带一路"的发展规划，谈经济自贸区的建设，谈在粤港澳大湾区、广深科技创新走廊建设的节点，提升城市品质，是台商的担当。他说：传统的台商醉心于制造业，市场则是锁定在欧美；"一带一路"沿线有着庞大的人口，这就代表了消费力，对台湾未来的经济发展将是一个新蓝海，也是两岸关系的一个重要触媒。

机会是给有准备的人的，党的十九大给我们带来了好的政策，"一带一路""长江经济带""京津冀协同发展"等战略，对台资企业的转型升级将有重要的促进作用，为许多大陆台资企业和台湾厂商在大陆进一步发展，以及两地企业共同"走出去"提供了机会，也带来了愿景，通过陆上丝绸之路的投资即可输送优质的资源，强化对这一市场的成本竞争力，这是台商转型升级的机会，是消费产品出口的动力来源，只要掌握庞大的基础建设供应链，以及沿线市场的需求取向，相信这就是台商转型升级的出路。

敢问：路在何方？答：路在脚下。郭山辉和他的台商朋友时刻准备着，并一直在向前出发。

我是领队

韩萃萃

　　我是一名东莞从业15年的领队，国家中级英语导游，广东省旅游文化大使。在领队生涯里，见证了各种喜怒哀乐、悲欢离合，同时也经历了多次危机，现在回想起来仍是心有余悸。

韩萃萃（前排右一）率团在以色列耶路撒冷哭墙前合影

　　2017年10月，我应邀带埃及定制团参加阿布辛贝太阳节，这是我第5次去埃及了。在每年10月22日，古埃及第十九王朝的拉美西斯二世法老生日这天，初升的第一缕阳光会穿过神庙60米长廊照进圣殿，照亮圣坛中并列的四尊雕塑之一的拉美西斯二世的全身，但同坐的太阳神、黑暗神、荷鲁斯神三位大神处于黑暗之中。太阳节是埃及非常神圣又盛大的节日，我们作为唯一能参加仪式的中国团队获得埃及旅游部部长、文物部部长、交通部部长等领导接见。但是，在广州飞往开罗的飞机上，发生了偷窃事件，让此次埃及旅程中多了埃及警署游的记忆，我也成为第一位在埃及报警的中国领队。当时乘坐埃及航空于早晨7点抵达开罗，第一天是金字塔和埃及博物馆观光行程，再于第二天转机到阿斯旺。在埃及，连空气都充满着历史的味道，团队一下飞机都很兴奋，尼罗河蜿蜒流过，波光粼粼，阳光透过薄薄的晨雾，照在开罗裸露的黄土上，让人心生暖意。正当导游介绍在埃及几天会经常听到"哈比比"（阿拉伯语里"亲爱的"的意思）时，有位客人突然叫了一声："出事了！"我们停止讲解，立刻询问发生了什么事。只见这位客人从布质钱包里拿出一包纸巾，说："这里原来有一卷2000元美金，现在被人换成了一包纸巾。"我的心突然沉了下去，一边安抚客人，一边联系国内旅行社报备。抵达金字塔时，安顿好客人观光，我一个人跑到最近的警察局，警察局说只受理景区案件，你可以回酒店试试。我们酒店是在金字塔附近的花园酒店，与金字塔遥遥相望。抵达酒店第一件事就是带着客人继续去报警。酒店附近的警署很简单，类似国内的治安点，接警的埃及警察态度很好，但是告诉我们在飞机上被偷应该在机场报案。我们立即回到机场，在与机场警察沟通后，他们表示未受理过此类案件，可以帮我们咨询上级。大约过了十几分钟，另一位警察告诉我们要去机场警察总署，一个距离机场约半个小时路程的地方。

埃及机场警察总署很大，门口值班警察问清楚来意之后带我们走进弯弯曲曲的走廊，既陌生又让我们觉得走廊很长很长，心里莫名地害怕。大概走过十几个有栅栏好像关押犯人的小房间后，来到署长办公室。署长很热情地请我们坐下，我们局促不安且焦急万分。署长40岁左右的样子，笑眯眯地拿出一包埃及瓜子，"来来来，坐下一起吃瓜子，我知道你们中国人也喜欢吃瓜子。"我们紧张的心顿时放松了下来，埃及导游负责介绍案情经过，署长边嗑瓜子边听，我们坐在旁边看着像西瓜籽一样的瓜子突然间笑了出来。署长诧异地问："你们为什么笑？"我们说："第一次见到埃及瓜子，也第一次进埃及警察局看到警察吃瓜子，很想笑。"署长也跟着笑了起来，说："你们也是我见过第一个来报案的中国人。"我们很惊讶，难道中国人被偷都不报案吗？他说其实他也知道个别航班上有小偷，也在努力破案，但很多中国人怕麻烦都选择不报案，他们也没办法开展。我和客人面面相觑，表示报警并配合破案，这是我们的义务，我们一定要追查到底。署长非常认可我们的态度，很快拟好了一份报警受理书，并承诺尽快排查争取尽早破案。在离开警署大门那一刻，我感到很自豪，我们是第一个在埃及机场报警的中国人，不与恶势力妥协，不让更多人受害，这不仅仅是领队的职责，更是要让埃及知道，我们中国人不惹事但也不怕事。

参加埃及太阳神节与埃及旅游部部长
默罕默德·中海亚·拉希德（左五）合影

我在国外除了遇到丢钱事件，还遇到过两次丢护照事件。第一次是在2015年，正值叙利亚难民涌入欧洲的第一年，希腊雅典作为欧洲第一站，首当其冲。雅典城区被满墙胡乱的涂鸦、成群结队席地而坐的难民、横七竖八的救济帐篷渲染得悲苦又阴暗，把雅典卫城衬托得更加灰白。那一天我们从雅典商业街集合走到停车场，只需要5分钟的路程。在穿过马路后，客人背包的拉链是打开的，我警觉地让她打开包检查，果然，护照和夹在里面的300欧元不见了。我们第一反应是在附近的垃圾桶里迅速翻查，可是无功而返。我马上安排其他客人中午用餐，又带上丢失护照的客人去到最近的警察局报案，只有拿到警局的受理书才可以到领馆办理临时护照。由于我们当天下午的飞机需要飞往土耳其伊斯坦布尔，所以办理护照显得特别紧急。中国领馆14：00上班，我们早早蹲守在领馆门口，一有人上班马上说明来意，由于当时丢护照案例不多，希腊领馆做事非常认真，要发询问邮件到户籍所在地的省公安厅，再由省公安厅下发到市再到县，一层层下发，我们一听这一圈下来没个十天半个月估计也拿不到临时护照，马上致电省公安厅和市公安局，说明情况的紧急性，请他们看到邮件马上办理。这时团队已经临近办理机票时间，我只能把丢失护照的客人交给导游照顾，我们一行人去了机场。

韩萃萃（前排左四）率团在法国巴黎凯旋门前合影

人在机场心却在领馆，一直担心护照补办的问题，一边安抚丢失护照客人的家属，一边还要带队参观伊斯坦布尔城市风光，这是我第三次去伊斯坦布尔，老皇宫、圣索菲亚大教堂、古罗马地下水库和大巴扎等地，可仍需一丝不苟，其间还要不断提醒客人注意财物安全。从东罗马君士坦丁堡的历史到奥斯曼土耳其的征战，丢护照的阴影让这座古老的城市笼罩上一层灰暗。也许是博斯普鲁斯海峡上的海鸥带走我的焦虑飞去了雅典，在伊斯坦布尔的第三天下午终于传来喜讯，临时护照办好了！她改签的机票于晚上飞到伊斯坦布尔机场与我们会合一起飞回国内。悬着的心终于落下，不过丢护照一直是一个阴影，每次出国都时时刻刻提醒客人小心再小心。2019年8月，在法国巴黎，有一个下午自由活动，一对搞艺术的父子想参观行程外的奥赛博物馆，我千叮咛万嘱咐看好护照，结果父亲的护照还是买完票不记得掉在了哪里，情况紧急，我赶紧按地图找到巴黎驻法国中国大使馆。在希腊丢护照那次的情景记忆犹新，已经做好了打电话给省公安厅、市公安局和留下住几天的准备，意外的是法国只需要填一张表就可以拿到临时护照，不禁大大松了一口气。领馆工作人员说近些年丢护照的人太多，所以简化了手

续。我心里很苦涩，这算进步吗？欧洲的治安堪忧，可是我们除了保护自己看好随身物品，其他的却无能为力。巴黎的记忆除了空气中弥漫的浪漫味道、高耸入云的铁塔、悲情的凯旋门、散发着艺术气息的塞纳河、巴黎圣母院建筑上"让我静静"的小怪兽、行人川流不息的香榭丽舍大道，还有简化临时护照流程带来的五味杂陈的欧洲之痛。

除了丢钱、丢护照，再就是丢行李了。2018年，我第二次走以色列约旦13天团。约旦河这条神圣又不堪重负的小河把以色列和约旦隔开，我们需要从约旦境内死海回到约旦河旁的以色列艾伦比口岸进入以色列，要经过两国近2小时的层层检查。约旦境内所有人下车盖约旦离境章，然后过机和搜身检查，车上的行李要经过一件件扫描和警犬两道检查才能放行，每一道关卡都有荷枪实弹的士兵看守，紧张的气氛让人心生不安。约旦大巴把我们送到以色列关口，闸口大门紧闭，据说海关检查出了炸弹，暂停入境，我们全车人一下子沸腾了，仿佛死神就在不远处朝我们招手。终于等到排查炸弹的通知，我们得以进入以色列境内海关，但仍心有余悸。

埃及卢克索卡纳克神庙公羊之路

以色列海关规定行李需要托运进后台严格检查，我们则进入等候区等待大屏幕显示行李号码才能进入行李区拿行李。陆续有人进入行李区拿到行李上车，但有两位客人一直坐在等候区，我也一直陪同等候，等待了15分钟后，我第一次去询问安检人员，她说行李多很慢请耐心等待。时间过去了半小时，可还是没有轮到他们两位，我再次前去询问，得到的答复是继续等待。我说："后进入等候区的人已经都拿到了行李了，半小时已经很久了，麻烦看下有什么问题。"我态度很强硬地请她去后台看下情况，她不情愿地跟其他同事交代了下工作，就走进检查行李的办公室，进入之后大概十几分钟出来说没看到我们的行李。这时她才发觉有问题，叫来上级主管说明情况，主管派了一位工作人员带我和丢行李的客人去到电脑监控室查找视频，我一边安抚丢失行李的客人，让导游带领所有客人先去吃饭，我自己一个人留了下来，大概15分钟找到了丢失箱子的监控镜头，工作人员按照镜头在全场找了一圈没有发现，这时工作人员向我赔礼道歉，耽误了我们的时间，留下我的电话号码承诺一有消息就会跟我们联系。我自己打车到了距离关口半小时的餐厅，就在客人吃完饭的时候，导游接到关口电话说行李被人拿错了，主动联系送回来，会帮我们送到晚上入住的酒店。我们全部人欢呼起来，一上午压抑的心情突然像火山一样迸发出来。勇于在遍地炸弹随时爆炸的巴以地区，跟荷枪实弹的以色列用强硬的态度表达诉求，我毫不畏惧，为客人争取权利是领队的责任。

我把丢钱、丢护照和丢行李的故事写出来，或许是希望记录和留下点什么，又或许是作为领队的职责所在。

跨　越

莫寒

　　我试图从陈鼎河那张略显纯真的脸上，寻找到一个属于商人身上的独特密码。20世纪90年代末，刚满18岁的陈鼎河跟随他的父亲一起来到虎门做服装生意。人生地不熟的陈氏父子，在经历了摸爬滚打之后，终于闯出一片自己的天地。陈鼎河为了让自己变得强大起来，开始在莞邑大地上"飞翔"，然而这一飞，就是20载……

陈鼎河近照

　　陈鼎河创办的东莞市卓品服饰有限公司，成立于2006年，这是一家集研发设计、生产销售、国际贸易于一体的专业时尚服饰公司。陈鼎河依托商会的资源优势，成功引进先进的现代企业管理理念，导入优秀的企业文化，为企业的可持续发展打下了坚实基础。

无论何时，"革新"永远是时代的主流。如果不去揭开事物的面纱，又有谁知道陈鼎河清新外表下藏着一颗老成的心。在陈鼎河看来，无论时代怎么变迁，人的思想必须与这个时代保持密切的联系。只有将企业的发展融入宏伟的大环境中，整个行业才能活跃起来。而在当前科技与创新主导的经济背景下，要想让企业上升到一个新的高度，必须与时俱进，用创新思维武装头脑。

扎根虎门谋发展

2006年，在亲朋好友的帮助下，陈鼎河创办了东莞市卓品服饰有限公司。为什么选择虎门？这是一个颇具哲理的问题。"虎门是我的福地，我热爱这个地方。"陈鼎河自豪地说道。陈鼎河告诉我，他是虎门经营服装的第二代南康人。

一开始，陈鼎河与很多服装公司一样，干的是代加工的工作。在经历了5年的漫长积累之后，开始有了一批稳定的客户资源，市场范围也扩大到了全球各地，形成了较为良性的发展势态。然而，陈鼎河心里清楚，公司要持续发展下去，就必须寻求新的发展思路，传统的代加工早已无法满足日新月异的市场发展需求。

深耕企业管理

为了让公司持续向前发展，陈鼎河开始苦练内功，狠抓企业文化建设。对人才管理也越来越重视。企业高速运转背后，需要强有力的软件和硬件来支撑。陈鼎河不仅网罗了一大批优秀的翻译人才，而且还成立了业务部、生产部、采购部、市场部等部门，来应对复杂多变的市场竞争。

企业内部管理就像一台机器的发动机，是所有动力的源泉。陈鼎河虽然在企业管理方面不是科班出身，但他对激励人才却有一套自己的办法。重赏之下必有勇夫。为了鼓舞团队士气，激励业绩突出的员工，陈鼎河经常奖励房子、小汽车给销售冠军。久而久之，他的这种激励机制很快被同行效仿。

公司每向前发展一步，陈鼎河都会倍感压力。他害怕自己跟不上时代发展的节奏，经常一个人躲起来偷偷看书。在时间面前，任何浮在表面的东西都将沉

底。陈鼎河依托先进的现代企业管理方法，扎实的企业文化建设，为企业的可持续发展打下了坚实的基础。为了配合市场发展，东莞市卓品服饰有限公司配备了强大的设计团队和拥有更好的生产能力，有效地保障了终端销售和客户需求。

从传统外贸走向跨境电商

在2008年的全球金融危机大背景下，加之人民币升值和劳动力成本持续上升的影响，我国传统外贸行业遭受重大打击，进口增速明显下跌，很多传统外贸企业尤其是中小外贸企业纷纷倒闭，与此形成鲜明对比的是，跨境电子商务因为具备中间环节少、价格低廉、利润率高等特点，呈现出了良好的发展势头。为了与时代接轨，陈鼎河革故鼎新，2011年，专门成立了国际贸易团队。

近年来，陈鼎河经营的女装小礼服一路高歌，走出了一条独特的服装发展之路。敏锐的企业家永远不会因为某个现象而停滞不前，他们所关注的恰恰是大部分人所忽略掉的。在新鲜事物诞生与结束这个时间段，很多问题已经有了答案，只是我们没有发现罢了。陈鼎河不是演说家，他不适合在众人面前谈他的行走与江湖，他喜欢在略显安静的环境中寻找新的可能性。比如讲一堂关于跨境电商的理论课。

陈鼎河还很年轻，他的女装小礼服如何借助跨境电商走得更远，成为他接下来不得不思考的问题。路漫漫其修远兮，吾将上下而求索。以陈鼎河为代表的第二代南康服装人，必将在新的市场环境中迎来更加激烈的角逐。然而，正如他本人形容的那样：路在脚下，也在手中，我们唯有努力做好自己，才能在市场的浪潮中永立鳌头。

纵使前方浪汹涌，也可直挂云帆济沧海

庄丽如

　　一个城市的经济发展靠企业，一个企业的发展靠企业家，一个企业家能否着力奉献社会，要看企业家是否有家国情怀。东莞是一座新生的城市，改革开放以来，东莞的发展速度令人惊叹，从曾经的人烟稀少到如今的人潮涌动，从曾经的荒凉到如今的繁荣昌盛，我们不得不感谢东莞的各类大小企业。企业带动了当地的经济发展，同时也丰富了当地的文化精神。东莞，一直以来都是很多外来务工人员追梦的地方。很多人从远方来，工作在这里，生活在这里，定居在这里，从此世代扎根在这里。创办广东拓斯达科技股份有限公司的吴丰礼便是改革弄潮中的一个典型人物。对他来说，东莞是一个追梦的地方。

吴丰礼近照

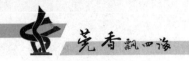

2001年，刚刚退伍的吴丰礼带着400块钱来到东莞，但一下火车钱包就弄丢了。年轻的吴丰礼只有头上的明月和耳边的清风相伴，除此之外，什么也没有。学历低、无资金、无技能，就在这样的情况下，吴丰礼开启了自己的打工之旅。虽然人生地不熟，但总还是有生存的机会的。东莞有很多企业和工厂，为大量外来务工者提供了大量的就业机会。

吴丰礼的第一份工作是在一家外资企业。这份工作对他日后创业产生了深远的影响。短短三年时间，吴丰礼从一无所有到年收入30万元，从一无所知到对企业的运转了如指掌。很快，他就感觉到自己的职业生涯达到了天花板，开始萌生了创业的想法。2007年吴丰礼拿着所有的身家——总共只有50万元，开始了他的创业之旅……

"刚开始做的产品是注塑机的周边设备，凭借着强烈的创业热情，我们先后研发出了三机一体、水温机，这是一个非常低门槛的产品，技术含量并不高，但是我们就是在这样一个低起步的情况下一路高歌的。"可企业和人生一样，总会遇见一些难以预料的困境。对吴丰礼来说，做企业，如同人生，潮起潮落。

最开始，吴丰礼的创业经历还算顺利，一路高歌一路吟。但好景不长，就在创业的第二年，遇见了金融危机。

"2008年金融危机的时候，我们被客户跑掉68万元，当时我们是负资产创业的。我的经历比较坎坷，刚来到东莞，就丢了钱包；刚开始创业就经历了金融危机，但是我们就是在这样的环境下在东莞一路逆袭。"

时代的洪流浇灭了多少人的心血和梦想。2008年的金融危机造成的悲惨画面，我们不赘述。吴丰礼的公司也没有幸免。但他没有宣布倒闭，而是咬紧牙关，带着员工们继续坚守自己的岗位。真是苦心人、天不负，熬过了寒冷的冬天，终于迎来了春天的繁花盛开。经过多年的坚守、打拼，吴丰礼迎来了人生创业的第一座高峰：2017年2月9日，广东拓斯达科技股份有限公司成功登陆创业板，也是广东省第一家机器人骨干企业在深圳证券交易所上市。

"在上市之前我们是没有自己的土地和厂房的，就在上市的那一年，我们第一个新工厂是5.7万平方米，2019年的员工是1800人，2020年是2600人，在逆袭中毅然实现了高增长。我们今年上半年的利润增长了366%，作为一个2000多人的小公司，我们半年的利润已超过4个亿，让我觉得在东莞这个地方一切皆有可能，这真是一个创造奇迹的地方。"

2019年，为了推动公司进一步发展，拓斯达孵化了驼驮科技，这是一个定位于工业制造领域的产业互联网平台，基于工业设备交易和维保服务。找到了阿里巴巴的合作伙伴，当时他们公司总部给了我们两个选择，一个是北京，一个是杭州，但最后我们公司跟阿里巴巴团队商量后决定留在东莞。

回忆起在东莞创业的经历，吴丰礼非常激动。夜深人静的时候，他也曾彷徨过、犹豫过、质疑过，但每每望着头上的苍穹，他总觉得人生可以有无限的可能。如果说企业曾经多次面临危机，遭受了不同程度的损失，那么在吴丰礼看来，这些都是磨炼他的坚强意志力的途径。也许正是因为这一次次的危机考验，才锻造了吴丰礼这种坚韧的品性。

"这么一个地方我愿意把我全部的经历和创业的热情都奉献在这里。"吴丰礼如是说。

吴丰礼表示，拓斯达能有今天的发展，得益于东莞良好的营商环境、优越的地理位置、齐全的供应链，这些蕴含着对智能装备巨大的需求，工厂门口就是市场，这是他们最好的创业土壤。"东莞成就了拓斯达，也成就了众多创业者，像我这样的草根都能在这里生根发芽，我呼吁并期待有更多企业能在东莞这片热土上扎根。希望我们一起携手奋斗，共同打造全球制造业繁荣发展的新局面。"

如果说国家和平昌盛的时代背景，给像拓斯达这样的企业提供了良好的土壤，那么这次的中美贸易战则是一场突如其来的风暴，给正要茁壮成长的秧苗们一次沉重的打击。但这样的风暴，这样的打击，对吴丰礼来说，纵使前方浪汹涌，他亦直挂云帆济沧海！

2018年的国际市场不容乐观，很多企业陷入了困境。但作为一个有责任、有担当的企业家，必须以大局为重，更需具备战略眼光和宽阔胸怀去应对逆境。吴丰礼面对严峻的美国贸易风暴，他勇于承担社会责任，以国家利益为重，积极组织员工商讨对策："市场大环境变得更加恶劣，运营更加困难，每个竞争对手也会跟我们一样碰到相同情况。所以在碰到危机时，我们要如何把危险转为机会，就考验着企业家如何应对，学会如何与痛点共存，找出解决之道。如果美国保护

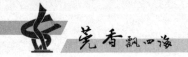

主义抬头，作为海外市场部门，首先要订好策略必须开拓更多的海外市场，不能过度依赖单一市场，虽然美国是重要市场，但是不能将所有的资源或重心摆在受到政治影响甚巨的市场。"很快，到了2019年，拓斯达陆续开发出新的市场，包括比利时、意大利、叙利亚、新加坡等。

中国需要这样的企业，需要这样的企业家，更需要这样的企业家精神。吴丰礼用自己的行动诠释了一个企业家该有的社会责任和担当。2020年注定是不平凡的一年，正当拓斯达觉得可以稍微喘口气时，疫情突发，全球面临巨大的挑战，市场环境和竞争情况越来越残酷，让所有企业都必须找到未来的方向，谁能在逆境中继续前行？吴丰礼给出了答案：永不退缩，勇往直前，他依旧是那个追梦的少年。

在激烈的竞争中，如何发扬"敢为天下先"的闯劲，在困境中突围，寻找新机遇，开创新局面？这是责任、使命和担当。作为广东民营企业的代表之一，吴丰礼更是当仁不让。

他深深感受到新一代创业者应该具备时代使命和责任担当。拓斯达的使命就是通过不断创新，建立智能制造硬件和服务的平台，帮助下游的客户获得更低的成本和更高的效率。

新冠肺炎疫情期间，由于早期想捐口罩都买不到，甚至花了冤枉钱买到不合格的口罩，拓斯达下决心研创口罩机。团队加班加点，一周就研发出了口罩机。拓斯达口罩机迅速获得市场认可，目前的口罩机生产速度是全球领先的。

特别是在后疫情时期，拓斯达通过生产口罩机、熔喷布及口罩等，致力于打造口罩生产的专业化。

"发挥智能装备企业的技术优势，生产防疫物资设备助力社会抗击疫情，这是我们企业对社会应尽的责任。"任何危机都必然是给有准备的人留下机会，目前中国先进的制造行业正努力提升实力，通过调整企业的结构和方针来适应诡谲多变的国际海外市场。拓斯达，始终肩负着社会责任和发扬民族企业的光荣使命，不忘初心，砥砺前行，为国家工业技术的提升尽力，让工业制造更美好，以完美的质量和先进的技术开创未来。

正如习总书记所说：社会是企业家施展才华的舞台，只有真诚回报社会、切实履行社会责任的企业家，才能真正得到社会的认可，才是符合时代要求的企业家。有多大的视野，就有多大的胸怀。

吴丰礼弘扬企业家的精神，以可贵的家国情怀为国家、为社会、为人民做出贡献，在这个世纪难题上，交上了一份令社会满意的答卷！

优秀品牌

一张选票背后的传奇

夏任远

当地时间2019年2月27日凌晨0时许，尼日利亚全国独立选举委员会完成了全国36个州及联邦首都区的总统选举投票统计。尼日利亚现任总统、全体进步大会党总统候选人穆罕默德·布哈里在23日举行的大选中获胜，再次当选尼日利亚总统。

此事本与中国人关系不大，却因为其3560多万张选票是由中国企业——位于东莞清溪镇的广东天元实业集团股份有限公司印制完成，而变得引人关注。其实，这已经不是广东天元实业集团股份有限公司第一次为尼日利亚总统选举印刷选票，早在8年前的2011年，正是那一年，一封邮件将当时成立才一年的天元和尼日利亚机缘巧合地联系在了一起，共同缔造了一张选票背后的印刷传奇。

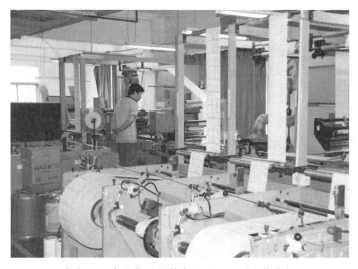

广东天元实业集团股份有限公司印刷工作车间

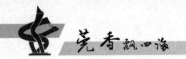

一封电子邮件的机缘

2010年，已经意识到快递行业的"井喷"必然会带动印刷包装行业发展的周孝伟（现为广东天元实业集团股份有限公司董事长）连同30多位股东一起，筹集1亿多元资金，通过收购印刷行业内多家企业合并成了广东天元实业集团股份有限公司。

2011年3月初，该公司国际营销人员突然接到一封尼日利亚留学生发来的邮件。对方自称在暨南大学读书，通过朋友了解到广东有七八家具有特种印刷技术的企业，希望可以进行合作。周孝伟原本以为，这个订单和其他外国的普通订单一样，可是没想到这次是为尼日利亚的总统选举印选票。

周孝伟透露，在正式签订合同之前，尼日利亚方面对广东包括广州、深圳、东莞在内的不少企业进行了筛选，但这些企业都因为订单的数量大、品种多、订单杂、交货时间紧等原因而最终放弃了。3月20日，双方正式签订合同。

签订合同之后，周孝伟一开始还没有太大的感觉，只是觉得印选票还从未试过，从商业的角度来说利润也挺丰厚，不能错过。从签订合同到3月31日的交货日期，留给公司有十天时间。周孝伟曾经算过，按照手头4家印刷厂的工人数量和现有的设备，以最佳的生产状态计算，预计6天就可完成订单，绝不会超过交单期限。

然而直到3月22日，选票设计稿经过对方多次修改后才发到厂里，25日开始印刷，原本10天时间被压缩成7天，给工作带来很大被动。"选票的要求高、时间紧、订单量大，比较棘手。"周孝伟称，厂里工人连轴转，熬夜加班是常事，把关环节的负责人还试过两三天不休息。

周孝伟介绍，从印刷的角度看，印制选票并没有太特别的工艺。相反，由于时间紧迫，尼日利亚方面临时将选票的防伪措施从原先规定的11种降到最后的只剩下条形码一种防伪标志，大大降低了印刷的工序和难度。"但选举登记表的印制的散切工序反倒给我们带来了难题。"周孝伟解释，原本接的订单，最大尺寸都没有超过12英寸（约30.5厘米），而尼日利亚方面却将选举登记表的宽度设计成24英寸，整整大了一倍。

"本子太宽，纸本身又是软的，在做散切的时候由于机器吸嘴吸力不够，总是挺不过，影响了生产进度。"周孝伟介绍，机器运转起来没有原先那么流畅。在一线劳作的工人则有更深的体会。负责印码的工人阿磊介绍，那段时间为了赶进度，每天都要盯着编码生怕漏印，眼睛都快跟不上了。

据周孝伟介绍，该批选票总共有4770万张，还有40多万本选举登记表，总重119吨，装了十几个货柜，于3月30日下午顺利完成任务，并最终提前由尼日利亚工作人员运抵该国。周孝伟还说："尼日利亚客户当时很感动，拿着选票跟我合影，说要在当地媒体宣传。"

"一战"成名进入发展快车道

"尼日利亚大选选票出自天元印刷""天元印刷7天赶印4770万张选票"等事迹迅速在行业内流传开来。天元的技术与实力凭借这次"弯道超车"得到了业界的普遍认可。

此举为天元的发展按下了"快进键"。在随后不到5年的时间里，天元就与目前国内90%规模以上的快递企业建立了客户关系。第一个完整的经营年度，天元实现了2.16亿元的销售业绩；2013年，天元营业收入增长率已高达78%；2016年，广东天元实业集团股份有限公司挂牌新三板，主要从事票据、塑胶制品、快递封套、标签、气泡袋、封箱胶等全系列快递物流包装印刷品的研发、生产和销售。根据天元集团发布的2017年财报显示，在过去的一年里，天元净利润5800.36万元，同比增长7.60%。这样高速度的增长，不仅是勃兴的快递行业催生的"福利"，也是天元"一战成名"之后，在业内品牌效应以及商业模式不断"发酵"的结果。

"我们天元与传统的印刷企业不一样"，周孝伟表示，天元始终坚持"以技术升级求生存、以服务创新求发展"的经营方针，已通过ISO9001质量管理体系认证、ISO14001环境体系认证、FSC国际森林认证。目前，天元研发中心以博士学位人才为科研带头人、科技人员为支撑，对新产品、新工艺及公司新项目实施专业生产与研发。天元与广东省科学技术厅、中山大学、中国美术学院艺术研究院等

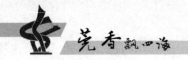

国内大专院校、科研院建立了产学研合作关系，已获得近30项国家专利，以及10多项计算机软件著作权，并于2013年成功获得国家高新技术企业的认定。此外，天元董事长周孝伟还聘请了一位在美国攻读博士后的专家，对研发人员进行一个季度2次的专项辅导，帮助研发人员进行理论上的梳理。

由于有"集成"的概念和实践，在产品的研发上，天元人就特别能钻研、特别有主见，特别的"任性"。什么成分的胶水黏性更好，什么分子结构的聚乙烯材料更能让客户满意，什么样的封口胶更能保障物件的安全等，这些都是天元研发中心所考虑的。而买设备、买仪器、组建研发团队方面，天元也特别的"任性"，觉得为研发花钱，值得。为此，天元从国外引进了目前全世界最先进的打印设备，并自己组织研发团队为其进行软件编程，形成了一套集编写、打印、检测于一体的自主知识产权体系，这也构成了天元核心技术的中坚。

因为"一带一路"，更因为实力与信赖

在天元进行"弯道超车"、发展按下"快进键"的同时，2013年9月和10月，国家主席习近平分别提出建设"新丝绸之路经济带"和"21世纪海上丝绸之路"的"一带一路"合作倡议，借用古代丝绸之路的历史符号，依靠中国与有关国家既有的双多边机制，借助行之有效的区域合作平台，高举和平发展的旗帜，积极发展与沿线国家的经济合作伙伴关系，共同打造政治互信、经济融合、文化包容的利益共同体、命运共同体和责任共同体。

"一带一路"倡议迅速得到了包括尼日利亚等非洲国家的热烈响应。尼日利亚主流报纸《领导者报》整版刊发该报编辑布科拉·奥贡希纳女士的署名文章，盛赞"一带一路"倡议的丰硕成果，指出"一带一路"是面向全球开放，呼吁尼日利亚等非洲国家抓住机遇深度参与并从中获益。"越来越多的国家及国际和地区组织对'一带一路'倡议表示支持和有意愿参与。这一倡议前景无限，尼日利亚应该抓住机遇，表明立场，成为关键参与者。"2018年，中国与尼日利亚两国在中非合作论坛北京峰会期间成功签署了共建"一带一路"谅解备忘录及有关合作文件，为中尼合作共赢注入新的强劲动力。

2019年，也就是中尼签署"一带一路"备忘录后，"一带一路"进入务实合作阶段的第二年，尼日利亚带着总统选举的选票印刷任务又重新找到了天元。这一天，"尼日利亚选票回来了"这句话传遍了天元的各个角落，甚至有员工因选票回归而喜悦和自豪，写下了《尼日利亚选票回来了》的诗篇。时隔8年，天元与尼日利亚选票再续前缘。

谈到为什么尼日利亚会再次选择天元时，天元国际营销中心的负责人表示："有两个原因：一是8年前的首次订单，我们短时间内高效、圆满地完成了任务，让尼日利亚的客户感受到了天元高品质产品和认真的服务态度；二是之前尼日利亚的客户和我们有联系，这次准备总统选举的消息一出来，我们就联系跟进了，没想到这事就成了。这次选票的回归，说明我们品质和品牌实力得到客户的认可和信赖。"

天元集团票据事业部的负责人易经理表示："2011年的那次选票，我们当时是和三家企业合作印刷完成的。经过8年时间发展壮大的天元，早已完成了集团化的升级，现在无论是员工的数量，还是技术能力的提升、工艺水平的进步，都完全具备独立生产选票的能力！所以这次全部选票都是自产的。"

由于拥有了上次生产的经验，再加上交期不再那么紧迫，制作过程显得轻松了不少。选票生产按计划分两个批次进行，第一批生产了2360多万张的选票，第二批生产了1200万张选票，总共耗时不到20天。

据了解，虽然这次选票的制作，从表面看和8年前的选票相差无几，但相比之前，这次选票的最大亮点是增强了防伪技术。此次防伪采用荧光油墨印刷，荧光油墨是常用的隐形油墨，一般情况下，看不出来所印刷的图形或文字，得使用检测工具才能显现，这一技术更增加了选票的难以复制性。由小见大，这也让我们看到了天元的进步和中国印刷业的进步。

完成了两次选票项目，周孝伟感慨良多："我们没有把选票看成是一般意义的业务，因为它在天元发展历程中发挥了特殊的作用，有着重要的意义。"从单纯的业务层面来说，天元积累了选票制作的丰富经验和工艺数据，对选票业务的市场需求有了更多的认识，开阔了视野。为此，天元成立了选举物资营销中心，目前这个部门可服务于国内外各类选举活动。无论是物资还是设备，一应俱全，可

提供一站式的服务，让选举活动更轻松、高效。从企业文化层面来讲，选票事件已经成为天元的品牌故事，在全体员工的心中沉淀下来，内化为一种企业精神。第一次的选票，天元人找到了这样一种精神，所以在创业中站稳了脚跟，第二次的选票回归，是天元人创业精神的一种回溯和寻根。"这种精神就是天元人的铆钉和拼搏精神，哪里有需要就往哪里钻，同事之间紧密团结、无私奉献，这对一个企业来说是前进的精神动力，其意义比做成这个业务的经济收益要大得多、深远得多、重要得多！"

结束语

8年前，一封邮件，将天元和尼日利亚机缘巧合地联系在了一起，共同缔造了一张选票背后的印刷传奇；8年后，来自同样的国家、同样的一份订单，再次远渡重洋，来到了天元，因为"一带一路"而变得意义更加深远。

尼日利亚是非洲第一人口大国，也是非洲第一大经济体。在"一带一路"倡议中，尼日利亚虽不是沿线国家，却与中国签订了"一带一路"相关合作协议。相信随着中国特种印刷行业的杰出代表——天元集团在国际市场的不断拓展，将会有越来越多像尼日利亚选票这样的合作项目选择天元，为"一带一路"印刷出美丽的色彩！

太阳诱电与石碣的 26 年

郑坤杰

20世纪90年代，中国南方风起云涌，一个南方小镇——石碣，一片土地开始变得炙热，一群人已经摩拳擦掌，准备干一番大事业。一家日本的高科技企业将目光投向了这里，一群日本企业家坚定地踏上了这片土地，他们一步一个脚印，走出了一条企业高速发展的康庄大道。

在中国改革开放的时代大背景下，一家日本企业与石碣共同深度参与到中国电子制造业飞速发展的历史进程中，见证了彼此波澜壮阔的26年；一群日本企业家和石碣人，在其中各自收获了丰盛的人生，并以一个绚丽的小章节，展示了中日关系辉煌的过去和美好的未来。

太阳诱电深耕石碣26年

千百年来，在东江水的深情浸润下，石碣从一片滩涂变成一块沃土，一代代勤劳勇敢的石碣人在这里生生不息。在外资企业走进这片土地之前，这里一直都是一个农业小镇，工业基础十分薄弱。

1950年，在钛酸钡陶瓷电容器成功实现商品化的基础上，太阳诱电株式会社在日本诞生。随着世界电信产品市场的蓬勃发展，太阳诱电不断壮大，已经成为一家在电容器、电感器、电路模块及CD-R、DVD-R等光存储媒体领域的领军企业，事业规模向全球范围扩展。

1994年12月，东莞太阳诱电有限公司成立，中国首个生产基地落户石碣；1999年9月，太阳诱电（广东）有限公司成立，通过增资扩产，在石碣累计投资总

额1.7亿美元，厂区占地面积超过10万平方米，主要生产和销售各种高科技电子零部件，产品主要用于手机、数码相机、笔记本电脑、DVD，主要客户包括苹果、华为、诺基亚、富士康、三星、伟创力等；2019年，"石碣太阳诱电多层片式陶瓷电容器增资扩产项目"启动建设，计划2020年完成工程建设及引进部分生产设备，2021年项目竣工并投入使用。项目总投资1.7亿元，其中设备和技术投资1亿元，工程建设投资7000万元。

石碣镇统一战线工作办公室人员一行到太阳诱电调研

有人说，人生中最美好的遇见，是共同成长、相互成就。太阳诱电与石碣，大抵也是如此。利好的政策、廉价的劳动力、日益完善的产业链，都是石碣给予太阳诱电的滋养；一家如庞然大物般的企业到来，吸引了上下游企业的入驻，带动地方的税收和就业，以及对其他企业的示范性效应，对一个南方小镇的崛起，也举足轻重。

经过近30年的砥砺奋进，石碣获得了"国家电子信息产业基地"和"中国电子信息产业名镇"等荣誉，形成了以电子信息产业为核心的产业群，有20多种电子产品产量位居世界前三。

强力释放凝心聚力谋发展的信息

一代人有一代人的使命。从石碣地方经济社会的建设发展，到一家家企业的生存运营，都离不开一代代石碣人的努力拼搏和无私奉献。

刘发枝，在石碣任镇长10年、书记10年，带领党员干部和广大群众，把石碣从一座孤岛打造成"中国电子信息产业名镇"。他既是高瞻远瞩的地方执政者，又是脚踏实地的"企业服务员"，通过为企业营造良好的营商环境，为企业的发展壮大保驾护航，把企业一个一个请进来、留下来，打通了石碣电子信息产业上、中、下游配套的产业链，为石碣电子信息产业实现高速发展奠定了坚实的基础。

袁灿东，老书记刘发枝亲自为太阳诱电挑选中方厂长，20多年来兢兢业业，为太阳诱电在石碣的发展立下了汗马功劳。当年，30岁出头的他事业有成、生活安稳，但为了老领导的嘱托，他毅然走上新的工作岗位，迎接新的挑战，努力融入制度严明、工作精益求精的日本企业文化中去，凭借自己专业的管理能力和负责的工作态度，几十年如一日，圆满履行了一名中方厂长的职责。

当年在石碣镇政府专门跟进和服务企业的工作人员说，在老书记刘发枝的带领下，镇政府上下几百号干部的口号就是"服务、服务、再服务"，并且每个人都是身体力行，切实做到全心全意、尽职尽责为外商服务。他印象最深的是，建厂之初，太阳诱电经常需要进口大宗的机器设备，有的设备不适宜在海关开箱检查，他经常要到海关做工作，磨破了嘴皮子，才央求到海关的工作人员答应上门服务，允许工厂先把设备运回车间，然后现场开箱登记、检查。

事实上，石碣镇历任党委、政府都是把企业的事当作政府的事，对于企业发展过程中遇到的问题，都是全力做好衔接，给予支持和帮助，让企业在石碣安心发展，继续加大投入，扩大生产规模。

正是一代又一代石碣人，在与外资企业打交道的过程中，坚持服务好企业，强力释放凝心聚力谋发展的信息，更好地增进了各国企业家对中国改革开放的理解和认同，让他们深刻认识到中国的高速发展是世界各国企业的巨大机遇。

守望相助，共克时艰

当前，受疫情影响，我国疫情输入压力持续加大，经济发展特别是产业链、供应链恢复面临新的挑战。维护全球产业链及供应链稳定具有重大意义，中国必

须主动与国际社会团结合作，共同应对疫情泛滥对全球产业链和供应链的挑战。

2020年上半年，中日双边贸易额接近1500亿美元，日本对华投资约20亿美元，基本达到去年同期水平。在目前的形势下，这样的成绩单难能可贵，充分体现了中日关系深厚的基础、强劲的韧性和巨大的潜力。在"后疫情"时代，相信中日两国可以在携手抗击疫情、促进经济复苏、维护地区和平稳定等方面加强合作，共同应对各类国际和地区挑战，为两国关系发展不断注入新的活力。

一个口罩，石碣和太阳诱电再次书写了一个关于"守望相助、共克时艰"的故事。2020年年初，中国武汉发生疫情之际，太阳诱电向石碣镇政府捐献了一批口罩；随后，太阳诱电复工，工人陆续返岗，石碣镇政府又多次向太阳诱电发放口罩。

21世纪第三个10年的大门正徐徐打开。在世界大变局与中国新时代相互激荡的大时代，一个中国南方小镇和一家日本高科技企业携手共进，必将乘风破浪，坚定前行，书写更加精彩壮丽的篇章。

"中华筷" 传承民族魂

余清平

"一家企业，不仅仅要扎根国内市场，也要在国外市场扎根，这才是两条腿走路"——这是东莞市筷福林文化创意有限公司董事长龚素林的座右铭。

龚素林近照

在龚素林的行为准则里，做企业，利益不是毕生所追求的终极目的，目的是社会担当。以至于被朋友追问："作为企业家，不以营利为目的，能算个成功的企业家吗？"龚素林的回答，让朋友深感敬佩。他说："利益，当然是每一个企业家办企业的目的，穿衣吃饭，让家人温暖幸福，这是人类最原始的祈求。但是，除了这些，作为企业家，还应该有更高的追求，那就是社会担当和责任。"

朴实的一句话，就成了龚素林一生创办企业的宗旨。

1990年，毕业于江西景德镇陶瓷学院的龚素林，想不到他会走上一条与当初

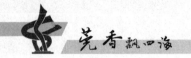

读书时踌躇满怀报读的专业背道而驰的道路。那时候，作为一个从农村走出来的大学生，看着瓷都景德镇琳琅满目的瓷器，发誓要在"瓷都"找一份工作，让自己的亲人过上好日子。可是，生活中的道路太多，当初所选择的那条路并不适合他走下去，这让他闯入了另一条路，进入了另一个领域。大学毕业的龚素林并没有留在景德镇研究瓷器，而是选择南下广东做了《家庭医生》的编辑。

也许，骨子里就有着不安分的因素，让他与文化事业紧紧结合。

那时候，年轻的龚素林来到广州市这改革开放的大都市，所学的知识令他如鱼得水，工作出色，但是，他总觉得生活里缺失了什么。诚然，稳定的生活、不错的单位、令人羡慕的工作是每一个人的追求，然而，他工作之余，总是觉得不能这样生活下去。这思绪，搅得他不得不做出一个决定：辞职。

念头一旦萌芽，就再也掐不掉。1993年，龚素林终于下决心辞去这份优越、稳定的工作，来到了东莞这个珠三角的新兴明珠城市。

万事开头难，头开好了，后面的道便有了遵循。龚素林心里想，走的人多了也便成了路，开路的人才是开创人，而他就要成为这开路人。

在珠三角，东莞的发展速度仅次于广州和深圳，是广东的卫星城市之一。来到这里的人都会很明显地感受到这列快速行驶的"列车"，按着政府规划的既定速度稳健行驶在这时代的潮流之中。或许，每一个人来到这儿，都能够找到属于自己的位置，实现自己的目标，也只有这样，人生才有意义，才更能体现自己的价值。东莞是一座包容的城市，海纳百川。

初来乍到的龚素林像鱼儿游进了海里，他觉得自己的选择没有错。东莞正是需要人才的时候，需要有知识的有志之士。龚素林很容易就找到工作，先后分别在鞋厂、制衣厂、电子厂和商场做管理。在这期间，虽然每一份工作的待遇都不错，但他对自己依旧吝啬。几年来，他不断换工作，也是在不断摸索，要寻找适合他发展的路。他觉得这些工作不是他来这里的终极目的。最后，通过市场调查，千禧年6月，他用自己的全部积蓄办起了"东莞市上井光学眼镜材料有限公司"。

这一家贸易公司，多与外商打交道。为什么起了"上井"这个公司名？因为在龚素林的理念里，做事情必须有规划，建厂、发展和目标都要有一个系统设计，就像挖井一样，给自己一个奋斗目标。当时的眼镜器材贸易业很红火，因为眼镜工厂收到源源不断的订单，大批眼镜出口欧美、东南亚。独特的眼光、缜密的操持，是龚素林成功的保证。

他在德国人身上学到严谨，在日本人身上学会进取，同时，也将我们中国人的文明、诚信、善良、勤劳与热情发挥到极致，他用行动告诉了这些外国客人，让他们知道中华民族是个古老的文明古国，知道中国人信奉的一诺千金。

龚素林用自己的智慧、魄力和眼光赚到了做生意的第一桶金。

眼镜贸易没有自己的生产工厂，不可能有自己的专利品牌，这不是龚素林所要的，因此，他的眼光又瞄向其他行业。当他发现大量的机器制造公司如雨后春笋，迅速冒出来。面对这不错的商机，他那双睿智的眼睛紧紧钉牢。通过这一系列的了解和核查，他放弃了贸易业，办起了制造业所必需的加工业——耕艺精密铸造厂。他知道，机器制造业很麻烦，必须有自己的专利品牌，但是，他暂时尚未寻找到适合他创业的品牌，而铸造加工是需要品牌的，所以做起来游刃有余，承担的风险也小很多。

蛰伏于加工业，当时是龚素林暂时的选择，但没想到，也正是他这次的选择，为他后面的创业打下了坚实的基础。做生意，诚信、质量、服务，是他所坚守的，无论如何，都会满足客户的要求，所以，十几年来，铸造厂一直顺风顺水。有时候，他也遇到难题。有几年，市场上的金属价格不稳定，钢铁价格日益上涨，但是，对于与客户已经签订的合同，绝不提价，宁愿自己亏损。有许多客户是好朋友，说不让他亏本，主动提出价格上调一些，他也不同意。

6年前，也就是2014年，龚素林接待一家合资厂的经理，经理是外籍人员。吃饭时，这个外籍人员对筷子很感兴趣，在饭桌上问了龚素林一些关于筷子的问题。龚素林便将筷子文化对这个经理做了详细的介绍。他说，中国的筷子文化博大精深，是中国人的智慧，筷子就是一个人，象征着一个人立于天地之间，必须有人品，讲究团结协作精神……

"噢，我们的筷子文化博大精深，源远流长。"陪同的一位朋友发出感叹。

龚素林说："是的，我一直在酝酿办一家'中华筷'公司，让筷子文化走进展览馆，走进陈列馆，甚至走进博物馆，可以被人们当作文化礼物赠送给朋友，

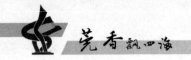
也可以让'中华筷'的文化流传国外，让外国人通过筷子了解中华文明。"

其实，他还有一个设想，"中华筷"是我们的精神文明遗产，等到时机成熟，要进行非遗申请。

这次谈话，让龚素林觉得时间紧迫，必须行动起来。筷子是中国古老的传统吃饭用具，并且承载了古老的华夏文化，在传承方面，不能是一片空白。他必须做些什么。

念头起了，就像东江水，遏制不住。龚素林觉得人的一生不长，赚取了赖以生存的金钱，更必须有精神，否则，这人生是用一根筷子吃饭。人们吃饭用两根筷子，一根代表物质，一根代表精神。还有，筷子更能体现团结协作，以及亲情、友情、爱情的关系。2015年，龚素林投资创办了"东莞市筷福林文化创意有限公司"，生产制作"中华筷"。

公司成立了，技术人员引进了，然而，龚素林走了一条很多人不能理解的创办道路，不以营利为目的，而以传承中华文化为宗旨。

公司生产的"中华筷"，品种繁多，包罗万象，尽情地展示中华文化。其主流文化精神包含了七层：传承、睦邻、思念、尊重、亲情、爱情、友情。循环往复刚好是一周。这些饱含中华古文化的筷子不只是吃饭的工具，无论从制作、含义、美观还是价值上来讲，与普通的筷子有严格区别。

"中华筷"制作极其讲究，以高端红木为原材料，进行手工制作，且每一双的形状、体积和重量都相同，并且刻有文字，是用来当作礼品，并且出口到国外的，让这些精致的筷子讲述中华文化的故事，讲述中华文化的精神   这就是他创办公司的初衷，也是他坚定不移的追求。

生产这填补华夏古文明空白的筷子文化，这可是一项宏大的工程，公司成立了，龚素林与技术员团队一起设计就整整摸索了两年。他想，要做就必须做好，不能有丝毫的差错与瑕疵。这种筷子的要求很高，原材料选择是红木，要去有红木的省份进行考察，然后将合乎要求的原材料购买回公司进行物理工序处理，然后才能够加工成半成品再雕刻图案、文字。

龚素林认为，"中华筷"既然代表了中华文化，那么，就得让筷子展现中华文化，雕刻，是最好的选择。

一般的筷子，都是机器加工，而"中华筷"不行，必须进行严格的手工制作，严格规定尺寸，按"天方地圆"设计。筷子上部的方形代表天，下部的圆形代表地，而难度系数极高的是连接"天"和"地"之间的部分，那是代表"人"。"人"既不能方也不能圆，是四个等边三角形。这四个等边三角形是由技术员手工使用雕刀通过批、削、刮、剜、磨等工序，慢慢制作的，且每只筷子的形状都要一模一样，否则，就是残次品。

"中华筷"款式繁多，先设计图案，再逐步进行工艺加工，每一个款式折射出每一种对应的文化，要把中华民族的历史、人物、典故和故事以筷子的方式呈现出来，要做出特色。例如古琴款式的盒子配上筷子，寓意"情投意合，快乐一生"；筷头上雕刻"福"字，寓意五福迎门，多子多才多田地和长寿；筷子头雕刻两条金鱼环绕一个元宝，寓意"金玉满堂"；筷子头雕刻一把伞和一棵树，寓意感恩，感恩父母亲、老师、长辈；筷子头雕刻两朵盛开的花，寓意"花开富贵"；筷子头雕刻两只蝴蝶和鸳鸯，寓意爱情，是"携手并进、比翼双飞"；筷子头雕刻十二生肖，纪念出生属相的，寓意富足安康；筷子头雕刻"愛"，寓意"心心相印"；还有筷子头雕刻字的，比如"吉祥如意""快乐人生"等，字体也很考究，简体、繁体相映，寓意古今文明的走向与结合。

路在脚下，天天是起点。望着展览室设计好的样筷，龚素林虽然是满满的愉悦，但他知道要走的路还长。既然是用筷子推广中华文化，那么不仅仅要在国内宣传，更要向国外推广宣传，展销会是首选。可是，展销会是要有大量资金支撑的，没有资金，一切都是空谈，幸好他筹得一部分资金，可以支撑"中华筷"研发的一切费用。

龚素林每年要跑许多城市考察，做展览宣传，近两年，先后在北京、上海、天津、成都、广州、深圳等城市主办展览会。在展销会上，不仅国内商人大开眼界，国外商人更是十分感兴趣。

2020年疫情期，国外客人虽然不能亲临，但是龚素林让"中华筷"做了中外友谊的传递大使。他通过筷子与外商保持联系，发往国外的产品，都严格按照政府的规定消毒、包装。与龚素林有生意来往的外国客人，提起他都竖起大拇指说："gong，very good！""zhonghuakuai，very good！"

　　龚素林身体力行，严格要求自己。所以他的团队也都严格要求自己，公司的生产，不用耗损他过多的精力。他说，尽管生产"中华筷"成本昂贵，但是他一定会坚持。他的企业如同"中华筷"一样，有天、有地、有人、有团结精神。他对企业发展也要不停地改变，不停地探索，不仅要生产出"中华筷"，更要把"中华筷"的文化理念通过筷子表达出来，宣传开来，传承下去，推广出去。

御风飞翔

李盛昌　段玉梅

一片树叶在向天空飞翔，并非它生长了翅膀，而是借助了风力。

——题记

你会在农家田头扛锄头的汉子和智能时代机器人之间，拉一根红绳吗？我告诉你，这看似风马牛不相及的人和物，却有紧密关联的案例。

农民的儿子蒋凯，不仅像勤奋的母鸡孵蛋，研发制造了机器人，而且其公司于2019年12月，正式成为国内手机巨头华为的供应商，其六轴3D防水检测机器人，成为华为采购的国产机器人中最具性价比优势的产品。华为大笔一挥，首次下单就采购了十几台蒋凯公司的产品，这的确不是简单的事情，且未来华为采购"凯宝机器人"公司的产品，很可能大幅增长，农家青年蒋凯的脸上，绽放出灿烂的花！

农民的儿子的公司，受到华为青睐，这让许多业内人士惊掉下巴。众多创业先天条件比蒋凯好得多的同行，多年向华为抛绣球，却无法通过华为严苛挑剔的审核，而蒋凯用了什么杀手锏，才能让产品打进华为呢？众人百思不得其解。

华为是何等高大上的企业！蒋凯幸运"中奖"，靠的是十年磨一剑的苦功，靠的是对机器人制造的长期痴迷与坚持。

华为对凯宝产品有着客观公正的评价：凯宝机器人具备高转速、高精度的特点，应用于华为手机零部件检测，可提高3至4倍的生产效率。工作效率、稳定性等一揽子技术指标，与之前华为使用的进口的国际名牌机器人没有明显差距，价格却便宜3成。

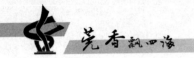

一

广东凯宝机器人有限公司在松山湖。我们对蒋凯总经理进行采访，蒋凯也乐意与我们分享他和公司在机器人创业方面的精彩故事，以及在对外经贸往来和文化交流中的心得体会。他说，企业家代表一个地方，甚至是自己国家的形象。通过民间交流，向国际友人传递充满正能量的人和事，更好地向国际社会传递真实、全面的东莞，带动更多外国朋友来东莞投资兴业、旅游观光、定居生活，共同助力"湾区都市、品质东莞"的建设。让每个走进东莞的人，都能对这座城市的面貌加深印象，对这座城市的人，有更深一层的接触，这是非常有意义的。

就在我们谈话的时候，有一位老妈妈坐在室内一侧，默默地关注着蒋凯的一举一动，从几分神似的长相和同样的表情来看，那位慈祥的老人应该是蒋凯的母亲。蒋凯在会客厅里不停地走动，不停地切换场地。老妈妈温暖的目光，一直追寻着蒋凯的身影。当她发现了我们回望的时候，就含笑致意。此时无声胜有声，从一位母亲温暖慈爱的柔情里，我似乎读懂了她心底的话语。犹如一幅动人心弦的画面，一直都在感动着我，触动了我内心最柔软的部位。我深知蒋凯的背后，正蕴含着母爱的力量。此刻，我顺着她的目光，一直追寻着一幅画面：蒋凯接听着业务电话，步履矫健，忽而利用我们谈话的空间，穿梭于办公室临窗一隅；忽而走进办公室的过道，签一份业务上的单据；忽而示意文员，为我们来访者斟水倒茶；忽而放下手机，挨近我们坐下，报以歉意的微笑；忽而接着和我们深谈短暂中断的话题。蒋凯敏捷的思维、精神饱满的神情，让所有在场者无不惊叹。

眼前这样的场景，凸显出蒋凯敏捷灵活，内心有爱的个性。面对工作，他显示出超过常人的坚毅果断；面对母亲，他显示出一丝不易觉察的柔情；面对我们这些外来的客人，他显得富有亲和力和健谈。我不难想象到，蒋凯在行业领域中，应该是一个好的合作伙伴；生活中，应该是好儿子、好丈夫、好父亲，亦是三兄妹之中的好兄长。多重身份，集于蒋凯一身，业务往来、人事应酬，既张弛有度，也恰如其分。有幸与蒋凯零距离接触，让我对一位民营企业家有了更深一层的了解，不由得产生深深的敬佩之情。

二

1980年，蒋凯出生于安徽滁州农家。他15岁那年，父亲不幸病逝，家庭之舟顿时陷入风雨飘摇的境地。那些不幸的日子，感觉天要塌下来的母亲，哭晕在父亲的棺椁旁。作为长子，蒋凯在泪水滂沱中搀扶起母亲，望着两个年幼的妹妹，突然之间觉得自己长大了。之后那段沉重的日子，他时常面对父亲的遗像，发呆默立良久。他的脑海里，有破烂的舢板在暴风雨中载沉载浮。他明白，这个家就是那条破船。他发誓，未来一定要让母亲过上好日子，让妹妹有书读、吃饱穿暖。

2001年春天，有位国字脸、个头不高、精干结实的小青年，拎着黑色公文包，里面装了一摞资料，一路小跑地在东莞樟木头镇及附近各个厂房之间奔波，给那些门卫室窗口里露出脑袋的门卫递上烟，打着火，赔着笑脸，说着别人爱听的话，求人家放他进去见采购部经理，这位年轻人就是蒋凯。

大学毕业后，蒋凯来东莞的首份职业是电子测试企业业务员，月底薪几百元。他规定每天最少拜访五家客户。他坚信，脚板上的老茧，会开出未来事业之花。他的香烟和笑容及幽默的话语，成为人际关系的黏合剂。他记着信仰基督的母亲的教诲：做人要善良，宁可自己吃亏，也不能亏待别人。

2005年，靠做业务拿提成有了一些积蓄的蒋凯开始创业，租下十来平方米的铺头，开"凯宝电子工具店"，代理检测设备。

三

2005年12月初，"日本东京国际机器人展"如一块巨大的磁铁，蒋凯就是被吸过去的一颗钉。这次受合作商邀请参观，让他眼前一亮，突然看见了陌生的机器人制造世界，也自此开始追逐那个机器人梦。

让他蒙羞的是，偌大的国际机器人展上，竟见不到一款中国的机器人！这让蒋凯脸上好像被烟头灼了一样，火辣辣的疼痛过后，脑海里跳出一个大胆的念头：先转行从事机器人贸易，条件成熟了就研发制造机器人！

2006年，性格直率的蒋凯主动找到日本贸易商，年轻的他对于代理日本产品

信心满满，以他的胆量和做业务员的经验，透过目光和语言，让日本人感觉到面前这位年轻人在商务方面有金子般的质地。经多次洽谈，日本机器人企业，同意将中国贸易代理商资质授予他。蒋凯这一卖就是六年，机器人代理业务从珠三角扩展覆盖整个华南及华东地区，也因此赚取了第一桶金。

广东凯宝机器人科技有限公司的机器人获权威设计奖——红帆奖金奖

有天晚上，蒋凯兴奋地抱着老婆说，我们可以买套房了，全家再也不用在十多平方米的出租屋里挤来挤去了！拿到房产证的当晚，他喝醉了。

存折里的钱还可以买另一套房，但蒋凯打消了这个想法，准备砸钱搞机器人。他知道，自己并没有机器人制造经验，朋友圈也没有会机器人的精英，要实现转型，风险巨大，但他希望在中国机器人制造业崛起进程中，可以像小溪流汇入大海一样投身进去，为达此目标，他将义无反顾。

2010年，蒋凯在樟木头镇盘下200多平方米的店铺，一边继续从事机器人商贸代理，一边和创业团队伙伴捣鼓起机器人自主研发制造。

蒋凯获中央统战部、全国工商联表彰

四

蒋凯没想到，当初让他高兴得喝醉酒的那套房产，几年后不得不忍痛割爱出售。他的公司因为研发制造机器人不断地烧钱，已到了山穷水尽的地步。

2012年，蒋凯从樟木头搬迁到松山湖国家级工业科技园区工业大厦，并成立广东凯宝机器人科技有限公司。

松山湖的确是从事研发制造的风水宝地，但做机器人早期，烧钱厉害，购买材料、零部件、各种制造设备，开模具，高级工程师的人工薪资，都要真金白银。产品虽然不断试产，却不能被市场接受，蒋凯前几年做代理贸易赚的钱几乎亏完。

当时，深圳有一家上市公司老板，是蒋凯的老乡，听说蒋凯的公司陷入泥淖，愿出6000万收购。沟通中，蒋凯得知对方是想让他退出股东层。公司就像是蒋凯的亲生儿子，就算再穷，也不舍得卖给别人。"如果把企业卖了，离实现机器人研发制造的梦想就会更遥远。"他思来想去还是拒绝了老乡的收购意愿。

2013至2014年对于蒋凯来说,是人生最难跨越的一道坎。合作伙伴撑不住都跑了,员工工资也发不出。别无他法,蒋凯想到卖房。他愧疚地和老婆商量,没办法,委屈你和孩子,在附近租个房,艰苦点,资金上先缓口气。好在老婆非常理解支持他,房子易主,企业活下来了。

五

在大多数中国民营企业家还不适应和外商打交道的年月,蒋凯早已学会了和外国人做生意。春蚕吐丝的积累,结果就吐出了一条丝绸之路。

2016年4月的一天,韩国一家公司的老板金先生,在东莞某酒店给蒋凯打来电话,希望和蒋凯见面谈一单生意。

蒋凯脑海里立刻浮现出50多岁、胖胖的金先生。和金先生合作始于2009年。金先生的公司生产工业触摸屏,蒋凯曾去韩国首尔市近郊考察过金先生的公司,觉得产品质量出色,公司注重售后服务,就决定做代理。交往中,金先生觉得蒋凯能力过人,并且非常熟悉并尊重韩国文化和礼仪,比如,在喝酒时,主动给对方倒酒,碰杯后侧过身饮酒,告别时对朋友深深鞠躬……这些韩国酒桌和社交场合的礼仪细节,蒋凯烂熟于心,从不马虎,因此获得了金先生的好感。

在为金先生做触摸屏代理的那几年,蒋凯将产品打入了大族激光等中国知名企业。金先生于2015年年初首次来松山湖考察蒋凯的企业,对蒋凯带领公司一帮人努力拼搏的情景印象深刻,对蒋凯能将触摸屏打入大族激光这样的知名企业甚感惊讶,严谨苛刻的金先生,对蒋凯竖起了大拇指,双方很快正式签订代理合同。

这次金先生匆匆打电话给蒋凯,是要交给蒋凯一笔价值600万元的生意。客户是广州的一家大公司,过去一直采用韩国LG公司的触摸屏,经考察决定替换成金先生公司的产品。金先生考虑,由蒋凯接此项目,沟通、售后服务将更加便捷,金先生也完全相信蒋凯会把事情做得漂亮,就主动联系蒋凯,这等于送钱给蒋凯。天上还真掉馅饼了,但被砸到的,也只能是蒋凯这样的有心人。

后来,蒋凯公司的机器人声名鹊起,金先生也热心在韩国推介"凯宝"产品。正应了那句老话,朋友多,路也好走,韩国朋友非常认可蒋凯的人品和公司的机器人产品，当初蒋凯是韩国产品的代理商，现在反过来了，蒋凯的产品由韩国人代理。这个过程，让蒋凯十分感慨，觉得自己的公司及产品，一不小心就给中国制造争了脸面，这个感觉很爽，比炎炎夏日喝了冰红茶还爽，同时觉得，多年的付出和辛苦，都特别值得。

六

2017年上海中国国际工业博览会上，结识日本著名早稻田大学的中国教授蒋先生，是蒋凯创业路上戏剧性的一幕，对他公司的发展也是个重要契机。

人的一生中，往往有机会遇到贵人，就看你能不能牵住贵人的手。

当时蒋凯在展会租下档口展示产品。蒋凯深知公司的产品还存在机器臂发生轻微抖动的技术瓶颈。他希望借展会接订单、收集意见，也渴望结识行业专家。这天，有位头发稀疏戴眼镜脸庞瘦削的老者来到蒋凯展位前，就像打量多年未见的小孙子，对着机器人观摩了好一会儿。老者问，这是你们生产的？语气有深深的怀疑。蒋凯热情谦逊地介绍产品。老者问了几个技术问题，蒋凯不是专家，回答欠圆满。老者见蒋凯真诚坦率，就自报家门，原来他也姓蒋，是日本早稻田大学中国籍教授，专业正是自动化和机器人！

蒋凯（右）与日本早稻田大学蒋教授（中）合影

　　一笔难写两个"蒋"字，更何况蒋先生的导师是大名鼎鼎的"亚洲机器人之父"——加藤一郎！蒋凯顿生高山仰止之情，深深地向老者鞠躬，紧握蒋教授的手不肯松开。蒋教授虽服务于日本，但一直想助力祖国企业提升技术水平。求贤若渴的蒋凯，怎么会放弃结交机器人权威的机会呢？他拿出十二分诚意，邀请蒋前辈当公司顾问。蒋教授离开时，蒋凯主动打车送蒋教授回住处，在车上继续攀谈，互留电话。一开始，忙碌的蒋先生未作答复。蒋凯想起三顾茅庐的故事，就多次打电话、上门拜访、主动约见，再三邀请蒋教授出山。心诚，足以让坚硬的石头变得柔软。蒋先生答应来蒋凯东莞的公司走走。

　　这天，蒋先生从上海赶来松山湖，见蒋凯和一帮年轻人匍匐在地挥汗如雨，对着满地的零部件，正在忙活。蒋先生大为感动，真是初生牛犊不怕虎，后生可畏啊！他接受了顾问聘书，决心帮蒋凯完成机器人制造的关键技术和算法。中午吃快餐时，蒋凯了解到老先生是重庆人，特意叫了四川回锅肉。蒋先生见了这道菜眉开眼笑，虽只是快餐，也吃得津津有味。他说：好多年没吃上正宗的家乡回锅肉，真解馋啊！蒋凯了解到老先生不沾烟酒，唯喜山竹，于是每次去上海看望蒋先生，都不忘买一箱山竹馈赠。心细如发、以礼待人、求贤若渴的蒋凯，彻底打动了蒋教授。经蒋教授潜心研究，公司机器人运行中抖动的顽疾被攻克，产品竞争力和销售量大幅提升。后来年事渐高的蒋先生从日本回国常住广州，蒋凯隔三岔五就去拜望。当顾问这些年，蒋先生每月来"凯宝机器人"两三次，有时在松山湖住一两晚。蒋凯总是以亲切的问候、真诚的接待、得体的礼仪，温暖蒋教授的心。

　　蒋凯知道，要想制造具有国际竞争力的机器人，必须站在巨人肩上。在蒋教授和后来聘请的韩国机器人专家的指导下，蒋凯公司的机器人性能直追国际名牌的产品。

七

　　爆发于2018年年初的贸易战，对中国出口欧美的高端制造产品，犹如一枚重磅炸弹，但出口东南亚，则可化解美国大幅加征关税的影响。

蒋凯的"凯宝机器人"前些年就拿到了直接进出口贸易的批文。在新冠疫情暴发之前,蒋凯是个空中飞人,你想联系他,他不是已经出国,就是正在出国的路上,那些年几乎平均每年都要跑海外几十次。

近几年,蒋凯为开拓海外市场,想了很多点子。每年都会精心准备参加韩国工业自动化展、泰国智能制造展及台湾触摸控制屏展等展销会。每次参展,他都要求设计制作造型别具一格的展位。他问市场部主管,你们了解当地企业的需求吗?你们设计的展位,符合当地人的审美传统吗?我们的机器人在当地最大的亮点是什么?他说,不打无准备之战,要去就做足功夫,在众多参展商中脱颖而出!

蒋凯在东南亚设立了四家产品代理商,并在日本、台湾地区设立研发中心,公司的机器人产品市场拓展到韩国、越南、新加坡、马来西亚、泰国及中国的台湾地区。蒋凯在海外招聘当地的工程师,让他们在接受凯宝公司短期培训后,为公司出口机器人承担售后服务,包括指导设备的正确安装使用,排除机器人运行中出现的小毛病等。

在疫情暴发的日子里,海外订单大幅减少,国内市场也出现波动,这些都成为蒋凯不得不吞咽的一杯苦酒。

沮丧的情绪像个葫芦刚刚冒出水面,就被蒋凯强按下去。蒋凯有着天生不服输的性格,他想活人总不能让尿憋死。

蒋凯想着公司100多名员工,他们肩负着养家糊口的责任。蒋凯觉得肩上这个大家庭的担子很重,不敢有丝毫懈怠。他很早就提出,要让员工有获得感、幸福感。这不是一句轻飘飘的口号,而是一种使命。从蒋凯对待员工的态度上,看得出是一种如家人般的关怀。

虽然在疫情之下,不能像往常那样走出国门拓展市场,但蒋凯还是会想尽一切办法应对。好在互联网给他留了一条生路。蒋凯让各部门发挥网络平台交流沟通功能,利用抖音、微信、视频等工具,向海外推介产品和服务。蒋凯就像个情窦初开的小伙子面对远方的恋人,几乎天天和海外代理商视频,而且有些会议也以视频形式召开。

蒋凯有着朴素的人际交往观念。作为企业家,他深知,企业的根本是产品和

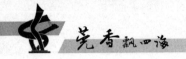

服务。蒋凯说："对外商而言，没有出色的产品品质和优质服务，其他一切都是徒劳的。"

八

2019年8月29日，北京的天空布满祥云，蒋凯双目放出神采，脸庞上荡漾着兴奋的红润。此时，他聚精会神地聆听、记录着中央政治局常委、全国政协主席汪洋的讲话。在此召开的是第五届全国非公有制经济人士优秀中国特色社会主义事业建设者表彰大会。蒋凯和TCL李东生、比亚迪王传福、华讯方舟吴光胜、星联科技张伟明、丽的通讯冯国贤等六位广东非公有制经济企业家获表彰（全国受表彰者共100名）。

农民的儿子蒋凯，用近20年的拼搏，改写了不一样的人生，并在机器人领域为国争光，摘取多项桂冠，产品除占领国内市场，还有三成产品出口韩国、越南等地。2015年，公司产品获年度SCARA本体"金球奖"以及工业设计"红帆奖"。2017年，获"年度十大行业成长性企业"称号，被列入东莞市"倍增企业"方阵。2018年获"年度最具投资价值企业"称号，同年获第四届"恰佩克年度技术创新奖"，被评为"东莞优秀品牌"和"最佳机器人本体制作商"。蒋凯个人被松山湖园区评为"创业典范""松山湖奋斗之星"，被选为广东省工商联执委，推荐到清华大学"新时代民营企业培养计划（第二期）培训班"，与国内一批知名优秀企业家同堂学习。

蒋凯感恩时代，感恩所有帮助过他的中国、外国朋友。他觉得，一个人就像大海里的一滴水，只有融入大海并被推上浪尖，才能闪耀出生命的晶莹光芒。

中国，需要一大批蒋凯这样敢拼搏、善交际的企业家。全球制造业的森林中，怎能缺少我国企业的一片绿荫？时代的风，吹动朝着未来远航的船帆。从一片树叶御风飞翔的姿势里，每一位创业者，都可以为自己的梦想插上飞翔的翅膀。

与朱顶红共"舞"

无歌　张巧玲

2020年10月20日，"漠上花开·友谊常在"以色列花卉艺术展暨东莞—霍隆友城展在东莞市文化馆正式开幕。自2013年以来，东莞市与以色列霍隆市一直保持多领域的友好交往，2019年8月5日，两市正式签订友好城市协议。即便是2020年爆发的新冠疫情，也未能阻挡两地友好交流的步伐，双方保持了频繁的互动。8月份，东莞向霍隆市捐赠了5万个一次性医用口罩，携手抗疫；9月21日，象征两地友好关系的橄榄树在东莞植物园落地扎根，两地友谊迈上了新台阶。

以色列驻穗总领事劳霈乐见证朱顶红落户东莞南城

说起东莞和以色列的友谊，就不得不提到一种花和一个人。

以色列一半国土地处沙漠，却是世界鲜花的盛产地，"朱顶红"就是其中一种。朱顶红是石蒜科植物，是球根花卉之首，花朵艳丽，形似百合，其花型花色独特，极具观赏价值，可用作会场、大型展览和文体活动场所装饰布景，还可养殖在家里，给生活增添热情奔放的感觉，带来视觉上的盛宴。2016年，位于东莞市南城区的广东圣茵花卉园艺有限公司董事长周世明女士历尽

艰辛，从以色列引进第一批朱顶红，使东莞成为朱顶红的第二故乡，朱顶红也成为东莞与以色列两地友谊的最好见证。

相　　遇

2015年11月，周世明去以色列参加"现代农业技术集成及创新体系建设"培训。在以色列的一家花店，她第一次见到了美丽的朱顶红，也是从那时起，她开始想通过种植朱顶红发展来壮大公司，并带动农民致富。

周世明（右）参观以色列阿萨夫的大棚

巧的是，当时培训班的校长Yossi Matat和以色列朱顶红种植大户、全球十大朱顶红定价商阿萨夫是好朋友，获知周世明有将朱顶红引入中国的想法后，Yossi Matat马上联系了阿萨夫，可那段时间，阿萨夫并不在以色列。

　　周世明结束学习回国前，Yossi Matat把阿萨夫的联系方式告诉了她。后来，几经周折，周世明得知阿萨夫会去泰国，她便赴泰国拜访这位朱顶红大咖。2016年2月15日上午，周世明终于在泰国见到阿萨夫本人，他们好像久别重逢的老朋友一样，瞬间打开了话匣子，不知不觉地从上午聊到凌晨两三点。

　　四个月后，受阿萨夫邀约，不会讲英语也没有带翻译的周世明独自踏上去以色列的路。不是周世明舍不得花钱请翻译陪同前往，而是她打算借此机会锻炼一下儿子的英语，也提前办好了两人的签证，可准备出发前，儿子突然收到美国某大学的录取通知书，因时间紧迫不能陪她去了。重新找翻译再办理签证来不及，如果推迟的话，又怕给阿萨夫留下不诚信的坏印象。为恪守诚信，她不顾家人和同事的反对，毅然前往。

　　下飞机办出关手续时，只剩下她一个中国人了，机场工作人员请她出示邀请函和问她去哪里，她一句也没听明白。僵持了几个小时，她真担心被遣返回去。后来，以色列机场工作人员找来一位中国人帮忙翻译，弄清楚了是个误会，才放她通关。

　　来接周世明的是阿萨夫的儿子，见她久久没有出关，他在接机厅急得要死，以为发生什么意外了，正要打电话向阿萨夫反映情况时，她却出来了，四目相对，两人都发出欣慰的笑声。

　　到达阿萨夫的农场后，周世明愣住了，因为农场里的每个人身上都配有枪，她深吸一口气，身上每个毛孔都处于紧张状态。随阿萨夫走进种植朱顶红的地方，她被朱顶红标准化的种植规模给震撼到了，放眼望过去整齐划一，各种设施齐全。周世明马上意识到，这就是她急需的"花种"和种植技术。很快，他们达成了合作意向。

　　周世明回国不久，阿萨夫也来东莞考察土壤、空气等情况。经过探讨，双方签订了《朱顶红（新品种）引种与配套栽培技术研究及产业化示范》的合作协议。项目实施后，阿萨夫曾三度自带经费到圣茵园花卉种植基地指导种植工作。

　　2017年5月7日，周世明随中共中央政治局委员、广东省委书记胡春华前往以色列，参加"中国（广东）—以色列经贸合作交流会"，坐在签约台上的那一刻，她感到无比的自豪，并决心沿着培育朱顶红这条道路继续坚定地走下去。

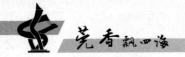

寻　根

　　周世明深深地知道，在阿萨夫的引导下，虽然取得了一些进步，但要想使朱顶红生产、种植、培育迈上一个新台阶，推动朱顶红产业的发展，还有很长的路要走。

　　那就意味着，光有以色列技术支撑还不行，还要找到朱顶红的"根"，从原始基因出发，才能培育出无数的新品种，企业才可持续发展，牢牢掌握发展的主动权，才能立于不败之地。

周世明（左三）到秘鲁寻找朱顶红原生种

　　朱顶红真正的原产地在秘鲁安第斯山脉，这个地方产的朱顶红被称为花卉界的"熊猫"，是国宝。近些年，由于生态环境遭到破坏，原生物种已十分稀少，市场上流行的大多数是人工培育的。

　　找到朱顶红的原生种源，成了周世明的一个强烈愿望，她曾多次找人牵线搭桥，却未能如愿。

　　正当周世明一筹莫展的时候，事情出现了转机。2017年5月11日的上海国际花展上，她结识了朱顶红原产地之一秘鲁的朱顶红种植商马瑟里，他非常乐意帮周世明寻根，并签了合作协议。随后，一批朱顶红从秘鲁漂洋过海来到东莞。周世明像宝贝一样呵护起来，组织科研力量不断进行基因解剖，开始了培植和杂交等实验。

努力的人运气不会太差，在对的时间遇到对的人，这就是命中注定的缘分。次年，朱顶红自然开花的时候，周世明邀请马瑟里到东莞基地圣茵园交流。让马瑟里惊讶的是圣茵园并非单一的生产种植基地，圣茵园将朱顶红的推广融入自然教育，并与生态科普结合，基地与花卉共生共存的做法让人耳目一新，使他对合作的前景更加充满信心。

2018年11月底，周世明背上行囊，飞到秘鲁找马瑟里，她要对朱顶红的生长属性进行一次深入研究。由于做了肿瘤手术，周世明的身体一直欠安，经过长途飞行，四肢出现了浮肿，不思饮食。即便如此，周世明还是马不停蹄地走进马瑟里的野生朱顶红移植基地，从土壤、气候等种植条件一一进行观察、询问。原产地就是原产地，在马瑟里移植基地，朱顶红露天种植都种得很好。

这次，周世明跟马瑟里谈了更多的合作想法，双方慎重考虑后，再次签订了深化合作的协议。

随后，周世明还专程去拜访了秘鲁中华通惠总局，他们表示一定尽全力协助她，去寻找更多的朱顶红。有了中华通惠总局和马瑟里的帮助，让周世明看到了离成功更近一步的曙光。

育　花

引进朱顶红原生种后，经过不断地实验，不断地学习国外先进的培育种植经验，圣茵园通过对杂交品种进行选育，培育出了一批适合我国地区种植，适合我国花卉消费市场的朱顶红新品种，又名"圣茵朱顶红"，分别于2017年、2018年上报有关部门审定，共有5个新品种获批。其中，圣茵1号和圣茵2号分别获得第九届中国花卉博览会展品金奖、银奖。

圣茵园与以色列马瑟里野生朱顶红移植基地签订合作项目

2018年，圣茵朱顶红被评为"广东省高新技术产品"。2020年，又有2个新品种通过专家审定。

圣茵园还将创意文化融入朱顶红的研发，研发出"如意球"，利用蜡封技术将球茎包覆冷藏，不用水、不用土、不用花盆，在充足的自然光照下就可以生长、开花。花开过后，还可以将蜡层剥掉种进花盆里，年年循环开花。如意球寓意"吉祥如意"，可以作为办公室、客厅、餐桌、书房等地方的观赏盆栽，感受生命花开、植物生长的过程。此外，圣茵园还开发出具有香味的如意球，如神仙球一般香气迷人。另一大优势便是携带方便，特别适合作为送礼佳品，可以在各种节日馈赠亲友。

从战略高度出发，圣茵园建立了国内最大的朱顶红单品基因库，是国内最早开展朱顶红品种收集和研究的单位之一。截止至今，已收集秘鲁、荷兰、澳大利亚、南非、日本、以色列等国家的朱顶红原生种和开发新品种近300个，自己创建新种达6000余种。

圣茵园已拥有完善的基础设施、多个种植生产基地，已成功组培近100个朱顶红优良品种的种苗，实现种苗规模化、标准化生产。2019年6月，圣茵园获得《农作物种子生产经营许可证》，公司将量产自有知识产权的朱顶红品种并投放市场，预计产量每年可达300万株。经过长期努力，目前，圣茵园已成功突破了朱顶红花期调控技术，可根据市场需要，灵活掌握开花时间，一年四季可控开花，全年有花可赏。

只要认为是对的，那就放手去做。周世明成功了，在行业内提起朱顶红，业内人士都会马上联想到她。

逐　梦

以研发创新为核心，以精益生产为基础，进一步强化科技引领，加强国际合作，努力将朱顶红打造成"中国的郁金香"，走向世界！永不满足现状的周世明心里又有了一个大大的梦想，而她正沿着这个梦想，一步步往上攀爬。

荷兰作为花卉大国享誉全球，培育出了很多优秀的朱顶红新品种，广受消费者的喜爱。周世明知道，要想花卉热销，就要育出更多好品种，荷兰是个绕不开并且值得学习的国家。

为此，2019年5月，利用去欧洲学习的机会，周世明专程拜访了Holland Bulb Market（荷兰种球市场），Holland Bulb Market是荷兰皇室的指定种球花卉供应商、库肯霍夫公园的种球供应商、百年世界名企。她的目的非常明确，就是来学习人家怎么卖花，如何育种的。Holland Bulb Market先进的经营理念和育花经验让周世明叹服，双方就一款朱顶红球根花卉达成合作意向。后来，Holland Bulb Market继承人Peter率企业团队回访了圣茵园，就深化合作进行进一步交流。

圣茵园与秘鲁企业达成合作协议

在第21届中国国际花卉园艺展上，圣茵朱顶红吸引了众多海内外企业的关注。荷兰最大的盆栽种球生产商荷兰扬森海外有限公司主动与圣茵园达成了海外推广合作协议，荷兰驻华使馆农业参赞施泰德先生见证了本次签约仪式。

因东莞与朱顶红原产地维度相近，不仅有种植条件优势，还有庞大的市场优势。周世明说，借助国外先进的研发育种技术，加上本土自身优势，朱顶红完全有可能走向世界，成为中国的郁金香。在周世明的不懈努力下，圣茵园开启了全新的旅程，加快了创新发展的步伐。如今，圣茵园艺科技（北京）有限公司正式落户北京市中关村科技园，圣茵生物园艺科技（深圳）有限公司落户深圳荷兰小镇。

朱顶红产业越做越顺，周世明对未来充满了信心，她希望在东莞创建"中国版的库肯霍夫公园"，朱顶红为主题花，每年3到5月，让全世界的人都飞过来赏花。

感谢你，东莞黄江

叶夏子

　　夜，已经深了，东莞泰合复合材料有限公司董事长张国萃还在办公室加班。他60多岁，国字脸，头发灰白茂密，体格健硕挺拔，炯炯有神的双眼架上了方边眼镜，透出睿智的目光，穿着格子衫和休闲长裤，很有风度，看上去比实际年纪年轻很多。此时，他坐在办公桌前聚精会神地看着设计图纸。图纸上画的是正在研发的重量仅600克的碳纤维自行车架。如果研制成功，这将成为世界上最轻的自行车架。但尚有众多的技术难题没有攻克，等待它的是上万次的实验，需要不断来验证，想到这里，他的眉头愈发紧蹙起来。

张国萃（右）与外宾合影

　　过了一会儿，他索性站了起来，踱步到窗边，他向厂区望去，研发部的灯光还亮着，张国萃看到青年工程师忙碌的身影，不仅想起了那个曾经的自己。1987年，刚30岁出头，祖籍安徽的他，跨过那一湾海峡回来创业，正值壮年的他投身到改革开放大潮，立志制造愉悦人生的健康产品，向世界展现中国制造。第一站是厦门，2003年来到第二站——东莞黄江。今天公司已从12个

人发展到2500多人，研发生产的自行车架从1500克减轻到650克，获得了国家高新技术企业认证，更成了世界顶级自行车品牌的优质车架供应商。

想到这里，他又回到办公桌旁。这时，他的目光停留在一张照片上。照片里有两辆外形炫酷的山地自行车，站立在自行车后面的是2016年里约奥运会男子山地自行车冠军尼诺·舒尔特和女子山地自行车冠军珍妮·里斯维兹。他们青春洋溢，笑容灿烂，胸前挂着奥运金牌，尼诺更是将金牌自豪地托起，照片上面有他们的亲笔签名和一句话："Thank you, Huangjiang Dongguan. The base of World Champion and Olympics Gold medals."（感谢你，东莞黄江。世界冠军和奥运会冠军的生产基地。）

看到这句话，他的思绪回到了3年前。2016年年初，世界顶级自行车品牌公司老板亲自来到中国，登门拜访张国萃，请他的团队为2016年里约奥运会山地自行车选手研发生产比赛专用车。他诚恳地告诉张国萃："张先生，我们已经在全球找了很多供应商，但都不理想。你知道，车架是自行车的核心，好比汽车的发动机，它是取得优异成绩的关键。我们相信，只有您的团队能够做到！"听到这里，张国萃感到非常兴奋，这不仅是对他本人的肯定，更是对中国制造的肯定。在品牌商回国的前几天，张国萃带着他到绿道骑行、品尝客家菜、参观古镇村落，感受中国文化，他感慨道："张先生，这几天让我终生难忘，中国的变化真是太大了，现在的中国非常繁荣，非常美好，我在这里过得很舒服，我要回去告诉家人和身边的朋友们。"

品牌商回国后，张国萃和他的团队投入到紧张的研发中。摆在他面前的难题是非常巨大的，因为他们新产品开发周期一般是10个月，但这次必须缩短到6个月。开发周期缩短将近1/2的同时，要求产品重量更轻、刚性更好、风阻系数更小，达到备战奥运会的标准。为此，研发团队300多人加班加点，设计、修改、开模、打样、测试等，还与著名高校合作研究……张国萃暗下决心，一定要把握好这次向世界展现产品实力的机会。

终于，研发团队克服重重困难，在规定的时间内研发出了新产品，尼诺·舒尔特和珍妮·里斯维兹正是使用了这种车架的山地车，分别获得了2016年里约奥运会山地自行车男子冠军和女子冠军，这是奥运会历史上第一次，男女山地车选手使用同一车架供应商产品获得了奥运会冠军，珍妮·里斯维兹更是成为奥运会有史以来最年轻的山地自行车女子冠军。2016年9月初，在欧洲自行车展览会上，张国萃遇到了尼诺·舒尔特和珍妮·里斯维兹，两位车手对张国萃充满感激之情，送上了两人的签名合影，并写下了感谢东莞黄江的字句。

想到这里，他严肃的神情略微舒展了一些。虽然获得了如此骄人的成绩，但张国萃是一位不满现状、勇于攀登和不断挑战自我的人，由于他不满足于800克的现状，才使得自行车可以轻到700克到600克，甚至未来还可以更轻。

夜更深了，张国萃实在撑不住了，他决定到沙发上去小睡一会儿。不知睡了多久，外面下起了小雨，"沙沙沙"的声音将张国萃从睡梦中叫醒，他揉揉朦胧的双眼，原来，天亮啦！

这时，手机响了，他接通了电话，电话那头是在瑞士工作的宝贝女儿，"爸爸，你在干什么呢？"张国萃说："没干什么。女儿，你那边怎么那么热闹？"女儿兴奋地说："爸爸，我在现场观看环法自行车赛呢，太精彩啦！爸爸，你知道吗？刚刚，冠军、亚军、季军都诞生啦，他们的单车都是用的您生产的车架。爸爸，我的外国朋友说您真棒，真的让我太自豪了！"

正讲着电话，副董事长陈锦松走进来，他兴奋地说："张董，好消息，600克攻关成功啦！"张国萃微微笑了笑，如释重负。

张国萃走到窗边，雨后的空气十分清新，他欣喜地发现天边挂着一条长长的美丽的彩虹，一边在公司上方，一边在遥远的天边。他感觉这条彩虹像极了他倾注毕生心血的自行车架，一头连着东莞黄江，另一头连着世界各地，架起了世界上最厚重的国际友谊之桥！

他转过头，目光再一次停留在那张泛着微黄的照片上，深情地读着上面的话："Thank you, Huangjiang Dongguan.（感谢你，东莞黄江。）"

为了那一抹永不褪色的绿

刘鹏程

2019年1月，埋头在电脑屏幕里的周青华终于抬起头来，喃喃地说了一句："终于可以大干一把了。"接着，他打了个电话给品质环境科："老田，通知你科内的成员现在去会议室开会，同时通知老柯来参加会议。"

中兴公司会议现场

众人在会议室坐下后，周青华便开口说道："接日本本部联络，今年将开展绿色供应商活动，对供应商节能减排进行无偿支援。华南区供应商的活动由BMDG［柯尼卡美能达商用科技（东莞）有限公司］环境能源管理委员会主导，具体执行由柯于华副高带队，品质环境科负责业务推进。另外，日本本社也会派技术顾问进行支援。接下来我说明一下活动开展的具体要求。"

溯　　源

　　柯尼卡美能达商用科技（东莞）有限公司是日本柯尼卡美能达株式会社旗下的独资企业，简称"BMDG"。它位于东莞市石龙镇东江之畔，主要生产的是商用印刷机及办公耗材，产品行销全球多个国家及地区。为生产提供物料支持的供应商有500多家，涉及钣金冲压、树脂成形、精密铸造、电子电路等多个行业及应用领域。周青华作为BMDG品质保证部的高级经理、环境能源管理委员会委员长，对内负责整机的制造品质及环境能源管理，对外负责零部件的购买品质。他常说，没有好的零部件就没有好的整机品质。对于行业内的供应商他是熟悉的，也是理解的。常年以来致力于维持供应商品质的持续改善与建立可持续的伙伴关系。

　　2017年BMDG获得东莞市绿色供应链五星级评价证书，2018年又被广东省绿色供应链协会授予"最佳绿色供应链案例"奖。同年《单位工业增加值的综合能耗》进入公司年度方针管理项目，全面推进节能减排工作的开展。当年此项目就取得了优异的成绩，综合能耗全年削减幅度达30%，实际运行数据远低于同行业0.40吨标准煤/万元的平均水平，这个项目为企业节能减排、降低制造成本积累了更完善的经验。

第二批绿色供应链管理试点五星级企业认证现场（右一为柯尼卡美能达代表）

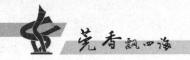

　　节能减排，保护环境，建立可持续发展型绿色工厂是公司今后发展的方向，而作为一个组装工厂对于外部供应商零部件供给的依赖程度却相当高。要想持续发展必须有持续合作的伙伴，聚集更多的力量才能走得更远。降低制造成本，减少环境风险，提高社会信用度，这些问题周青华这几年想了很多，也做了很多努力。实践中有成功的经验，也有失败的反省。但归根结底更多的还是成长，不仅仅是自己，还有整个参与其中的团队。虽然，在公司内部已经做得有声有色了，但纵观整个供应商群体，在此方面却还处于相当薄弱的层面。

　　因此，提高国内供应商的环境改善能力，实现共同发展的想法，一直在周青华的心头萦绕。而今集团从战略高度上推行绿色供应商活动，无疑成为这种想法得以实现的巨大动力与机会。运用集团的资源支持，把日本企业先进的管理方法与经验传播出去，从而指导更多的供应商在环境改善方面迈上一个新台阶。

启动会议

　　集团联络发行后的半个月时间里，柯于华（BMDG品质保证部副高级经理、绿色供应链活动执行责任者）便带领环境管理科成员进行整体活动的策划与前期准备。首先要确定活动供应商的对象，通过对供应商交货量大小及行业的评估，最终确定了东莞汇景塑胶制品有限公司、东莞康佳、东莞中兴电子有限公司、东莞太阳茂森精密金属有限公司等十家公司。为了取得预期的效果，需要事先取得思想上的认同与目标的一致。为此，在接下来的日子里，周青华、柯于华便分别带队去到各对应供应商现场进行活动的说明。为了节省时间，有时一天要去两家公司，常常回来时已是星辰满天。功夫不负有心人，经过多天的努力终于有七家供应商达成绿色供应商活动合作协议。另外三家因为自身资源配置原因，承诺在三年后再展开合作。

　　这次活动的启动会议没有像以往那样集中全部的供应商一起开，而是分别到各供应商现场召开。原因很简单，每家供应商的情况不同，改善的侧重点与方法也会有所差异，分开来进行会更有针对性。

东莞汇景

绿色供应商活动第一站：东莞汇景。

东莞汇景塑胶制品有限公司位于东莞市长安镇乌沙工业区，主要为BMDG提供塑胶结构件、外观件、小型组件服务，是注塑成形业种中的主力供应商。在本次绿色供应商活动中表现得最为积极，汇景公司很希望能够通此次活动提升内部在节能减排方面的改善能力。

针对该公司注塑成形用电量大的特点，周青华团队给出了节电为主，节水为辅，综合改善，逐步推进的改善建议。以此为原则，针对照明、空调、设备的用电进行逐一排查。结果发现，现有运作模式存在明显的缺陷。照明时长管理状态不明、空调温度管理无标准、空压机漏气、大型换气扇过多、冷却塔无自动温控等皆会造成电力的无效消耗。找到了症结所在，剩下的就是解决方案了。

为了获取第一手的资料，老柯、老田、小尹三人在汇景现场蹲点。夏天的注塑车间虽然也配备了空调、换气扇，但机台附近的实际温度还是有四十来度。稍微待一会儿就是一身汗。汇景一起参与调查的人还好，对于长时间在组装工场工作的三个人来说，无疑是相当辛苦的。就这样三个人硬是挺过了两天，通过测量不同地点的温差，同时分析室内的空气流动方向，终于找出了生产车间大型换气扇过多的解决方案。车间内温度过高的主要原因是：虽然成型工程大型换气扇持续运转，但换气扇旁边安装有换气用的放气孔，外部进入的新鲜空气还没有在车间内循环，就直接被排放出去，导致车间内的高温空气仍停留在内部，造成温度过高。简单来说，就是车间内的换气效果不理想。经过多方调整，对车间内的换气扇进行重新布局，另外在空气不易流动的地方加装小风扇改善空气的流动性。经过一番改善，车间内近机台附近温度由40度下降至32度。既减轻了作业环境的闷热，又减少了三台大型换气扇。以每台换气扇耗电量1100瓦计算，三台每年可节省电费8579元，改善效果相当明显。

首战告捷，虽然只是一个项目的成功，却极大地提升了将改善进行到底的士气。用小尹的一句话说，那就是："哥流的不是汗，都是金豆子啊！"

东莞茂森

绿色供应商活动第二站：东莞茂森。

东莞太阳茂森精密金属有限公司位于东莞市塘厦镇林村新太阳工业城，目前主要为BMDG提供冲压五金结构件、外观件、小型组件的配套服务，是钣金冲压业种的主力供应商。

"小尹啊，既然你身上的金豆子多，茂森这一站就由你来主导吧，我们这次都听你的。"出发前周青华不紧不慢地说道。尹新蕾听完，一脸蒙，"听我的，整错了咋办？""这个放心好了，相信你能办好。就算是出错了，不还有我，还有日本技术顾问嘛！"周青华倒是很想得开。"那就，试试？"尹新蕾应道。"试试！"小组内的其他几位同事也笑着说。

东莞茂森是冲压行业的老牌企业，拥有相当完善的管理体系，数字化管理及统计分析也是面面俱到。要在这种情况下找出改善的契机，还真是不容易。

面对着台面上茂森提供的日常管理资料，小尹陷入了沉思。作为电力应用的大型冲压设备，茂森已全部应用变频技术进行电力配送的控制与调整，在省电方面已然处于比较高的水平。那么，还有没有疏漏的地方呢？小尹心里想。也就在这时，他忽然想起在公司内部进行的一次能源改善事例。当时是调查空压机输出压力的损失原因，为查明真相，他当时可是把所有的连接管道及连接设备都摸遍了。好，就用这个方法。想到这里，小尹不禁松了口气，一丝笑意在嘴角微微展开。从生产配套设备入手，对动力输送过程中的动能损失进行查验，这样就可能找出那些容易被忽视的问题了。

在茂森设备技术人员的协助下，小尹按既定的思路进行了现场的查验。果不其然，在对空压机及其压缩空气管道的确认中发现了两个方面的问题。其一，管道的过滤网没有定期更换，会引起网眼堵塞，增加压缩空气的供给负荷，造成能源损耗。其二，压缩空气管道的连接部漏气，存在能源浪费。终于找到了改善的契机，小尹二话没说立即通知小组成员及茂森改善推动工程师讨论具体的应对方法。通过对提出方案的评估，本着最小化投入的原则，最终确定了三个解决方案。第一，制定定期更换过滤网的管理规定，避免网眼堵塞。第二，进行漏气检查与维修。第三，安装节能喷嘴。

经过两个月的施工维护与更新，制定的方案得以如期实施，运行效果良好。此项目成果以一年期计算，减去前期投入，实际可节省电费14万元。

阶段总结报告会上，听完小尹的总结发言，周青华赞许地点了点头，说道："千里之行，始于足下。我们既然走出了这一步，那么就要坚持下去。相信有努力就会有收获。好好干吧！""好好干！"参加会议的众人热烈地回应着这句公司内最流行也最激昂的口号。

可持续发展部

平时总是说在前进的道路上不可能一帆风顺，总是会遇到一些坎坷，遇到一些需要帮助的时候。这不，在东莞中兴电子有限公司的改善会现场就遇到了这么一个难题。几天了，BMDG的改善小组还没有找到解决的方案，实际上也是这个问题太专业了，以目前几个人的能力还真差了那么一些。

具体问题是这样的，中兴注塑成形现场的塑胶原材料干燥时使用的是热风干燥机，吹进料箱的是热风，排出料箱的也是热风，是很明显的一种能源浪费。可要找到解决方案又不是那么容易的，这可愁坏了小组几个人。

正在一筹莫展的时候，周青华告诉大家日本柯尼卡美能达株式会社可持续发展部派人来了，专门解决这个问题。"可持续发展部，一听这个名字就够专业。"

"听说在节能方面很有一套，希望这次能够长长见识。""如果全部是日语交流，听起来可能会比较困难。"大家七嘴八舌地议论起来。

第二天上午，日本柯尼卡美能达株式会社可持续发展部的三位支援者矢口、西森、齐藤来到了BMDG。在听取了改善小组对现状的描述后，西森笑着用日语说："这个问题大家不要担心，在日本我们处理了不少这种类型的问题，虽然有难度，但应该是可以解决的。"听他这么一说，大家的心稍微安定了下来。于是，决定当天下午就去中兴。

到中兴现场确认完现有的干燥设备后回到会议室，经过短暂的商议，日本技

术支援队给出了两个改善建议。一是在现有热风干燥机上加装热风再循环装置。日本有现成的设备改造供应商，这个方案投资金额不大。二是使用新型的除湿干燥机。由于是新的设备采购，投资金额高于第一个方案。方案提出后，矢口再次详细讲解了两个方案的优劣。由于涉及专业技术方面的交流，很多专业术语让随行的翻译很是为难。于是大家便开始用比画的方式来进行，你别说，不好翻译的意思直接画出来，还真就明白了。最终，经过反复对比确认中兴决定采用第二个方案。虽然投入大了些，但除湿干燥机的使用同时解决了塑胶原材料在干燥时容易有粉尘混入的现象，可以有效地改善外观零部件的制造不良现象。

三个月后中兴新设备购入，投入生产使用效果良好，单机能耗同比下降20%左右。通过此次改善活动，BMDG小组成员既增长了专业技能，又增进了与可持续发展部的友谊，更加充满信心去迎接新的挑战。

初心不改

就这样一天又一天，一站又一站。周青华带领着这个特殊的团队在日本柯尼卡美能达株式会社可持续发展部的技术支援下，用行动改变着可看得到的浪费，用言谈影响着周围合作者对于环保的认识。也正是由于这种持之以恒的力量，使越来越多的企业受益的同时，BMDG逐渐成为环境保护视野里令人瞩目的焦点。生态环境局、中国环境保护产业协会、中国—东盟环境保护合作中心、中国国际民间组织合作促进会等国内外多个政府及民间团体到公司参观交流学习。2019年9月，BMDG受生态环境部对外合作交流中心邀请参加了在天津召开的"APEC绿色供应链合作网络2019年年会"，成为年度内广东唯一受邀参会的企业。会议中BMDG对公司内部的改善状况与外部的环保合作活动进行了说明，同时重点描述绿色供应链"东莞指数"的良好发展状况。其间通过与APEC（亚太经济合作组织）成员国的现场交流，获得了国内外先进的环保经验，为后续环境改善能力的升级提供了有力的支持。

保护环境，关爱地球，留住碧水蓝天。日本柯尼卡美能达株式会社《环境愿景2050》与"东莞指数"以无比亲近的姿态呈现在大众的视野里。维护人与自然的和谐，实现可持续发展的目标也许不是短期内可以完成的，但相信只要带着对环境的感恩与敬畏，带着关爱与行动，在不久的将来这个目标必将达成。而BMDG也必将初心不改，心怀责无旁贷的使命感，向着春天，向着希望，为了那一道永不褪色的绿砥砺前行。

当松山湖迎来创新者

丁燕

2017年8月，当卓劲松在印度孟买考察市场时，在马路边看到个广告牌，上面写着"激光加工"，便陡然起念，想进去看看是谁家的设备。没想到，那十几台设备都是自己公司生产的。虽然是十几年前的老款，但显然，用户将这些机器都当成了宝贝——每一台都擦得油光锃亮，房间里还专门安装了空调，地板也拖得干干净净。当他说出"这些产品是我们做的"时，印度客户紧紧握住他的双手："你们的机器真是太棒了！太棒了！"在异国他乡获得用户的认可，那感觉，真比喝了冰镇啤酒还舒爽！

1995年3月，一位浓眉圆眼的青年男子在深夜下车后，除了背上的行囊，两手空空。大巴车呼啸着从广深高速石鼓路口向前驶去后，瞬间便带走了车灯前的那点光亮。呼吸着岭南初春的潮闷空气，聆听着心脏槌鼓般的狂跳，这位年轻人瞪大眼睛，试图在一片昏暗的农田和果林里寻找道路。他踩着田埂向前，试图找个路人问一下，却发现四顾两茫茫，只能摸着黑一点点向前摸索着。一会儿朝东，一会儿向西，折腾了几个小时后，终于看到了港资纸箱厂的灯光。然而，他并没有高兴太久——等待他的职务是保安。

对这段经历，卓劲松从不讳言——那就是他刚到东莞时的窘相。那个时候，他做梦也不会想到，仅仅不到20年，他便会在这片南海之地建起一片厂房，拥有800多名员工。他谈到自己没读过大学，到东莞时两眼一抹黑，听不懂白话，看不懂电视，在厂里没老乡，又没什么过硬的技术，总感觉心里不踏实。勤奋工作之余，他利用一切空闲时间读书看报，试图提升自己的素质。"虽然离开家乡时我也怀揣着梦想，但起点太低，不敢贸然去创业。"在纸箱厂7年，卓劲松实现了从保安到采购的转换，再到物资管理部经理的跳跃式发展，为未来的创业夯实了基础。

"我是一个农村的孩子。1988年，从一个劳动局的合同工到国有企业的正式工，到最后放弃正式工的铁饭碗，变得像农民工一样去寻找自己的出路……"说这话时，是2018年的11月，卓劲松坐在广东大族粤铭激光集团股份有限公司（以下简称"大族粤铭"）的总经理办公室，在岭南湿热的空气中端起一杯茶。从外形看，他是个身量厚实、皮肤黝黑、目光灼灼、反应敏捷的中年人。当他说出一口纯正的普通话时，底气充沛，充满磁力。

像卓劲松这一代，其个人命运与时代脉搏联系得相当紧密。虽然已身处高位，但他却始终念念不忘自己是从最底层崛起的。这位1970年出生于江苏徐州的年轻人，为何要离家1600千米，来到岭南这个"瘴疠之乡"？卓劲松曾在江苏农垦建设兵团下属的清江运输处任职，后来又在家乡的国营食品厂工作。在那个年代，国企意味着稳定和有脸面，然而，"国企总是论资排辈，发展空间很小，而且，已经处于亏损状态"。

尽管已经决定要出去闯，但他的心里并没有底——他根本不晓得未来之路在哪里。当时，很多老乡都跑到上海去闯，但他却生出股执拗劲——要走就走得远一点，到一个什么人都不认识的地方去，不闯出一番事业决不回来。就这样，他背着行囊踏上了"南漂"之路。"只见火车站里人山人海！"像农民工一样，卓劲松挤着绿皮火车来到广州，又坐上大巴来到东莞。20多年后，像他这样的人被称为"中国年轻的一代企业家"，充满了偶像光环，可他却坦然一笑："企业家这条路，完全是被逼出来的。"

从纸箱厂出来，卓劲松和朋友合资开了家贸易公司，从事包装用原纸贸易。开局虽是一次目标不清晰的出发，然而，毕竟迈出了第一步。可仅仅干了一年，便因进口原纸市场出现大波动，不得不清盘解散。虽然第一次创业没有挣到钱，但却让卓劲松用X光般的眼神洞悉了商业秘密，积累了宝贵的经验。正当卓劲松陷入焦躁而又找不到方向的困境时，大族粤铭的原创发起人李仲卿先生找到了他，提出要办一个激光雕刻印版的企业。卓劲松是坚毅的，同时，也是敏感的。他的脑袋里立刻像夜空中绽开一束礼花！"激光是什么？激光能干什么？"和纸较了几年劲的他，陷入愣怔。激光是一次机会吗？直觉力告诉他——是的；那直觉力

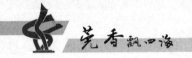

还告诉他——若不及时抓住这条河里的泥鳅，它将再也不会闪现。

想起以前做纸箱时，他曾看到激光雕刻机可以在指甲大小的私章上刻出精美的字体。"若把雕章机做得大一点，是否能在大面积的印刷版上雕刻？"顺着这条思路，他和李仲卿开始了市场调研。他们发现这种激光设备国内只有两家厂商在做，前景颇为看好，便决定涉足激光设备行业。"人生不像是做菜，可以等一切都准备好了再下锅。你不需要准备完毕，只需要立刻开始就够了。"

2001年，当卓劲松与李仲卿投资70多万元，在东莞万江区租下厂房后，大族粤铭激光集团股份有限公司便宣告成立。那时的他兴奋不已，如东江边迎风而立的芦苇，感觉处处都是机会，然而，他并没有想到自己以后会被称为"中国第一批激光设备制造商"。那时，大族粤铭和很多处于初创期的小公司一样，做的都是较低端的传统设备。开放的环境意味着自由，同时也意味着竞争和较量。看到有利可图，有一大批企业便蜂拥而至，让整个激光业处于技术含量低、利润率低、质量低、服务差的"三国混乱"时期。

就像一座城市在向外扩展时，它的内部构造要得到更新般，一个企业一样也需要从内部更新。面对变动的市场，卓劲松狠下功夫，试图让公司真正地扎到泥土里去——他提出"顾客至上，品质为天"的经营理念，将企业重新定位为"中小激光设备的国内顶端品牌"，与众多小企业形成差异化竞争。为了这个"顶尖"，他们下足了气力——关键零部件皆从德国、美国和日本进口，以保证设备的最高品质。虽然大族粤铭的设备价格高，但应用商还是愿意买他们的产品。到2003年，公司的产品已出口到亚洲的很多国家和地区。

大族粤铭一路走来，其实面临着多种诱惑，其中就有"房地产的诱惑"。然而，"我们只做激光！"卓劲松斩钉截铁。有人笑他："你对激光是不是太有情怀了？"他坦然承认："是的！我迷上了激光！因为激光的创造力，让我找到经营企业的成就感！"在卓劲松看来，中国制造业近20年的发展，不仅是一个对激光进行科普的过程，还是一场对中国制造业进行的工艺革命，让传统老旧制造工艺发生了颠覆性改变。"世界上并不缺少激光技术，而是缺少发现激光技术用途的慧眼。"到2008年9月，大族粤铭的销售网络已遍布全球87个国家和地区，每天能接到40多台的订单。

然而，2008年国庆节之后，订单却变成了两三台——卓劲松脸色大变。原来，雷曼兄弟集团破产导致了全球金融界的雪崩。当经济危机的风暴刮到东莞后，哀鸿遍野——外贸订单发生了断崖式跌落，外贸增速下滑了20个百分点，前所未有。大势如此，大族粤铭亦难以避免受损。怎么办？卓劲松和他的伙伴们体会到了一种深入骨髓的乏力感。想到日夜操劳，每天都如履薄冰，可还是要面临如此困局，大家感到既委屈又无奈。痛定思痛，公司不得不决定裁员。通过壮士断腕的举措，公司挣扎地熬过了生死线，走出了阶段性亏损泥潭。然而这一次的挫折，让卓劲松总感觉心有余悸——他要重新思考企业的发展之路。

也许更多的时候，战略转型是激烈竞争的结果，未必是成熟规划的产物。卓劲松意识到，若单靠粗放式的发展模式，会让企业在抵御危机时毫无还手之力。中国市场变化莫测，民营企业的现代化、规模化是必然之途。最终，他说服合伙人，决定接受亚洲最大、全球排名第二的激光设备上市公司——大族粤铭激光集团股份有限公司合资经营的邀请。在他看来，大族粤铭所拥有的企业管理体系和先进的技术创新平台，正是粤铭激光所欠缺的。当"大族粤铭"诞生之时，便预示着绝地逆转后的强强联合。很快，大族粤铭的业绩便节节攀升。到2010年，公司的年产值已达1.7个亿。

大族粤铭办公楼位于松山湖工业东路28号，办公楼整洁如五星级宾馆，大理石地面纤尘不染，正在进行的会议在玻璃门外听不到一丝响动，处处彰显着大公司的风范。在宽敞明亮的大厅里，不仅摆放着各种奖状，还陈列着各种经激光"装修"过的产品，其范围包括服装、制鞋、家用电器、3C电子、机车、船舶、航空航天等。然而，在最初的那几年，大族粤铭的发展很"熬人"——收入增长乏力，总是上不上、下不下；万江区的厂房外观形象不佳，且内部空间有限。摆在公司面前的是两条路——要么租一个更大的厂房，要么买地建厂。事实上，民营企业的"租厂房"和"建厂房"是两种完全不同的心态——租房虽灵活，但却没有长期规划；购地置业则是要扎根的态度。经认真考察，卓劲松发现，虽然租房的投资不大，但若购地建厂，10至15年也能收回成本。于是，公司决定置地建厂。就在这个当口，"松山湖"三个字冒了出来。

如果把大族粤铭比喻为一个人，那研发部就是当之无愧的大脑。它是个拥有160人的团队，是公司最大也是最重要的部门。正因为大族粤铭的研发能力强，技

术成熟，能提供成熟的方案，才使之成为激光界的翘楚。"如何在规则曲面和不规则曲面的工件表面进行高精度的激光加工？"当这个技术难题经研发部多年探索，研制出"3D视觉激光加工的全套控制技术和激光加工系统"，打破了传统激光设备仅限于二维平面加工的技术瓶颈后，卓劲松表示："虽然我们打破了欧美国家的技术壁垒，获得了可喜的成绩，但在市场环境日新月异的今天，仍需以自动化激光加工为基础，糅合3D视觉技术，应对不同行业领域、不同应用需求的变化。"

美国战略思想家特德·列维特说："如果你没在为客户着想，你就是没有在思考。"卓劲松在朋友圈的留言是："在成全别人的过程中成就自己。"在他看来，大族粤铭不仅是一家激光设备的制造商，更是一家优质服务的提供商。"客户满意"不应是挂在嘴上的词语，而应是落在实处的行动。面对方管、圆管、椭圆管、矩形管、三角管、腰圆管，要进行直切、斜切、开孔、镂空等操作，怎么办？运用光纤激光切管机便能一机搞定——在激光头的冲击下，钢管会出现个圆洞；再随着激光头的转动，整块钢板便像豆腐般被削了下来。传统的切管机需人工手动将管材放入料夹，劳动强度大，且工人容易受伤。

激光除了在制鞋、制衣、广告、工艺礼品等领域有所作为外，功能是否还可扩展？激光在雕花、打孔、镂空这些简单的工艺外是否还能有别的可能？日日夜夜，卓劲松所率领的团队就盘算着这些问题。"我迷上了激光……"卓劲松发现，公司在传统行业已做到极致，现在应聚焦高端的新兴领域——3C电子、激光PCD打码、PCD分版等。随着车身的轻型化，人们对汽车的安全性提出了更高的要求，而车身的激光切割与焊接、安全气囊的激光切割等都需要激光设备。"中国所有丰田系汽车的安全气囊几乎都是大族粤铭的设备在切割。"

在大族粤铭，还有一个比研发部更烧钱的部门——客户服务部。虽然只有130多人，但每年都要"烧掉"公司近2000万元的利润。原来，用户在购买了设备后，公司会连续供应配件15年，定期上门维修保养。"尽量不要让机器出现故障，不能等坏了再去修，不要因为我们的激光设备而停产。""不要把产品当成生意做。生意只是为了赚钱，而你要想的是，产品是否能为客户创造价值。"在大族粤铭的黄色客户服务车上写着："大族粤铭就在您身旁。"公司在中国沿海地区的38个城市设有销售和客户服务网点，有230多名销售和客服人员分散在各个网点上。"快！快！快！"这是客服人员每天都萦绕在脑海的词语。

这个密码——"16×30×12"怎么破解？原来是：一天工作16个小时，一个月工作30天，一年工作12个月！当卓劲松坦言自己的每一年都过得不容易，"像个苦行僧"时，语调却相当平和，没有丝毫抱怨。从年头至年底，他没有休过一天假，因为责任过于重大。

如何应对国际市场的变化，这是摆在大族粤铭面前的新问题——此前，公司以国内客户为主，而此后，要加大国外客户的比重。企业的发展通常有两个方向——要么追着廉价的劳动力跑，到越南、斯里兰卡、泰国、印度尼西亚等地开厂；要么追着高端客户跑，到欧洲、到美国去发展。追高端客户会被大多数人视为畏途，因为难度系数太大，但大族粤铭却选择了这条更难的路。在卓劲松看来，创新是唯一的出路。"一个企业就像一台汽车，有时候需要加油，稍有不慎，也会致命。""创新有可能失败，可不创新，企业就会越做越小，最后的结果就是消失。"

做"全球激光产业的知名品牌"是大族粤铭的梦想。一个用筷子吃面条的人，决计要和一个用刀叉吃牛排的人比拼。2018年4月，卓劲松考察完非洲市场后，马上赶去东南亚，之后又去了欧洲——他试图对全球市场做一个总调研。一个中国的民营企业试图在欧美市场占有份额，"非常难，非常难……""别人的改变只是挪一个地方，而我们却是一次完完全全的蜕变，就像凤凰涅槃。"可是，只有杀出一条血路才能独步天下。如何杀？必须要开发出适应欧美的产品，还要尊重欧美的游戏规则。譬如在国内，机器罩盖不关闭，机器一样可以工作，而在欧美，机器罩盖要完全关闭后，机器才能工作；欧美市场对环保的要求非常高，"如果环保处理不好，单赔款就能赔死你。"

按照国际标准来操作，是个非常复杂的过程——"就像习惯了蒸馒头，而现在要蒸包子。包子里有肉有菜，有白糖有料酒，需要拿出一个非常精密的配比。"只有拿出安全稳定性更高、功能更完善的产品，才能打动高端客户的心。然而，随着成本的提高，产品的价格也随之飙升。但卓劲松坚信："如果是好东西，便一定会有识货人。"卓劲松是不惧怕艰难的——像他这样的一代人，正是在中国最紧张、最剧烈变动的环境中成长起来的。他充满信心："未来20年，中国的民营经济，特别是高端装备制造业，一定会迎来一个绚丽的春天。"

特别故事

非洲行医记

莫华杰　骆庆明

一

赤道几内亚，这个国家的名字在中国人眼中是十分陌生的。在世界地图上寻找，它的存在只是一个小点。这个位于非洲中西部、西临大西洋的小国，由一块陆地加若干岛屿组成，总面积才2.8万平方千米，比中国的海南岛还要小三分之一，人口总数才130万，相当于东莞的长安和虎门两个镇区的人口总和。

东莞医疗队员出征赤道几内亚前在广州白云机场合影

老话说"船小好调头"，国家小也有小的好处，容易管理。确实，由于石油资源的发现，使这个国家在21世纪初获得快速发展，但随着石油产量的下降以及石油价格的下跌，该国发展陷入停滞。同时，该国医疗卫生状况不尽人意，人民健康难以得到很好的保障，使得经济的驱动力下降，就像一台车子的发动机配件出了问题，怎么可能跑得起来。

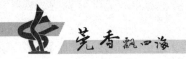

疟疾、伤寒、黄热病、艾滋病等流行传染病，像乌云一样，笼罩在赤道几内亚的天空。为了帮助这个有待发展的国家，让人民获得身心健康，自中国和赤道几内亚建交以来，中国持续派出医疗队，他们如同光明使者般，给赤道几内亚的人民带来了生命的希望。

2019年7月6日，由东莞市卫生系统25名医务人员组成的中国第30批援助医疗队，启程远赴非洲，深入赤道几内亚，执行对外医疗援助任务。

东莞市第八人民医院的副院长骆庆明是这支医疗队的主要成员之一。他与队友坐了20多个小时的飞机，终于抵达了赤道几内亚的首都马拉博。这片土地的天空仿佛藏着恶魔，乌云阴沉沉的，仿佛要给这批远道而来的医务人员一个考验。正当骆庆明与队友们拖着行李往机场外面走的时候，老天变脸了，下起了倾盆大雨。一群人赶忙穿上雨衣，拖着行李去机场大楼处躲雨。到了大楼时，发现走在队伍后面的妇产科医生林朝凤被无情的大雨淋得像落汤鸡一样。她的雨衣没有穿在身上，而是用它包住了一个大纸箱。她紧紧地将纸箱搂在怀中，像抱住一名新生婴儿，用心呵护。纸箱里面装的是一台胎心监护仪，是专门给产妇和胎儿做检查的，对林朝凤而言，这台机器比她自己都重要。

医疗队与患者合影

医务人员在马拉博停留一晚，按照计划，他们后面将分成三个点执行医疗援助。骆庆明担任巴塔站点的点长，带着他的队员，乘坐飞机辗转去了巴塔。

出国之前，骆庆明在网上查了巴塔的相关资料，知道巴塔是赤道几内亚最大的城市，就在大西洋的海岸边上，拥有该国最大的港口，也是该国经济最好的城市。一下飞机，原来灰云笼罩的天空已透射灿烂的阳光。他们从飞机场坐车出来，汽车行驶在平坦的马路上，透过车窗望去，道旁是错落有致的楼房，一些房子还具有明显的欧洲风格，道路的一侧还可以眺望无边无际的大西洋。巴塔给医疗队员们留下了不错的第一印象，阳光、大海、城市，他们就要在这里开展为期一年半的医疗援助。

二

来援助赤道几内亚之前，骆庆明和医疗队的同事对这个国家的医疗方面进行了相关的调研，做足应对准备。赤道几内亚国土面积小，但毕竟也有海南岛三分之二面积大，然而这个国家的正规医院加起来竟不到20家，乡村都是以卫生点行医的，就跟中国旧时的诊所差不多。这些卫生点没有太多的药物，专业医生的数量也少得可怜，难以满足居民们的看病要求。

根据联合国贸易和发展会议公布的数据，赤道几内亚2018年人口出生率34.88‰，死亡率8.81‰，婴儿死亡率75.18‰。平均每个家庭有子女5.6人。产妇死亡率为0.68%（2015年）。虽然有着各国的人道主义援助，近年来这些数据逐年改善，但情况仍不容乐观。

赤道几内亚只有两所大公立医院，一所是首都的马拉博医院，另一所是巴塔医院。这两所公立医院的医疗实力不是很高，很多大病都治不了。马拉博医院和巴塔医院长年驻扎着来自中国和古巴的医生，本地人对中国医生已经十分熟悉，并且十分信赖与依赖，在他们眼中，这些中国医生不仅医术高明，而且待人热情和蔼，遇到看不起病的患者，他们不仅会赠送药物，还自发捐款给穷人治病，简直就是上帝派来的天使。

赤道几内亚最容易发生的病是疟疾。疟疾是由疟原虫进入人体血液导致的疾病。疟原虫产卵于水中，附于蚊子身体里面，并在蚊子的体内完成配子生殖，继而进行孢子增殖，如同病毒般蔓延。蚊子咬人，会把疟卵注入人体，经过血液进

入肝脏,几天之后卵孵化成疟原虫,发病时全身忽冷忽热,伴有腹泻抽搐、肌肉酸痛等症状。中国人将疟疾称之为"打摆子",若拖延治疗,待体内的疟原虫二次繁殖,身体内的疟原虫成几何数量增长,如果不及时治疗人就没救了。

赤道几内亚的天气潮湿闷热,草木茂盛,滋生大量的蚊虫,很多蚊虫都是带有疟卵的,几乎防不胜防。来赤道几内亚工作的华人,包括来援助的医生,很多都患过疟疾。当地的华人流传一句话:"来非洲没得过疟疾,就不叫真正的来非洲了。"

命运这东西从来不是掌握在个人手中的,有时因为一只蚊子的叮咬,就改变了一生的命运。小孩子最可怜,大人的抵抗力都挡不住这个病,何况是小孩子,一旦体内有疟原虫,就会饱受折磨,甚至丧命。在骆庆明所在的巴塔医院,80%的住院孩子患的都是疟疾。后来骆庆明带医疗队下乡义诊,许多本地居民前来做疟疾检测,居民疟疾检测血液阳性率竟超过50%,也就是说,农村乡下至少有50%的人体内是患有疟原虫的,只是没有症状不典型而已。农村的人们经济状况不好,温饱都得不到保障,加上当地的医疗条件差,即便人们知道自己体内有疟原虫,也无可奈何,只好硬扛。最苦的就是孩子了,不少孩子因体内患有疟原虫,已经出现了严重贫血、肝脾肿大等症状体征,想将他们的身体调节好,那是很难了。

医疗队里不仅有医生,还有一名检验师和厨师。检验师和厨师来到巴塔之后,也因蚊子的袭击而患上了疟疾。治疗疟疾最有效的方法,就是注射青蒿素,杀死体内的疟原虫。但是注射青蒿素并不意味着身体就一定能痊愈,一些顽固的疟原虫可以残存体内很久,在一定条件下,重新大量繁殖又引起新的疟疾发作,称为疟疾再燃。骆庆明在巴塔上班不到一个月,就听说了赤道几内亚的华人公司有两位职员,回国后疟疾突然暴发,诊治不及时而死亡。

学医之人,当然知道疟疾这个病,但这个病在中国已经基本被消灭,骆庆明从来没有接触过这类病,因此没有深入研究,并不知道疟疾在国外给人类带来的危害。到了赤道几内亚,他才终于知道这个病的可怕之处。他为非洲人民感到难过,非洲国家大多疟疾肆虐,让居民贫苦的日子雪上加霜。即便到了医学技术不断进步的现代,疟疾仍是人类挥之不去的阴影。根据世界卫生组织数据显示,2018年全球发生2.28亿例疟疾病例,大部分发生在非洲(占93%),其次是东南亚

（3.4%）和东地中海区域（2.1%），全球估计有40.5万人死于疟疾，5岁以下儿童是受疟疾影响的最脆弱群体，占全世界疟疾死亡人数的67%。

当前治疗疟疾最好的药物是青蒿素和双氢青蒿素，这是中国中医科学院首席科学家屠呦呦及其团队研究发明的。2002年世界卫生组织推荐以青蒿素类药物为基础的联合疗法成为疟疾治疗方法，至今挽救了全球数百万人的生命，屠呦呦也因此荣获2015年诺贝尔生理与医学奖。

厨师患的是恶性疟疾，用药一个疗程后，病情仍复燃。青蒿素相当于杀虫剂，进入体内杀疟原虫，服药多了会损伤肝脏。为了将厨师彻底治愈，骆庆明与团队医生反复讨论了多次，还多次查阅文献资料，最终以药物延长治疗，加以巩固，折腾了大半个月，才终于将厨师的疟疾治好。

为了避免类似的病情再次发生，在日常的工作生活中，骆庆明和团队们十分注意灭蚊防蚊工作，每个房间都安装防蚊窗纱和门帘，定时清理驻地周围的积水、杂草，减少蚊虫滋生，每季度至少一次喷药灭蚊，用餐时点蚊香，还买了电蚊拍、驱蚊液等。尽管如此，周围的蚊子还是很多，拉开防蚊门帘走出房间那一瞬间，蚊子就会蜂拥而至。即便在院子里走几分钟，蚊子也会追着叮咬，真是防不胜防。

骆庆明在巴塔医院行医，基本上每天都能接到疟疾病人，看到这种寄生虫对非洲人民带来的困扰，尤其是给小孩带来的伤害，让他十分心疼。他在治疗疟疾的病例上，积累了一些经验和心得，为了给抗击疟疾贡献一点微薄的力量，他特意写了一篇《儿童疟疾诊治进展》的综述文章，给医生们在治疗儿童疟疾时提供一些参考。

三

巴塔是赤道几内亚经济最好的城市，看起来也比较现代，骆庆明以为，住在这样一个城市，生活上的用水用电会有所保障。住了一段时间后，他才发现自己的想法太天真了。

毫无预兆，巴塔地区突然全面停水，并且经常性半个月没水用。医院也一

样停水，别说冲厕所的水了，就连洗手的水都没有。骆庆明经历缺水的最长纪录是，在医院有十多天上班没有洗过手，都是先用消毒液抹手，然后下班才回驻地洗手的。连城里最大的公立医院都是如此，可想而知当地的居民生活是怎样的。

中国医疗队居住的驻地有一个大水塔，储水能供应一周，但是这地方停水经常性超过半个月，水塔里的水也远远不够用。为了保障生活中的基本用水，骆庆明只好带着队友去运水。巴塔有不少中资公司，在异国他乡，华人同胞心心相连，在生活上互相帮忙与照顾。离医院20千米外有一家中国武夷实业股份有限公司赤道几内亚分公司，是华人的企业，骆庆明和团队人员开着车子，到武夷公司运水。然而，生活消耗用水很大，毕竟团队有近10人，巴塔的天气又十分闷热，医院没有空调，人在闷热中工作，每天都大汗淋漓，洗澡是每天都要做的事情。光是洗澡的水，都要消耗很多，何况还有日常的洗衣做饭等用水需求，就算每天跑一趟武夷公司运水，也远远不够用。

骆庆明进入巴塔驻地时，与上一届的医疗队交接工作，有老队员告诉骆庆明，驻地有一口水井，是早期来支援的医疗队自己挖的，水源还不错，若是遇到停水，就把水井盖打开，启用抽水机往水井里抽水。

于是，骆庆明和队友们一起到工具房里将水泵、胶管等配套工具找出来。这帮医学家从来没有弄过这些东西，经过半天的研究琢磨，终于明白了抽井水的原理和线路。他们将水泵连接水管，放入井中，通电后，水源从地下源源不断地抽上来。这帮医生高兴得都跳起来了，欢呼声不绝。只有经历过水源困扰的人，才会知道水源的宝贵。然而，刚抽上来的水源非常浑浊，让人怀疑，这水到底能不能喝。一直抽了一个小时之后，水才慢慢变得清澈起来，这帮医生们高悬的心总算放下来了。

巴塔除了供水困难，还有供电、供油也十分困难。供电相对好一点，断电的时候，驻地可以用柴油发电机来保障电路，但是供油却是十分头痛的事情。油是汽车使用的汽油和柴油，油站经常断货，没有油车子就不能跑，交通是多么不方便。加油站断油前，总会有大量的车子排队加油；来油了，也会有大量的车子排队加油，像长龙一样将公路霸占了，场面看上去十分壮观。骆庆明也经常要去排队加油，他总是担心排队排到一半时，油站突然宣布没有油了。

赤道几内亚的网络也着实令人苦恼，不稳定已经是常态，别说登录微信视频了，就连当地电话也无法拨打和接听。网络断断续续，城市文化活动设施欠缺，骆庆明和队友们在异国他乡，生活娱乐是十分匮乏的。可以想象得出来他们的生活，上班时间在医院埋头工作，下班时间在驻地里面围在一起聊天说笑，或散步打球来打发时间。晚上他们是很少出去的，人生地不熟的，加上外面蚊子太多，怕被咬了患上疟疾。这种单调的日子，最考验一个人的耐性与品德了，没有强大定力的人是很难熬过去的。

骆庆明和队友们倒不担心日子的枯燥，他们到赤道几内亚目的明确，不是来旅游观光的，也不是来见识世面的，而是来援助医疗的，他们本着救死扶伤的原则，希望能将更多的非洲人民解救出病痛的折磨。生活上的单调乏味，他们可以克服，最令他们担心的是药物跟不上，给病人治病时因为药物的缺失，而不能给他们把病治好。

看到病人因为药物缺失，饱受病痛折磨的痛苦样子，让骆庆明和队友们十分揪心。尤其是看到一些小孩，他们营养不良，身患重病，睁大清澈无辜的双眼，把一切希望寄托在这些中国医生身上，看上去真是可怜极了。有的孩子因家里支付不起医疗费用而不得不出院，出院后孩子的病情很可能会加重，甚至威胁到生命。医者父母心，这些非洲小孩虽然与医疗队非亲非故，但骆庆明和同事们哪里忍心看到那样的下场，看着孩子们一双双充满渴望的眼睛，骆庆明带头，和队友们先后为患儿慷慨捐款，让患病的孩子得以继续治疗，得以重获健康。

四

赤道几内亚日照时间长，紫外线强，是白内障等眼科疾病的高发地。白内障将会导致失明，让人成为盲人。一个人沦为盲人，不仅对本人是巨大的打击，对家庭也带来困难。平常老百姓本来就穷，家里如果多养一名盲人，那是巨大的负担。尤其是有些白内障患者还是家庭的主要劳动力，一下子成为盲人，失去了工作能力，甚至连日常生活也难以自理，上个厕所都要人搀扶，会使整个家庭陷入困顿之中。

对于白内障，国际上最佳的治疗方法就是超声乳化手术，然而赤道几内亚的公立医院几乎无法开展这样的手术。为了让这些患者重见光明，重新获得生活的能力，东莞不仅派去了眼科专家，还带来了先进的设备和手术材料。

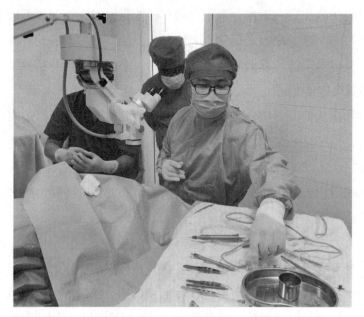

眼科医生为白内障患者施行手术

一年多以来，东莞眼科医生为上百名白内障患者施行了手术，不仅让他们重获光明，还让近百个家庭摆脱困境，医疗队因此赢得了"光明使者"的美誉。可以想象得到，那些患了白内障眼疾的病人，以为自己这辈子将在黑暗中度过，那种生活是令人绝望的，他们对生活完全失去信心，也做好了自生自灭的准备。然而，来自东莞的援助医生给他们带来了希望，只需做一个小手术，第二天揭开蒙住眼睛的纱布，眼前重现光明与美好的世界，他们是多么激动，感觉是上帝将他们命运中的迷雾驱散了一样，流下了动情的眼泪。

除了白内障，孕妇和新生婴儿的健康保障，也一直是赤道几内亚的顽疾。赤道几内亚2018年人口出生率 34.88‰，婴儿死亡率75.18‰，产妇死亡率为0.68%（2015年），这一数据高于全球平均水平。为了改变这个现状，这次来援助的医疗队，派出了经验丰富的妇产科医生林朝凤。

　　林朝凤也在巴塔行医，很快成了巴塔十分有名望的妇产科医生。刚到赤道几内亚时，在机场遇上大雨，林朝凤将雨衣包在了一个纸箱上，任凭无情的风雨打湿她的身体。纸箱装的是一台胎心监护仪，那是她来支援赤道几内亚的重要"武器"，如果"武器"被水泡坏，那么她此行的行医意义就会大打折扣。

林朝凤医生（左二）指导开展胎心监护

　　这台胎心监护仪是围产期母婴安全管理项目中一件最重要的设备。中国老话说"救人一命，胜造七级浮屠"，这台仪器可以说是产妇婴儿的救命法宝，关系到许多孕妇和宝宝的生命，哪怕下起冰雹，林朝凤也要在第一时间护住仪器，而不是护住自己，这就是一名妇产科医生的精神职责所在。

　　赤道几内亚85%的孕妇因为得不到产前检查，造成了产妇及新生儿死亡率高。林朝凤要对当地的孕妇开展胎心监护等内容，一旦发现胎心异常，立即采取相应措施处理。

　　不仅是在巴塔医院，包括马拉博医院，也都先后启动了这个项目，由林朝凤和谢晓医生手把手地教当地妇产科医生，指导她们如何操作、观察和处理，让她们掌握这一项技能。一年多以来，两所医院已完成胎心监护1000多人次，发现异常，并及时干预的有100多人次，最大限度地减少了新生儿产后不良的发生。项目的顺利推进，不仅造福了当地民众，还为当地培养了一批优秀的妇产科医生。

　　除了孕妇胎儿保健、儿科、白内障手术等医疗项目，这支医疗援助队还带来了骨科、手术麻醉、检测等一大批医疗技术。医生们不只是为当地老百姓治病，

而且将这些技术和医术，毫无保留地传授给当地的医生。以前，当地的医生做手术，麻醉科所采用的麻醉方式单一，麻醉效果差，手术时间一旦过长，患者就会痛苦。针对这一情况，麻醉科杨小立、朱彦医生把国内先进的麻醉技术带到了马拉博和巴塔的医院，先后开展了外周神经阻滞麻醉、中高位连续硬膜外麻醉、喉罩全麻等技术，取得很好的麻醉效果，在减轻患者痛苦的同时，又把中国经验很好地传授给当地医生，当地的民众都很尊敬地称他们为"教授"。

不过，在赤道几内亚最受老百姓热捧的，而且也让他们感到最神奇的，莫过于中医的针灸技术。中医师用一枚小小的银针，再辅以艾灸、拔罐、推拿、放血等传统疗法，治愈了一大批重症、面瘫以及其他疑难病症的患者。中医针灸除了疗效显著外，所做的治疗全部免费，因此也特别受当地民众的欢迎。

有一天，一位女生歪着脖子在男友的陪同下来到巴塔医院的中医针灸科，中医专家岳乾军热情地接待了他们，根据其症状诊断为"落枕"。经过放松、滚揉、点按以及针刺治疗后，女生的脖子一下子便缓解了。原本，这位男生心有怀疑，但跟着女友来寻找中医后，没想到治疗仅20分钟，女友的脖子便可活动自如，男生流露出惊叹的表情，竖起大拇指说："中医太神奇了！我是健康学院的医学生，想跟你学针灸，你可以教我吗？"

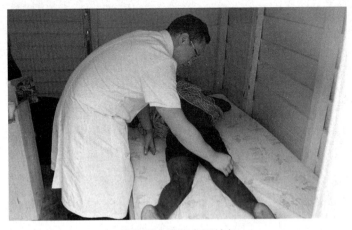

岳乾军在进行中医针灸

就这样，岳医生无意中便收了一个"黑人徒弟"，而且渐渐地培养了更多的

"黑人徒弟"，让中医在遥远的异国他乡落地生根。中医不仅为当地居民缓解病痛，也让中医文化深入到了百姓群体中，成为一种生活依靠。医疗队多次举行中国传统医学讲座，介绍中国健康生活方案，现场进行针灸、穴位按摩保健和拔罐等传统中医技术治疗，中医渐渐成了两地文化交流的重要内容和载体，做到了治人育人两不误。

五

医疗队初到赤道几内亚时，因为当地来求医的病人多，他们既要熟悉新工作环境，又要给病人看病，基本没有时间外出。只是有时候，他们会偶尔跑到海港处，看看大海，放松一下心情。

后来，当他们渐渐熟悉了本土风俗人情，西班牙语讲得也越来越顺溜了，可以到周边转悠了，却又发生了新冠病情。赤道几内亚的医疗卫生资源本来就比较欠缺，发生疫情之后，医疗队就竭尽所能给予更多帮助。

为了最大限度地遏制疫情扩散，队员们主动参与当地的疫情防控，起了积极的带头作用，和赤道几内亚人民一道齐心协力抗击疫情。在疫情发展之初，骆庆明和队友们将中国的防控和诊疗方案摘录要点翻译成西班牙语，打印成册子，派给巴塔医院，给医院分享中国抗击疫情的经验。骆庆明和队友们还分头行动，在医院和各大卫生站，给当地医务人员宣讲防控新冠病毒知识，结合岗位特点开展培训交流，分析诊疗过程中的高风险点，并且教他们如何有效洗手、戴口罩等方法。医疗队还与赤道几内亚国立大学孔子学院联合举办"中医与新冠肺炎防控"线上讲座，吸引了许多当地的老百姓参加学习，给他们普及预防新冠疫情的知识。

赤道几内亚自疫情暴发以来，医疗队员们始终坚守在临床一线，没有丝毫退缩。赤道几内亚从疫情发病到蔓延，半年时间已有几千个确诊病例。医疗队员们到医院上班时，儿科、内科医生几乎每天都要接触发热、咳嗽的患者；最危险的还是麻醉科和妇产科、眼科、外科等医生，他们常常与患者近距离接触。巴塔医院的科室内通风条件欠佳，受感染的风险极高。同时，赤道几内亚的检测能力有

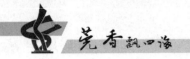

限，当地无法做到所有患者应检尽检，谁也不知道哪个患者是携带病毒的，因为新冠病毒有潜伏期，无症状感染者看起来就跟正常人一样。

在防疫条件不完善的医院工作，是一件十分危险的事情，只要队员中有一名感染，那么有可能全军覆没。然而，在这种情况下，东莞医疗队的队员们没有一个退缩，每个都抱着热情积极的态度工作，一直坚守岗位，做好患者的诊疗工作。

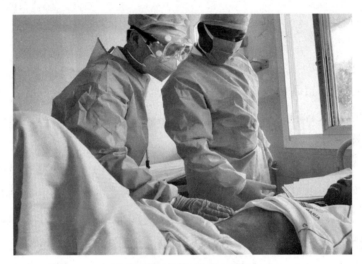

两国医护人员在给病人问诊

疫情发生之后，随着赤道几内亚确诊的病例越来越多，因当地医务人员抽调支援定点医院、隔离、病故等原因，导致医院的人力资源严重不足。队员们主动承担更多医疗任务，以确保当地医疗卫生系统可以正常运转。

因为疫情的蔓延，相关的物资严重跟不上，医疗队员在自身防护物资十分紧缺的情况下，看到当地的医生因为没有防护物资而叫苦不迭，所以医疗队员无私地将口罩、手套、帽子等防护物资分享出来。这样的友情，感动了当地的医生，在他们看来，再也没有比中国医生更善良的人了。

因为疫情的困扰，骆庆明和队友们的生活更加单调了。以往，他们有时候下了班会开车到海边看看风景，放松一下精神；或者到当地的华人企业，跟同胞们打篮球。但在疫情期间，他们要遵守抗疫原则，不随意到外面走动，尽量深居简出，做好安全防护。除了在医院上班，骆庆明和队友们回到驻地后，就待在院子里面，穿上防蚊服装，给院子里的花草和青菜浇水，或者就在院子里打篮球和羽毛球。打球打累了，就看看电视，听听音乐来解解闷。

医疗队驻地是一个大院子，有一栋两层的小楼，一楼是饭厅、厨房和一个小门诊部，二楼是宿舍。经过一批批医疗队的不断修缮，驻地的各项生活设施相对来说比较完善了，院子里还有储物室、菜地、篮球场及羽毛球场等。医疗队的队员们在小院子的地里种了不少水果蔬菜，有番薯、韭菜、木瓜、香蕉和火龙果等，还有一些观赏的花草，例如月季、野菊、使君子、大红花。这些瓜果蔬菜有很多是前面的医疗队留下的，一直以来，大家都悉心浇水、松土、施肥，细心呵护园区里的一草一木。大家心里都明白，菜地的瓜果种子，甚至肥料，很多都来自祖国，这些都是一批又一批援赤道几内亚医疗队员留下的财富，这些瓜果蔬菜不仅用来果腹充饥，更是一份弥足珍贵的精神食粮。

在巴塔的日子过得紧张却又宁静。紧张是在医院里面的工作，宁静则是回到了驻地之后，大家褪去一天的疲倦，进入休闲状态。虽然医疗队员的休闲娱乐方式少得可怜，就是打打球喝喝茶，浇浇花种种菜，像退休的老人一样，但这样的日子是静谧的，也是惬意的，因为平静的生活能给人带来安宁的心境。平淡从容，是人生最好的状态，能让人放下尘世的喧嚣，感悟生命的真谛。有一些时刻，骆庆明静静地站在院子里，看着眼前的花草菜地，感觉时间是静止的，可以听到微风飘过耳边的声音，可以听到自己心跳的声音。在静静的感悟中，时光流转，日复一日地将宁静带入心头，成为一种精神上的修养。

灵魂越安静，生命就越有力量。是的，医疗队平日里的安静，正是为了蓄养工作上的热情，用生命的力量慢慢改变一些不可能改变的事实。例如一些人的命运，在他们的手中就有了新的转折点，获得了重生的力量。他们以医生的职责和无私奉献的精神，认认真真地打磨着这片非洲的沃土，让这片神奇的土地，焕发出更多的生命光彩。

恋上东莞的味道

无歌

2003年至2020年，从北京到上海，从长春到深圳……穿越大半个中国后，他最后选择在东莞停下他的脚步。他说东莞是一座非常适合创业和居住的美丽城市，他喜欢这里。他叫Dagwin，是秋时电子科技（东莞）有限公司聘请的外籍经理。

一

时间追溯到2016年深秋，在欧洲西部国家荷兰的某个小镇，一名身材魁梧，面貌和蔼的中年男子站在楼顶，目不转睛地注视着东方，久久地眺望着……因为，在那个方向，有一个名叫中国的古老的东方大国，他曾在那里工作和生活了十几年。其实，他回荷兰还不到一年。此次回家，是因为妻子太思念亲人了，尤其是儿子和宝贝孙子，为了缓解妻子的这份思念之苦，他们才迫不得已回来。可回来后，他们夫妇才发现自己已经不习惯家乡的生活了，时常怀念在中国的日子。

这名男子就是Dagwin，定居荷兰的比利时人。照说，身处异乡的他最思念的应该是自己的祖国，而他的心里却只装得下中国，或许，在他的内心里中国的分量显然已经超过了比利时，他爱中国。Dagwin原来在荷兰美国OEM公司工作，后因工作原因，被调到该公司在中国沈阳设立的合资公司。随后，他先后在中国的长春、安庆、上海、辽阳、深圳、北京等大中城市工作生活，也许是日久生情吧，中国已经在他心里留下了深刻的烙印。所以，回到荷兰居住后，他觉得百般无聊，感觉人生无趣。

　　Dagwin决定找寻机会，重返中国。他不断通过网络向一些跨国公司投简历，积极推销自己，希望能找一份重新回到中国的工作。由于是个中国通，过往厚重的积累与扎实的履历让他很快如愿以偿，成为以色列人在中国投资设立的外商独资企业——深圳秋时公司的一员。秋时的英文名叫Quasar，是一家医疗器械代工企业。Dagwin加盟深圳秋时公司后，秋时公司正逐渐挣脱家族企业的束缚，实施新的发展规划与战略，活力十足。

Dagwin（最后排）与中国小朋友一起欢度六一儿童节

　　深圳秋时公司主要生产光学仪器、全自动电子美容器、医用传感器等，是美国强生公司心脏传感器领域的中国区域唯一指定供应商。立足中国，深圳秋时公司主要为欧洲及美国客户提供工艺复杂的医疗器械、精密度高的现代医学用品，或先进的生物技术。2017年，根据深圳秋时公司新的发展规划战略，Dagwin与公司其他高层一起来东莞松山湖莞台生物技术合作育成中心考察。由于松山湖有成熟的医疗设备配套生产厂家、完善的产品供应链条，以及政府部门帮扶外资企业的优惠措施，热情好客，自然环境优美等，这深深地吸引了Dagwin一行人。

　　东莞的生物技术产业近年来迅猛发展，已建立起门类齐全、技术先进、产品质量优良的现代生物医药产业体系和一批优质医药品牌。松山湖两岸生物技术产业合作基地更是聚集了东阳光药业、三生制药、普门科技、安科、菲鹏生物、安特高科、博奥木华、盛元中天、博鸿集团等200余家生物技术企业，逐步形成医药

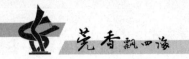

研发、医疗器械、中成药、体外诊断、医药生产、医疗保健、生物酶制剂等细分产业板块。

其中，医疗器械类、药品类和保健品类的企业产业集聚态势明显。因此，几番考察后，经过与其他地方的对比，Dagwin和公司高层一致认为，无论从运营成本、地理环境，还是产业链态势等各个方面来说，东莞都是他们后续发展的最佳选择地点。统一了思想后，深圳秋时公司一行人说干就干，不久，他们就来松山湖政府职能部门办理了工商、医疗、税务等经营手续，租了厂房，派Dagwin等员工到东莞开展东莞秋时公司的筹建工作。

<h2 style="text-align:center">二</h2>

经过一段时间的紧张忙碌，2017年12月12日，东莞秋时公司在松山湖举行了隆重的落成典礼。东莞秋时公司的正式成立，是秋时公司30多年来发展里程碑上浓墨重彩的一笔，是一个重大事件，而Dagwin因为杰出的商业管理才能，被公司委以重任，担任东莞秋时公司的总经理。

公司成立后，效益和前景非常好，深圳秋时总公司看到这一情况后，英明地做出深圳秋时公司与东莞秋时公司合并，将深圳秋时公司所有生产线和资产搬到东莞的决定。Dagwin肩上的任务和责任更大了，他立即组织人员着手装修和建造无尘室，将深圳的生产线转移过来。公司搬迁，可以说困难重重，遇到了许多阻碍，但他都从容应对过去了。

出生于比利时，成长在欧洲城市的Dagwin觉得，欧洲的产业工人自由化倾向比较严重，工作比较散漫，中国的工人纪律性强，工作效率也高，这也是众多外资企业选择在东莞创办企业的主要原因之一。让他没想到的是，东莞的产业工人工作积极性比中国其他城市的还要高许多，他们特别团结，凝聚力特别强，是一群优秀的员工，让他们这次的搬迁非常顺利，并且迅速投产，很快见到了效益。随后，过去30年发展缓慢的家族式企业秋时公司，在东莞快速发展起来。

仰望星空，地球是宇宙给人类的礼物；低头凝望，一花一叶，是大自然给世界的礼物；孩子是给父母的礼物；朋友是陪伴的礼物；回忆是时间的礼物。而东莞，可能是中国给Dagwin的礼物，他被这里的一花一草、一山一水所吸引，那跳起舞的花、低吟的草、耸立的山、行走的水，一切都是那么的美。

三

每个人都有儿时的记忆，更有记忆里的味道。那种味道是那么香甜、那么美、那么醇厚，让人甘之如饴。那种味道，是岁月甩不掉的甜蜜啊。在中国北方城市北京、沈阳、长春等地，Dagwin曾经寻找过那样的味道，可惜的是，这些大城市都没有他记忆里的味道。入职秋时公司后，Dagwin最初居住在深圳，这座城市的西餐厅很多，在这样一座国际化大都市，他也未能吃到正宗的西餐，未曾尝到记忆里的那种味道。他曾试着去寻找，他吃过一家又一家西餐厅，不是味道淡，就是偏甜、过腻……最终，他还是没有找到自己要的那种味道。

Dagwin（左一）与小朋友交谈并派发礼物

毋庸置疑，相对于深圳而言，东莞的国际化程度相对要低一些，在深圳尚且找不出一家正统的西餐厅，东莞也许更不会有了。所以，Dagwin对寻找记忆里的味道原本是已经不抱任何希望了，一次偶然中，Dagwin走进了东莞东城的一家西餐厅，可没想到，这一次，却是意外的惊喜。当那牛扒摆到他的面前，他拿起刀叉，割下一小片，轻轻送到嘴里，慢慢地一嚼，"哦，天哪！这味道太正宗

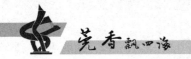
了。"这就是记忆里的味道啊！就在这一瞬间，"东莞"两个字更加深刻地印在了Dagwin的心里！

Dagwin的印象中，沈阳、长春都显得有点偏大，所以他觉得这两个地方稍稍显得有点空旷、寂寥，而辽阳、安庆，作为三四线城市，他很难见到与自己同肤色的"老乡"，难免有孤独感；深圳虽然好，但生活节奏太快了，他难以适应。只有东莞，城市面积不大不小刚刚好，生活节奏不快不慢，妥妥的"增之一分则嫌长，减之一分则嫌短，素之一分忽则嫌白，黛之一分忽则嫌黑"。

黄旗山位列东莞八景之一。Dagwin很喜欢这个地方，一有闲暇时间，他就会约上朋友去黄旗山爬坡登高，强身健体。而东莞众多的公园，无数的湖泊，也都是Dagwin休闲时的好去处，在这些天然"氧吧"，呼吸新鲜空气，简直是人生的一大幸事。

如果说要在瀚如烟海的汉语中，找出一个最有温度的字或者词语，来形容东莞在Dagwin心中的感觉的话，那"家"这个字，一定是当仁不让的。倦鸟归林、鱼翔浅底、落叶归根，家不仅是我们疲乏后身体休息的地方，更是我们心灵的港湾。达官贵人也罢，凡夫俗子也好，很少人会说不喜欢自己的家的。一个人把家安在哪里，那就意味着他对那个地方已经彻底认可了。

后来，Dagwin毫不犹豫地将自己的家搬到了东莞，2020年1月23日，他正式成为东莞的市民。东莞，也成为Dagwin的第二故乡。

四

一直以来，Dagwin都是欧盟商会的活跃分子，他是欧盟商会沈阳分会的创始人之一，从2005年开始担任欧盟商会沈阳商会主席。通过欧盟商会这个平台，他经常在欧洲宣传中国，也时常通过欧盟商会来帮助在中国经商从业的欧洲人。

曾经有一位从事机电产品出口业务的中国商人，他们公司有一部分产品运抵比利时后，不知道哪个环节出了问题，被当地有关部门临时扣押了。事情发生后，中国商人当即通过朋友找Dagwin帮忙。知晓事情的原委后，Dagwin动用有关资源与比利时相关部门取得联系，消除了误解，使事情得到圆满解决。

　　事实上，处理这样的事情对Dagwin来说，并不鲜见。他表示，以后将继续发挥自身优势，积极促进东莞与欧洲的商业交流，动员优秀的欧洲企业，来东莞投资创业，为中欧交流贡献自己的智慧与力量，共创美好的未来。

Dagwin（右二）在松山湖接受记者采访

三正半山的中国哥哥

胡磊　才越

人之相识，贵在相知；人之相知，贵在知心。

2018年3月5日，樟木头三正半山酒店入住了一位来自菲律宾的年轻小伙。此后几天，酒店前厅部经理赵才越经常看到他独自坐在大堂的沙发上发呆，一脸悲伤，一言不发。看着他一脸忧伤的样子，赵才越心底很是担心。作为酒店前厅部经理，赵才越觉得自己有责任为客人排忧解难，给客人提供细腻温暖的服务。于是，赵才越主动走近问候小伙，沟通了解后才知悉，原来这个叫阿迪的小伙，父亲因病在东莞去世，他这次是专门为处理父亲后事而来到中国。赵才越细心地安慰他，并添加了他的微信，告诉他如有什么需要帮忙的，可以随时找他。

2019年6月12日，在广州花园酒店国庆招待会现场

相知在急难，独好亦何益。赵才越的话让阿迪心底倍感温暖。在与阿迪多次

212

交流后，赵才越得知他为父亲料理后事的过程困难重重。外国人在华病故涉及的法律程序比较复杂，需与派出所、领事馆、公证处、殡仪馆等多方对接，这些单位分散在东莞和广州，且不说是一个初来乍到、言语不通的外国人，就算是地地道道的中国人，在两市多地走完这些法律程序也并非易事。

阿迪从小和父亲聚少离多，父亲不在身边的日子，他倍加想念父亲。多年未见，没想到再相见却已阴阳两隔。阿迪只比赵才越小3岁，赵才越能设身处地地理解他失去亲人的痛苦悲伤和当下面临的困境，他决定尽自己的能力去帮他。

赵才越将阿迪的特殊情况及时向酒店领导做了汇报，酒店领导非常重视，安排赵才越重点跟进阿迪在酒店内外的服务与协助工作。考虑到阿迪言语不通且人生地不熟，酒店还特别批准赵才越可以离岗陪同他到相关单位办理手续。阿迪得知后，眼里泛着泪光，动情地说："我在菲律宾时，就常常听说中国人待人友善，今天我终于切身体会到了，太感谢了！"

人心向善、助人为乐是中华民族的传统美德。赵才越说："你在中国遇到了困难，不只是我和酒店会帮你，任何一个中国人，都会热心地帮你。"

几天相处下来，他们慢慢熟悉起来。人生乐在相知，得知阿迪喜欢打篮球

阿迪（右三）和樟木头三正半山酒店工作人员合影

后，为帮助他调节情绪，尽快缓解内心的悲伤，赵才越下班后就约他一起去打篮球。走上球场，阿迪仿佛变了一个人，很快便进入状态，他娴熟地运球、犀利地突破、精准地跳投，几个回合下来，就把赵才越打了个落花流水。阿迪脸上慢慢露出了久违的笑容，阳光和自信重新回到了这个20多岁的小伙子身上。阿迪说：

"篮球是我最喜欢的运动，是篮球教会了我勇敢与拼搏。"此后，赵才越一有空便约阿迪打球。

阿迪必须到政府有关部门办理相关手续了。在派出所，民警大哥十分热情地接待了他们，给他们倒水让座，对阿迪的家庭变故深表同情。民警在询问阿迪相关情况时，赵才越就在一旁耐心地兼做翻译。民警一边细致地询问，一边快速地记录下来。"你们中国的警察专业素养很高，在一边询问一边快速记录的情况下，字迹还能写得这么工整。我大学修的就是警察专业，真希望自己以后也能成为这样优秀的警察。"阿迪看着民警工整的字迹，对赵才越说道。

赵才越把阿迪的话翻译给民警听，民警笑着说："小伙子，你在这边有任何困难，都可以随时来找我们，同时也真诚地希望你梦想成真，早日成为一名优秀的警察。"

办事完毕，暮色已经降临，赵才越和阿迪走出派出所，正准备打车回酒店时，刚才的民警拿着车钥匙跑了过来，说道："天快黑了，我送你们回去吧！"这让阿迪和赵才越倍感温暖，满脸欣喜地上了车。阿迪在车上感慨地说："你们中国警察就是有人情味！"几天来的见闻和点点滴滴的温暖，让阿迪悲伤的心情慢慢好起来。

第二天下午，阿迪突然说要去公证处。赵才越都来不及换上自己的衣服，就穿着酒店的制服陪他来到了位于常平的公证处。因为来得晚，等了很久，接近下午五点才轮到他们，为他们办理业务的是公证处的郑小姐，听完赵才越对阿迪的情况说明后，郑小姐表示深深的同情，并表示一定会把阿迪的公证办好。

在办理公证过程中，郑小姐发现阿迪缺少两份菲律宾领事馆的证明，少了这些证明，公证就没法办理。得知这一情况后，阿迪很是失望。就在他们转身打算离开时，郑小姐关切地说："你们大老远赶来不容易，在公证处不远的店铺就有传真机，你们可以让菲律宾驻广州总领事馆先把其中一个重要证明传真过来，另外一个证明后面再补给我就行，我在这儿等你们，争取今天给你们办好。"

赵才越听了很是温暖，他迅速把郑小姐的话翻译给阿迪听，阿迪嘴唇颤动了一下，没说出一句话来，却向着郑小姐深深鞠了一躬，然后拉着赵才越快步走向门外的小店。

阿迪迅速打电话给菲律宾驻广州总领事馆，领事馆那边的工作人员答应会立刻办理。时间一分一秒地过去，等了许久，领事馆的证明还没传真过来。赵才越看了看表，快六点了，公证处要下班了。阿迪守着传真机，赵才越迅速返回公证大厅，把情况向郑小姐做了说明。郑小姐听了，十分善解人意地说道："没关系的，我整理这些资料也需要时间，你们不用着急，慢慢来。"

郑小姐的话让赵才越内心颇为感动，但一转身他又为阿迪能否成功拿到传真文件而感到焦虑不已。

六点半，他们终于拿到了领事馆那边传真过来的证明，这时公证大厅只剩下郑小姐。郑小姐耐心地帮他们办理着手续。全部手续办好时，已是七点，阿迪非常高兴，不停地对郑小姐说着谢谢。因为还需补一份证明，离开时，赵才越加了郑小姐的微信。

回来的路上，阿迪说话的欲望很强烈，变得主动而乐观。他笑着对赵才越说："郑小姐人真好！你刚才加了她的微信，可别只是发个证明给她哦，没事要多和她聊聊天，你们俩都是大好人，如果她没男朋友，我真希望你们能走到一块。"赵才越受到感染，也开心地笑了起来，看着阿迪能主动开他的玩笑，多日来他那颗忐忑的心终于放了下来。

回到酒店，赵才越正准备回宿舍，阿迪却让他在大堂等他几分钟。不久，他拿着一份礼物跑到赵才越面前，用中文深情地喊了他一声："哥哥！"然后将这份蛋糕礼物塞到赵才越手里。赵才越愣了一会儿，忽然被这突如其来的举动感动得眼眶湿润起来。阿迪竟然叫他"哥哥"，而且叫得这么熟练而标准，他想阿迪一定是做了无数遍的练习。

接下来的日子里，他们和菲律宾驻广州总领事馆有了更多的接触。领事馆的工作人员还专程来到樟木头三正半山酒店看望阿迪。阿迪告诉他们："酒店领导和员工视我如家人，对我特别照顾，尤其是Carl（赵才越的英文名）哥哥，不仅陪我外出办理各种证明，还陪我打篮球、散步、聊天，每当我情绪低落时，还耐心地开导我，把我当亲弟弟一样对待。"

领事馆工作人员听了十分感动，握着赵才越的手说："感谢酒店对阿迪的照顾，阿迪能遇到你们真是他的幸运，希望我们以后有机会回报你们的善意，你们

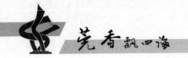

去菲律宾时请别忘了告诉我。"

3月下旬，赵才越陪阿迪多次到位于广州环市东路的菲律宾驻广州总领事馆，去的次数多了，便渐渐和领事馆的工作人员熟悉了起来，每次见面，都像见到老朋友一样，热情地招呼阿迪和赵才越。

利用到广州办事的间隙，赵才越带着阿迪游览了广州塔、沙面等景点。每到一处，阿迪都情不自禁地拍照，激动不已，说要把这些美好经历带回家，分享给自己的亲戚朋友。他告诉赵才越："我在马尼拉有一辆心爱的摩托车，以后哥哥去马尼拉，我要开着我的摩托车去接哥哥，带哥哥走遍马尼拉的每一个角落。"

"以后我一定会去菲律宾，去看我的警察弟弟的。"赵才越爽快地答应着。

聚散皆是缘，离合总关情。4月中旬，所有的手续终于办妥了，阿迪预订了4月18日回马尼拉的机票。夜色深沉，离别前的那晚，他们聊了很久。阿迪说他舅舅也是警察，从小舅舅就是他心目中的大英雄。赵才越叮嘱阿迪，人要有志气，不但要努力考上警察，而且要努力做一名好警察。

第二天一大早，赵才越将阿迪送到机场，不舍地拥抱告别。走出好远了，阿迪回头大声地喊："哥哥，我一定会再回来的！"赵才越使劲地挥着手，眼泪渐渐模糊了视线，"哥哥"这声音一直回荡在他耳边。

五代诗人顾夐有诗云："换我心，为你心，始知相忆深。"转眼一年多过去了，2019年6月初的一天，赵才越忽然收到了一份来自菲律宾驻广州总领事馆的邀请函，邀请函中说："樟木头三正半山酒店和你对阿迪无微不至的照顾，让我们领事馆全体人员非常动容，为回报酒店和你的善意，领事馆特邀你作为樟木头三正半山酒店的代表，于6月12日参加在广州花园酒店举行的菲律宾121周年国庆日招待会。"

招待会现场气氛十分热烈且隆重，菲律宾驻广州总领事Marshall Louis M.Alferez先生亲自迎接赵才越，总领事先生紧紧握着他的手，激动地说："感谢你和你们酒店对阿迪的帮助，我代表菲律宾驻广州总领事馆衷心感谢你们！"招待会在菲中两国庄严的国歌声中拉开帷幕，总领事先生及相关领导先后致辞，之后便是愉快的招待酒会。赵才越和大家敬酒，向他们介绍东莞，介绍中国，欢迎他们做客三正半山酒店。

菲律宾驻广州总领事馆工作人员前来樟木头三正半山酒店看望阿迪（左二）

阳春三春，全国笼罩在疫情的阴云里。阿迪在微信上告诉赵才越，他已通过考核，成了一名警察，由于新冠肺炎疫情告急，他每天都奋战在防控疫情的第一线。他对赵才越说："我要牢记哥哥的嘱咐，努力做一名好警察，帮助更多需要帮助的人，特别是在菲律宾的中国人。"

海内存知己，天涯若比邻。读着阿迪写下的话语，一股暖流缓缓在赵才越心底蔓延开来。

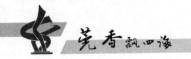

莫家拳师下南洋

刘庆华

20世纪二三十年代，东南亚的华人华侨在祖国战乱不堪的情况下，在异国他乡通过各种途径建立民族情感，架起民族团结的连心桥，支持、参与祖国的革命和建设。其中，有一位来自东莞县丰乐乡石溪村（现东莞市桥头镇石水口村）的"水客"——莫丁贵，他在英国殖民统治的马来西亚，发挥自身优势，以莫家拳为平台，建立一种特殊的民间关系，维护华人利益，树立祖国威望。

所谓"水客"，旧时指贩运货物的行商，即专门从海外押送货物回国的人。从事这一行业的人，必须武艺超群，而且具有高尚的思想品德。莫丁贵便是这样一位在中国与马来西亚之间频繁往来的德艺双馨的"水客"。

莫丁贵，1903年出生，是东莞桥头莫家拳第四代传人。

莫家拳被誉为"广东五大名拳"之一，原称"六度阴阳掌"，它发于防身、立于健身、搏于赛场、习于日常、载于武艺、归于武德，有鲜明的岭南特色和朴实大方的南拳风格，以腿法见称，谓之："一腿胜三拳，手长尺七，脚长三尺，放长攻出，凌空飞踢，拳重百两，脚重千斤力。"徒手套路有74式莫家拳、21式人字张拳、28式白虎拳、39式桥头拳。拳种有黑虎拳、豹拳、箭拳、串花拳、拉长拳、黑虎拳、十字豹拳、箭拳、串花拳、开口拳、下山拳、铁拳、八面拳、回龙拳、五虎拳、六合拳、风虎拳等20多种套拳。莫家拳有歌诀："拳行如虎势，脚踢似龙威。身灵步活力，长短劲俱齐。"

师从莫家拳第三代传人莫亮的莫丁贵，自小习武。他拜师学技时，由于师傅莫亮年事已高，莫家拳未完全传授给莫丁贵，便去世了。授徒这一任务，便落到了莫亮的另一个徒弟，即莫丁贵的师兄莫海身上。由此，师兄莫海成了莫丁贵的"师傅"。

莫家拳传人参加"功夫少年"传统武术会演

在练功或表演中，莫丁贵有着非凡的决心和毅力。家乡石溪村舞狮习俗浓郁，活动丰富多彩，其中就有拳术表演。莫丁贵是拳术表演中不可缺少的人物之一，每当他展示高难度武技时，由于时间过长，体力不支，他就咬着牙齿坚挺，直到表演完毕。用他徒弟，即儿子莫德裕的话说，父亲的这种本性，使他在习武中透支了元气，导致内伤。就因为肯吃苦，莫丁贵的拳技才练到了虎虎生风、出神入化的地步。

石水口舞狮队应邀外出展演，莫家拳是活动的重要节目，也是体现舞狮队最高技艺的标志。为了舞狮队的声誉，在一次拳术表演中，莫丁贵使出虎尾脚，再来一个挂眉脚，在场上腾空而起，博得观众掌声雷鸣。自此，舞狮队每到一处，必邀莫丁贵前往，以壮声威。

尽管如此，拳术高超的莫丁贵每次应邀外出表演时，都非常自谦，自己总是先出队表演，然后让师兄师弟压轴，以示师兄们的功夫比他好。这种虚怀若谷的思想品德，为他的拳师声誉打上了标签，更使他的性格变得刚柔相济，为今后的南洋"水客"生涯埋下了伏笔。

身怀绝技，固守贫穷落后的家乡，这在当时的生存环境中，无疑是对自身能力的扼杀。为了发挥专长，早年在马来西亚和新加坡做"水客"的父亲，觉得该让儿子莫丁贵外出走走，长长见识了。

那时，因家乡生存环境艰苦，许多岭南人远赴南洋打工，有的从事橡胶种植，有的给当地农场主种植菠萝和榴梿等。这些穷苦人民远离祖国来到南洋，因手中钱财不多，几年都不能回家一次，有的人甚至十多年都未回过一次家。他们将辛辛苦苦挣到的工钱积攒下来，请"水客"带回给家人，有的华人还请"水客"捎回菠萝、红毛丹（又名毛荔枝）、榴梿等异国特产给家乡亲人。

从这个意义上来讲，"水客"业务不是一般人能承接的，既要有防止沿途匪盗抢劫的能力，更要有极好的人品，财物托给"水客"才能顺利送达。能取得这些在南洋打工的华人华侨的信任，非一时半会的接触了解，而是一代代的传承，就如莫丁贵的父亲一样，他在南洋以"水客"为业，多年来，靠忠义诚信取得了老乡们的信赖，这才能有生意可揽。

莫丁贵自小品行端正，忠厚老实，加上受莫家拳武德的熏陶，是从事"水客"职业的不二人选。广义上来讲，这也是一种从商之路，因为是商业押运，他自然而然成了"押运公司"的老板。每次他给南洋的华人华侨带回来的财物，都会一件不少地发到家乡亲人的手中。在常平设有一个"财物交货点"，每当从南洋"押货"归来，莫丁贵都会一一通知货主们前来领取，然后再将他们的信件带回南洋，交到华人们的手中。

身为"水客"，既要有勇，又要有谋。"水客"在路上常遇劫匪，如何以一胜十地打败对方，就看"水客"的智谋了。这天，莫丁贵押送财物回来，半路上冲出一股劫匪。莫丁贵知道，如果来硬的，打死了对方的人，就会惹下大麻烦。如果不打，对方就会抢走东西。正在左右为难之际，他发现地上有一只被人扔弃的空酒瓶，连忙捡起来，伸出两个指头对准瓶嘴削下，"咔嚓"一声，瓶颈被削掉一截。对方吓得准备撤退，只有一个牛高马大的家伙不愿走。

莫丁贵将半截酒瓶往空中一抛，又稳稳地接住，再瞄准对方，将锋锐的半截酒瓶朝对方甩去，只听到"啊"的一声，对方捂着耳朵瘫软在地。没过一会儿，对方松开手，为首的人查看了他的耳朵，发现一滴血都没流。他们更加知道，今天遇上了高手，吓得仓皇逃跑。

1942年，日军攻陷马来西亚，地域形势变得更加复杂，来此谋生的华人地位低下，常遭外人欺凌，财物常被抢劫。华人没有尊严，没有底气，更没有依靠，受尽侮辱，任人宰割。弱国无尊严，华人欲哭无泪，欲诉无门。华夏民族，泱泱大国，难道就这样屈膝俯首？莫丁贵痛定思痛，终于想出了给华人传授武艺自卫的办法。

莫家拳武术馆接待部分外国驻广州领事馆人员

他在门前挂上"丁贵国术馆"的牌子，每次趁拿货的空余时间（拿货时，要在当地等待半个月左右），向自愿前来习武的华人免费传授莫家拳。同时，教导华人团结起来，如有谁来欺负，由他带队，集体行动，如果文不能解决问题，就用拳头说话。而且，他向当地州府递交维护华人利益的申请，提出安全保护要求。由于华人组织有力，理由正当，州府秘书处负责人扎卡里亚不敢轻视，连忙向州长汇报情况。

州长派人调查后，派一名官员带着几名荷枪实弹的警察在扎卡里亚的陪同下，来到"丁贵国术馆"。州官命令警察取下牌匾，莫丁贵张开双臂拦阻。州官说："在我们国家，除了日本皇军可以开办武馆，其他任何国家的人都不能挂牌！"

莫丁贵攥紧拳头说："我乃堂堂华夏子孙，在此授徒自卫，谁若阻拦，我的拳头就对他不客气！"

扎卡里亚劝莫丁贵不要跟官府对抗，否则不会有好结果的。莫丁贵指着牌匾说："乡亲们在期待我，老祖宗也在看着我。你知道我们中国有句话叫'士可杀不可辱'吗？"

扎卡里亚无言对答。见此，州官诡秘一笑，向警察头目挥了一下手。头目脱下手套，十根指头捏得"咔咔"作响。

莫丁贵知道，来者不善，善者不来。他不敢丝毫轻敌，默默气运丹田，腹内"咕噜"作响。这一气功，是他多年来练就的绝招，即便遇到硬物撞击，也能以柔克刚。

警察头目挥拳出击，莫丁贵侧身一闪；对方飞腿横扫，莫丁贵矮子扛桩；对方翻天印掌，莫丁贵顺手牵羊……打了十多个回合后，莫丁贵看出了对方的破绽，觉得不过是一介纸老虎。于是，他使出莫家拳中的"飞天踢腿"，一脚将对方踢倒在几丈远的土坑边。

一名在旁边观战的警员立马捡起地上的一根木棒，悄然朝莫丁贵背后劈去。只听到"啪"的一声，木棒打在莫丁贵的后背上，顿时断成两截，警员弹倒在地，而莫丁贵巍然未动。见此，另一名警员连忙举枪，说时迟、那时快，莫丁贵使出一招扫堂腿，将对方连人带枪扫进了旁边的水塘里。其他警员见势不妙，拔腿欲逃，被冲过来的几十个莫家拳弟子团团围住。

扎卡里亚怕事情闹大，连忙劝莫丁贵让徒弟们手下留情，有事好商量，并劝慰州官当面向莫丁贵表态。

州官知道，眼前这个华人非凡夫俗子，仅几招功夫就把3名警员打倒在地，而且他身边还有几十个徒弟，如果再来硬的，己方定然吃亏。他向莫丁贵竖起大拇指，夸赞中国武术高强，并当众承诺，保证华人享有当地人同等的人权，受到法律保护。州官走的时候，特意交代扎卡里亚，以后请莫丁贵给他们南洋人传授武术。

从此，外人再也不敢歧视这一地区的华人华侨，也没人胆敢前来抢劫财物。前来丁贵国术馆学武的华人和当地人不断增加，习武练功蔚然成风。

日军投降后，扎卡里亚受州府委托，邀请莫丁贵在当地一些体校和民间传授莫家拳。随着人们生活秩序的理顺，各种民俗风情活动和文艺会演逐渐恢复，看到了中国武术的高超和神奇魅力后，当地政府及民间组织，也纷纷邀请莫丁贵带队参加。莫丁贵的弟子中，既有华人，也有土著。表演时，徒弟们不分彼此，密切合作，展现了两国人民和谐相处的融洽关系，无形也为广大观众献上了一堂堂生动有趣的公共关系教育课。同时，更树立了华人华侨在土著心中的威望，提高了华人的地位。

莫丁贵是第一个把莫家拳传到国外的拳师，他借此平台，与当地政府建立了良好的友好关系，打通了沟通与交流的渠道。他的国术馆更充当了当时动荡年代的地方"使馆"，为华人华侨解决了许多工作与生活上的问题。

莫丁贵传授武术，不仅不收徒弟们一分钱，而且还引导他们如何从商，摆脱贫困。后来，有许多弟子走上了经商之路，有的甚至发了财，成了南洋富翁，为祖国的革命与建设捐款捐物。更让人景仰的是他凭借莫家拳国术，与南洋社会各界建立了友好关系，奠定了华人华侨在东南亚发展与合作的基础。

由于长年累月在外奔波，莫丁贵积劳成疾，再加上年轻时期练功受了内伤，在1953年去世，年仅50岁。

莫家拳传人进行传统武术汇报表演

自小跟随父亲莫丁贵习武的第五代莫家拳传人莫德裕，在父亲去世后，为了将国术事业发扬光大，遵从父亲"强身健体、防身自卫、建立关系"的习武理念，从南洋来到香港，与同宗师兄莫炳扬先后在九龙上水、沙田开办了2家莫家拳国术馆，并成立了莫家拳国术总会，弟子遍布香港。他俩以武会友、以馆交流，经常组织弟子们参加一些公务社团活动，广交社会各界朋友，为维护当时极其复

杂的香港治安环境起到了积极的作用。

　　随着国家对非物质文化遗产保护的重视，莫家拳发源地的东莞桥头，也开办了莫家拳武术馆，并于2008年邀请莫德裕回乡授徒。不久，桥头镇各中、小学校纷纷开设莫家拳课程，邀请莫德裕授课。至今，莫家拳在东莞各中、小学校遍地开花。

你是候鸟，也是我的兄弟

余悦妍

他爱候鸟。

如果爱能打分，他对候鸟的爱是100分！

他是谁？

他叫黄大伟，是新加坡东莞商会副主席、新加坡寰丰国际营销私人有限公司执行董事。

他为什么这么喜欢鸟类？

哈哈，这里的"候鸟"指的当然是外国的朋友啦！

有一次，黄大伟接待了一位来东莞找商机的外国朋友。

那位外国朋友刚到东莞时，看着川流不息的街道，立马眼花缭乱，完全没有头绪，连东南西北都分不清。

黄大伟想：所谓接待，就是保驾护航，帮助外国朋友落地东莞，落地中国。

他决定一步步来。先请对方吃饭，给他接风洗尘。接风饭的菜肴，黄大伟尽量点了那些口味淡一些，没有麻辣，没有刺激的菜品：鱼头豆腐汤、四喜丸子、韭菜鸡蛋饼、塘厦碌鹅、北京烤鸭，外加几份甜品：莲子百合汤、绿豆薏米粥，以及三个凉菜：凉拌海带丝、凉拌豆腐、水果沙拉。那位外国朋友才看一眼，就一脸惊喜："哇！中国菜，真好看！"

黄大伟笑着说："您尝尝味道，看看是否合您口味。"

外国朋友面前放着黄大伟特意为他准备的刀、叉子、汤匙和筷子。对方用不很熟练的汉语和黄大伟一边交谈，一边饶有兴趣地品尝中国菜。他不时地竖起大拇指："中国菜，好吃！太好吃啦！谢谢您，密斯特黄！"

225

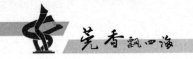

黄大伟也笑了："您喜欢吃就好！"接着，他和外国朋友聊起了一些中国特色菜的典故。

外国朋友吃得高兴，聊得也高兴，旅途后的疲乏不知不觉全都消失了。一顿饭未完，二人就俨然成了一对交往多年的好朋友。

常言道：台上三分钟，台下十年功。为了做好接待工作，树立好第一印象，黄大伟经常在书刊与网络上收集整理有关中国民俗、人文、菜系等各方面的常识资料。

吃四喜丸子时，黄大伟问那位外国朋友："您也许知道这道菜的典故吧？"

"哦？"外国朋友很好奇，"难道这道菜还有什么典故吗？"

"当然有！"黄大伟如数家珍般娓娓道来：

话说唐朝时，有一年，张九龄参加朝廷的开科考试，结果受到皇帝赏识并招为驸马。然而那时恰逢张九龄的家乡遭遇水灾，与父母断了音信。直到大婚那天，张九龄刚好得到父母的下落，马上派人把父母接到京城居住。张九龄觉得喜上加喜，便让府上的厨师制作一道吉祥喜庆的菜肴，于是厨师就烹饪了这道四喜丸子。

当时的名字叫"四圆之喜"。当厨师报上这个菜名的时候，张九龄的脸上写满了不解。聪明的厨师忙近前答道："此菜名为'四圆之喜'。一喜，老爷头榜题名；二喜，奉旨完婚；三喜，前程似锦；四喜，阖家团圆。"

张九龄听了哈哈大笑，连连称赞，说："'四圆'不如'四喜'响亮好听，干脆叫它'四喜丸子'吧！"从那以后，每逢有结婚、寿诞等重大喜庆之事，宴席上必备此菜。

外国朋友听完这个典故，高兴地握住了黄大伟的双手："希望我们的合作也是四喜！"

"四喜？好，必须四喜！"黄大伟高兴地笑了。

愉快的接风饭结束后，黄大伟帮外国朋友订好酒店的房间，并嘱咐他好好休息一下。

第二天，黄大伟驱车来到外国朋友入住的酒店，陪同他去东城看的房子。外国朋友对黄大伟的接待很满意。

接着，黄大伟带外国朋友去物色租住的房子。住的房子必须环境好，住得舒心，才能心情好，有利于工作。所以，黄大伟不怕麻烦，一连带外国朋友看了3个小区。

他们来到第一个小区。小区里一幢幢浅灰色住宅楼掩映在绿树葱茏中，不时有不知名的鸟儿"啾啾啾"鸣唱着，增添了一份优雅与宁静。

"这里环境怎么样？"黄大伟微笑着问外国朋友。

"Very good！"对方高兴地竖起大拇指。

黄大伟说："不急，再观察一下。"

二人在小区一边散步，一边聊天。黄大伟仔细地观察着小区周边的环境。不远处有一条清澈的小河，在这一带显得很静谧。

黄大伟说："这里虽然很安静，适合居住，但是离闹市区远了点儿，有点偏僻，购物或者办什么事，可能不是很方便。而且还离我们的工厂比较远，上班不是很方便。您觉得呢？"

外国朋友略一思忖，连忙点头："您说的对，我怎么没想到这两点呢？"

随后他们来到了第二个小区。这个小区处在闹市区，离工厂较近。他们走到小区门口时，看到不远处有一个菜市场。由于正是上午买卖高峰期，菜市场里熙熙攘攘的。二人相视一笑，无奈地摇了摇头。

第三个小区处于闹市区边缘地带。左边一个植物园，右边一个图书馆，可谓闹中取静。小区花木葱葱郁郁，浅黄色的楼群沐浴在晨曦中。虽然没有假山、喷泉、亭台，但是却有一股子回归本真、旧时光的生活气息。

外国朋友慢慢欣赏着小区的一草一木，黄大伟的眼里也洋溢着笑意。二人又是相视一笑，像多年的朋友一样击掌达成协议：就在这里安营扎寨了！

黄大伟给外国朋友安排好了住宿，然后叮嘱他好好休息一天，第二天再去上班。

第三天，黄大伟开车来接外国朋友，然后在工厂里给他安排了一个办公室。办公室里窗明几净，办公用品一应俱全。旁边的休息区内，有一套沙发，小书架上几本英汉双语杂志，茶几上，一盆绿萝散发着勃勃生机，宛如在欢迎新朋友。

外国朋友一脸笑意，很满意这里的工作环境。他们坐在沙发上品茶。不过黄

大伟喝的是绿茶，外国朋友喝的是咖啡。虽然喝的饮品不一样，但是彼此之间的心意是相通的。

黄大伟在聊天的过程中，向外国朋友讲述了公司现今的运营状况及相关制度等。谈话很轻松、惬意。他又带着外国朋友到各个部门、车间去看了一遍。

外国朋友正式上班后，每天黄大伟就和他一起去大岭山上班，然后一块儿回东城。

在黄大伟耐心、温暖的关照下，外国朋友慢慢熟悉了东莞这个城市，慢慢有了头绪，也慢慢适应了在中国的生活，而且他的汉语水平也有了很大的提升。

他们去餐馆里吃饭时，外国朋友能熟练地点菜，并且能谈论菜的特色和优缺点，俨然成了一名地地道道的美食家。

节假日，黄大伟组织工厂员工一起去东莞的旅游景点。那位外国朋友竟然给工人们当起了导游，地形地貌讲得相当全面，历史典故讲得更是头头是道。虽然在解说中有些词汇用得不是十分妥帖，但是那份语气与神情，俨然就是一个"中国导游"！于是，他赢得了工人们热烈的掌声，黄大伟也竖起大拇指点赞。

黄大伟点了点头，发自内心地笑了。

有人问黄大伟为什么能很好地处理涉外人际关系。

他笑着说："其实就是中国人常讲的一句话：有朋自远方来，不亦乐乎？一个老外，初来乍到，一定有许多的文化冲击。"

他又用了一个比较形象的比喻：自己就像在照顾候鸟。候鸟能飞，但是它在不同的环境下需要不同的生存要素，在新的栖息地需要特别保护。

是的，外国朋友来到中国，就像一只候鸟刚飞到栖息地一样。他们也需要呵护和帮助，以更好地适应新的环境。黄大伟就是像呵护候鸟一样呵护外国朋友，事无巨细，悉心指引。即使有很多文化冲击，也能在黄大伟无微不至的呵护中慢慢适应和接受。

黄大伟又说："主要就是用心做人做事做生意。每天都要和外国人打交道，但不能是冷冰冰地报价格，或是例行公事般地来接待执行也不行。"

的确，涉外工作说难也不难，说简单也不简单。两个字：用心！无论做人做事做生意，都要用心，要设身处地为对方着想，急别人所急。还要有温度、有温情，让对方感觉到春天般的温暖。

最后，黄大伟说："涉外工作不管是小生意，还是上升到国家大事，都是一个心态——海纳百川，四海之内皆兄弟。"

说得真好！涉外工作无论是小生意还是上升到国家大事，都应该认真对待。我们的态度，我们的一言一行，都折射着我们国家的形象。维护国家形象，是我们每一个人责无旁贷的职责与义务。

点赞黄大伟先生！

地球是一个村庄，世界各国人民都是村庄里的兄弟姐妹。爱护飞翔的候鸟，爱护我们的兄弟姐妹，地球村才会变得更加美丽温馨。

有首歌唱道：勇敢的候鸟往南飞/跨过千山的重围/天空再黑有你伴随/也会从容地面对。

而这，不正是黄大伟先生的写照吗?

你是候鸟，更是我的兄弟……

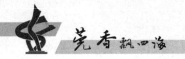

人生路上，紧跟偶像的步伐

陈锡明

　　伟大时代呼唤伟大精神，崇高事业需要榜样引领。世上总有一类人，每每听到他们的事迹都能让人触动不已，感慨万千。他们或时代先锋，或国家脊梁，或普通士兵，或平民百姓，他们都有一颗忠于祖国、甘于奉献、爱岗敬业的心，所以他们就是这个时代的偶像！

嘉扬电子有限公司

　　早晨，太阳徐徐升起，长安镇第一工业区的员工们怀着愉快的心情，走过花草树木环绕的林荫小道去上班，转弯进入停车场，就会看见嘉扬电子有限公司大门，边上种满绿油油的花草，装饰环境，厂房楼顶的五星红旗迎风飘扬，似乎在欢迎员工们准时工作。在嘉扬电子有限公司员工们的心中，就有这样一位偶像——张副总经理。

嘉扬电子有限公司是外资企业，专门生产"ENERGEAR"牌手机充电器，充电速度明显比同类产品快，使用寿命比同类产品长一倍以上，产品取得多国安全认证，备受客户欢迎，远销美国、欧洲、日本、澳大利亚等地。

在嘉扬电子有限公司，员工们提起英俊潇洒且才华横溢的台湾老板张副总经理，几乎异口同声地称赞！他高大挺拔，浓黑的头发，职业经理人的气质，办事干练，讲究工作效率。张副总经理每天一上班就打开电脑，处理电子邮件，签署各部门的文件，做事有条不紊。他孜孜不倦地工作，每当工作需要时，他出差外地还在解决业务上的问题；有时订单增加，车间忙不过来，他自己去车间生产线帮忙生产；甚至周末都加班工作，使公司各方面的工作问题圆满解决，保障企业顺利向前发展。

张副总经理为人亲切热情，时常请管理人员到他的办公室，边品尝台湾高山茶，边谈工作和人生。既学习了管理的知识，促进工作，又学习了人生的知识，提升大家的思想境界。印象深刻的是有一次他请管理人员品尝一壶台湾高山茶，讲到人生的意义，他说："做人，活在世上，首先要安心立命，令自己身心健康，然后处理好与家人、同事、朋友的和谐关系，使自己的工作和生活都优秀；尽自己所能，帮助周围的人，互相学习，共同进步；最后回馈社会，遵纪守法，多做公益，为社会和国家贡献力量。从个人、集体、社会、国家的角度诠释工作和生活，实践自己人生最大的意义。"管理人员听完张副总经理的讲话，就如醍醐灌顶，震撼人生观。管理人员说："你讲得有道理，我会认真做好各方面的工作。"他像老师教导学生一样，循循善诱地指导管理人员的工作。在工作的过程中，管理人员做得好的地方，张副总经理及时表扬，管理人员做得不对的地方，他也严厉批评。每一次和张副总经理饮茶，都令管理人员学习了新的知识，增广见闻，受益匪浅。张副总经理还非常关心管理人员的健康，经常送管理人员台湾高山茶叶和自己种植的有机蔬菜，和管理人员分享自己的生活乐趣。

员工们庆幸自己认识了张副总经理，他关心员工，帮助员工，是员工的良师益友，更是员工的偶像。在日常工作和生活中，员工们以张副总经理为榜样，努力地做好各方面的工作。员工们依时上下班，对待工作认真负责，与同事友好相

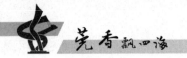

处，为企业排忧解难。

有一次，有员工生急病，张副总经理立即派管理人员驾驶自己的小汽车，送员工去医院治疗。有员工受了伤，张副总经理指定专人协助员工办理治疗和申报社保工伤的手续，并关心他的身体健康，这名员工多次表示感谢。

张副总经理非常重视企业的安全生产工作，要求厂长和安全员、电工，每周都要全面检查企业的安全生产工作，并记录存档。一年搞两次消防演习，时常召开安全生产会议，为企业保驾护航。

张副总经理还非常关心员工的业余生活，批准管理课组建企业的舞蹈队和摄影社，业余时间组织员工跳舞和学习摄影知识。利用节假日的时间，组织员工们去长安公园和果园，进行摄影和郊游的活动，加深员工之间的友谊，和谐劳资关系。他还指定专人将本公司的工作和好人好事，及时给《长安集团快讯》投稿并报道，以提升企业的形象。

张副总经理除了做好企业管理的工作外，还努力拓展外贸业务，每天询问业务课的工作进展，并悉心指导业务员业务工作。记得2019年六月底，我们公司接待来考察的美国客商汤姆先生，我们做好了各项准备工作，但是汤姆仍然顾虑公司产品的质量，张副总经理在会议室通过视频和翻译员，向汤姆先生详细介绍产品的专利和性能，回答汤姆先生一系列的问题，并且带汤姆先生参观公司的生产车间和办公室，解除汤姆先生的顾虑，且同意下订单了。为了表示庆贺，张副总经理亲自泡台湾高山茶招待汤姆先生，并请他品尝东莞特产的糯米糍荔枝和桂味荔枝。汤姆先生第一次品尝东莞荔枝，感觉鲜美，赞不绝口，张副总经理诗兴大发，吟诵苏东坡的名诗："日啖荔枝三百颗，不辞长作岭南人。"当翻译员把这句名诗翻译给汤姆先生听时，汤姆先生听后哈哈大笑，幽默地说："我很喜欢吃荔枝，可以留下来作岭南人吗？"张副总经理握着汤姆先生的手说："欢迎，非常欢迎。"大家畅所欲言，相谈甚欢，不知不觉到了吃饭的时间，张副总经理开小汽车载着汤姆先生去品尝东莞的农家菜，吃荔枝柴烧鹅、麻虾煎肉饼、香蒸胡须鸡等名菜，大快朵颐，汤姆先生很高兴，并热情邀请张副总经理去美国参观旅游，品尝美国的名菜。张副总经理愉快地接受邀请，同时邀请汤姆先生明年六月底，再来东莞吃荔枝和美味农家菜。汤姆先生频频点头，和张副总经理，举杯共庆，结下深厚的友谊。

2019年参加香港秋季电子展览会，张副总经理制定营销方案，并亲自带领三个业务员去香港参加秋季电子展览会，大家同心协力，废寝忘食，且热情洋溢地招待来自世界各地的客商，接到了超过预期的订单。

令员工们难忘的是2019年的十月份，公司接获大订单，招工又困难，怎么办？张副总经理带领办公室的干部和文员，去生产车间帮忙，还组织员工们开展劳动竞赛。陈厂长不小心被包装盒的硬纸片刮伤手指，用创可贴包扎手指后，便继续工作了，张副总经理看见他的手指被包扎了，问他："手指怎么回事？"他说："手指不小心被硬纸片刮伤了。"张副总经理关心地说："你去休息一下吧。"陈厂长说："小问题，不用休息。"说完继续工作，轻伤不下火线，和员工们一起努力工作，终于依时完成生产任务。

近来，由于受到美国和欧洲疫情的影响，企业订单大为减少，出现严重亏本的情况。张副总经理用理性客观的心态对待，沉着淡定，力挽狂澜，开源节流。他召开公司干部紧急会议，心情沉重地说："由于受到全球疫情的影响，本公司订单大幅减少，大家要冷静对待，认真地做好自己的本职工作。陈厂长联系房东退租部分厂房；管理课按照劳动法裁减部分员工；业务课联系北京的外贸公司，搭上'一带一路'的外贸快车；我安排台湾总公司有关人员积极开展电子商务；刘经理通过东莞信用担保有限公司，帮助联系印度的客商；要求管理课和业务课协助联系国内销售的客商。"张副总经理运筹帷幄，积极应对并采取各方面的措施，大家想方设法通过多种途径，拓展业务，渡过难关。

虽然现在疫情未过去，但公司上下同心，丝毫不会动摇公司的战略和长远目标，更不会减弱我们对公司未来的信心。因为我们公司的产品科技领先，质量一流，我们对未来的发展更是充满信心。

员工们身边有张副总经理这样的偶像，引领着大家坚定前行！他是员工们人生路上的老师，也是员工们的偶像。令员工们深刻领悟人生，明白人生幸福的哲理：珍惜，宽容，感恩。珍惜：在全中国近14亿的人口中，大家有缘相遇结识是一种缘分，有今生，不一定有来世。宽容：圣人也有错，何况我们是凡人呢？人无百分之百完美，所以我们要互相理解和包容，学会释怀。感恩：我们能平安地

生活在这个国家，应该感恩国家，是国家创造了这个和谐的社会，令我们幸福地生活，还有感恩同事、家人、亲戚、朋友、老师、同学等的帮助。社会和谐，共同进步，为社会和国家做出自己的贡献，实践自己人生的意义。

功夫不负有心人，受员工们的一致推举，陈厂长荣获企业颁发的"敬岗爱业奖"，以及长盛社区善行义举榜的"敬业爱岗模范奖"，并参与长安镇好人榜的选举。陈厂长还积极参加长安镇政府有关部门组织的各种征文比赛，多次获奖。陈厂长取得的优秀成绩，一半的功劳归功于张副总经理。这正是陈厂长紧跟偶像张副总经理的步伐，以张副总经理为榜样，从而取得了优秀的成绩的原因。张副总经理就像种在员工们心里的玉兰花，那芳香滋润了员工们的心田，那芳香香飘四季，很悠长很悠长。

日本专家爱上了东莞

黄世平

身穿天蓝色骑行服，头戴红白相间骑行头盔，一副黑色变光骑行眼镜，裹着蓝色魔术头巾，矫健的身躯骑一辆轻便碳纤维自行车在山野间驰骋，这就是公司的日本顾问井上先生周末的活动。

井上在东莞绿道骑行

井上先生是一位机械设备专家，我们公司的生产线都是从日本进口的，全是精密的全自动高科技设备，日本厂家同时安排了包括井上先生在内的几个日本工程技术人员到我们公司专门负责设备的日常调试维护。

公司所在的地方是东莞大岭山镇的一个上规模的智能化工业区，工业区就是

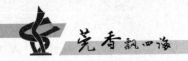

个小社会，工作和生活设施配套齐全，人员的吃、穿、住、用、医都足不出户便能享受到便捷优质的服务。

井上先生等几个日本人刚来公司时，不太愿意与我们接触，出出入入，都是他们几个日本人一起。但每次见面时我们都会主动和他们打招呼，一段时间后，我们便熟络起来。

喜欢中国美食

工业区有一条美食街，装修风格一致，有蒸包子的、炸油条的、烙饼的、拌面泡粉的、卤凉拌菜的、涮麻辣烫的小吃店一家挨着一家，基本上囊括了全国各地的饮食品种和特色。林林总总的店铺中，有一家兰州拉面馆很有特色，生意很红火，我特意邀上井上先生去尝一尝。

记得第一次去到店里，井上先生就被拉面师傅的那手溜条和拉面的绝活吸引住了。膀大腰圆的师傅将和好的面团搓成长条，放在店门口的面板上，两手抓住两端，在面板上用力摔打。面团拉长后，两端对折，继续抓住两端摔打，如此需反复若干次。拉面时手握面条两端，两臂用力加速向外抻拉，抻拉速度要快，用力要均匀，既是技术活，又是累人的力气活。师傅拉出的面条细如丝，粗细均匀，柔韧绵长，且不断裂。观看师傅拉面就如同欣赏高难度的杂技表演，井上先生目不转睛看了许久，露出惊讶的神色，竖起大拇指，不住点头称赞。

井上先生最喜欢吃的是牛肉拉面，连面带汤满满一大青花瓷盆，热气腾腾，红亮的辣椒油牛肉老汤，褐色的大片酥香牛肉，搁着翠绿的香菜和蒜苗，红绿相衬，光看着就勾人食欲。吃起来汤汁鲜美，面条筋柔，牛肉酥香，令人大快朵颐。井上先生辣得一边张着嘴使劲哈气，一边掏出手帕擦满头的大汗，还翘起大拇指连称过瘾，连连拍照发微信给家人和朋友。

以后只要有空，我就叫上井上先生一起到拉面馆"爽"上一回，成了该店忠实的回头客。时间一久，只要井上先生一到，师傅都不用再问口味和佐料，默契地直接做好给他端上桌就可以了。如果加班叫外卖，井上先生也是叫兰州拉面。倘若有客人来，他带客人首先要品尝的就是这家店的拉面，和观看师傅拉面的绝活。

除了喜欢吃兰州拉面，逢到节假日，井上先生也经常与我们一起到露天消夜档喝酒聊天，吃香辣小龙虾、香辣牛蛙、石锅鱼、纸包鱼、手撕鸡、猪肚鸡……一样的光着膀子，划拳擦掌，大声欢笑，享受美食入口的欢快。

叹服神奇中医

井上先生对生活在东莞的吃、穿、住各方面都很习惯和满意，唯独看病，他不太信任中国的医院和医生，虽然工业区有社康中心，他也从不愿去那里看病。每次回国，都会从日本带来许多药品，身体有不舒服就吃自己准备的药，碰上严重一点的病宁愿回日本治疗。对于他的偏见，我一时之间也找不出足够的理由说服他。

有一天早上，井上先生没有像往常一样按时来上班，他打电话给我，说突然腰痛得起不了床。我急忙叫了社康中心的医生一道去到他的住地，看到他躺在床上连翻身都翻不了。医生初步检查，判断是腰椎间盘突出症急性发作，建议去社康中心进行中医理疗。事已至此，井上先生也只好配合，但他强调绝不输液打针。社康中心的医生精心地给他进行了针灸、牵引、推拿、拔罐、中药热敷、中药熏蒸等一系列的中医康复治疗。一个星期后，既没有打针，也没有吃药，井上先生的身体就恢复了，重新回到了工作岗位。事实面前，他对着医生和护士竖起了大拇指说："中医，好样的！"

后来他回日本又进行了检查，确实是腰椎间盘突出症。回来以后，井上先生把以前从日本带来的药都悄悄地扔掉了，身体有不舒服都会去社康中心就医。他还特别了解了中医理疗，知道中医理疗安全无副作用，可以通经活络，化瘀止痛，每年冬夏还主动去社康中心贴三伏贴和三九贴，做到未病先防，他的腰病也没有再复发过。

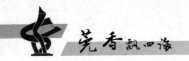

盛赞东莞美

东莞是国家森林城市，山清水秀，植被丰茂，树木葱茏，风光秀丽。境内绿道悠长，森林公园众多，吸引着各地的游客前来游山玩水，参与爬山、徒步、骑行等户外运动。井上先生非常喜欢东莞优美的环境，他特意买了一辆山地自行车，周末全副武装去各处的绿道和公园骑行，足迹基本遍及了松山湖、大岭山森林公园、水濂山森林公园、观音山森林公园、大屏嶂森林公园等东莞各处的公园和绿道。骑行的时候，井上先生还会随手拍下所到之处的美景分享到微信朋友圈。在他的镜头下，重峦叠嶂，林海苍翠，峡谷幽深，碧波荡漾，都是一幅幅动人的山水美景画。看花开花落，闻空气清新，听流水潺潺，井上先生远离城市的纷繁，徜徉于山野间放松自我，找到了都市生活中不曾有的欢乐。他还拍摄了好多野生动植物的照片，其中，我印象最深的是松鼠觅食的照片：树上几只小松鼠拖着毛茸茸的长尾巴，圆溜溜的眼睛环视四周，灵活地一下子从树上蹿下来爬到地上，把游人丢弃的面包迅速地叼起来，又飞快地爬到另外一棵树上去了。井上先生一边用手机拍个不停，一边说："东莞，太美了！在日本的公园里都没有看到过这么可爱的动物，想不到却在东莞的野外邂逅了。"

受井上先生的影响，公司有好几个同事也加入到了他的队伍，外国人领着中国人去骑行中国绿道和郊野公园，这件事一度成为公司的新鲜事。

每年夏天，井上先生的太太和两个女儿都会来东莞度假。井上先生总会抽空带她们去各处景点游玩，感受中国悠久灿烂的历史文化，享受拥抱东莞大自然的美好时光。

享受中国的生活

井上先生40多岁了，在公司工作也配备了翻译，但他还是自我要求学习汉语，他学习汉语的努力和执着让我们非常钦佩。开始学的时候，他就不放过任何机会从最简单的字词开始读写，放弃中午的休息时间跟我们进行简单的对话，口袋里总是放着一个小本子，听到生僻的字或话语他会问清楚，然后记下来，再反复练习。功夫不负有心人，井上先生的汉语水平提升得很快，没有多久工作生活方面一般的沟通都不成问题了，都不要翻译人员了。

在工作上，井上先生认真敬业，所负责的设备都处于良好的运行状态，生产出来的产品成品率很高，获得了客户的高度认可。对于设备维修调试的专业知识，井上先生也是毫不保留地传授给中国的技术人员，让他们尽快掌握核心技术。

生活中，井上先生平易近人，讲究礼节，入乡随俗，碰到中国朋友有结婚、生小孩之类的喜事请客，井上先生也一定会道喜，而且还学会了封红包。

2020年春节中国新冠肺炎疫情肆虐的时候，井上先生和他的同事自发捐款，当作公司的防疫资金。在日本发生新冠肺炎疫情的时候，公司委托井上先生向他的家乡日本静冈县转交一批捐赠的口罩和消毒物品，捐赠仪式上，井上先生泪流满面，深深三鞠躬以表示感谢。

井上先生目睹中国的发展和变化，他总是由衷地赞叹，并将工作生活情况介绍给家人和日本的朋友，告诉他们自己居住在东莞这个城市非常开心快乐。回日本探亲的时候，他会带回去荔枝、龙眼、荔枝柴烧鹅等东莞的特产。从日本回来，也会带一些茶杯垫、陶俑、相框等具有日本民族特色的工艺品给我们做礼物。

现在，井上先生已经在东莞生活四年多了，他说中国话，吃中国菜，使用人民币，用中国的电话号码，使用微信和抖音，活脱脱是一个中国通了。他经常在微信视频中与日本亲人、朋友说："我爱中国的生活！"

天下何人不识君

张和平

如火如荼的全球化现代工业的大浪中，有位排头兵企业，其强劲的发展势头，高效巨量的产能，高品质的口碑，引起了世界最著名的经济学家赫尔曼·西蒙的关注。他在专著里赞赏东莞市石排镇的精丽制造有限公司是"隐形的冠军"。

意思是精丽制造和流通在世界的一线高端名牌产品是如影随形的，是不被显现的名牌。

无论您漫步在世界五大洲哪个都市的奢侈品或品牌卖场专柜，触目所及精丽的身影无处不在。精丽更为世界卖场上的名优产品量身打造"嫁衣"。因为，深具设计感、高品位、高质量、独特个性的世界级品牌，无不需要有与之相匹配的包装。

20世纪末，我有幸进入了东莞这个珠三角制造业之城。也许是命运的安排，我应聘进东莞石排镇精丽制罐有限公司做跟单员，这次履职经历让我见证了一个民企的蜕变传奇：精丽由小到大，由弱至强，最终成了全球第一大马口铁盒制造企业。

全球第一是什么概念？就是产量在全球同行业市场份额占有率得在三分之一以上。精丽至今为世界提供的包装铁盒延展开来，完全可以将地球赤道绕上十几圈。

精丽已经在世界最发达国家如瑞士、美国、英国都有了分公司。分公司里多聘请的是世界各地的外籍人士做全球销售与研发设计，无疑精丽已然成了全球化很高的企业。精丽在中国多地有了她众多姐妹工厂，如：四川、湖北、湖南等省份。全世界的名牌商家只要想着要将自己的产品打扮得漂亮点，首先想到的就是这个包装天下名品的精丽。比如：可口可乐、绿箭、万宝路……

今天只要飞机、轮船、汽车、巴士能到的地方，你都可以看到精丽的产品，真正是"天下何人不识君"；只要是能说得上牌子的糖、烟、酒、化妆品你就可以看到那让人眼前一亮的精美又俏丽的包装，三个里面就有一个是出自精丽公司。精丽可谓是"罐装天下名品，五湖四海扬眉"。

精丽的铁罐产品每天都在世界各地一线一流购物中心出售。好马配好鞍，只有一线的品牌产品才配得上精丽这件中国华衣锦服。可以这样说吧，只要是世界知名日用品的品牌包装，她都会一展风情，让您忍不住掏腰包，当然现在有微信支付，但也得掏啊，是不是？对，精丽是她的名字，是精于质、慧内秀中之意。精致而美丽，于她的使命，也算是实至名归。

世间事，岂有轻易成功之事，不经一番寒彻骨，怎得梅花扑鼻香？精丽制罐有限公司出生于1999年。说起她的出身，可能有些寒微，不足道。因为当时她很弱小，像初生的孩子。一间简易工厂，只有十几个工人。也只是接单做点来料加工，基本上是手工。

王炳效先生是精丽这个世界最大马口铁盒制造企业的掌门人。王炳效先生就是东莞石排当地人，华南理工大学毕业。起初在政府工作，不甘心每月拿那1000多元的工资，加之当时家庭经济困难，于是他毅然辞职下海经商。

创业之初王炳效租了个不大的民宅，接别人的外发单手工制作铁罐。他头脑灵活，凭着灵敏的商业嗅觉，很快甄别出哪些是长期单，就全力抓住那些有发展的单做，做得又好又快，有时哪怕是加班到半夜，倒贴点钱，也要按时出货。终于赢得客户信赖，他们都乐意将国外大单给王炳效生产。

精丽何以在不到21年发展到这般强大，在制造马口铁盒行业占尽风光，一夺桂冠的呢？这就不能不说道说道她的创始人王炳效先生。

1999年那个夏天，当时这精丽的未来主人有个合伙人。要买一套设备，合伙人坚持要买便宜的，这样可以减少成本，多赚钱。精丽未来的主人坚持要买最好的。合伙人说没必要，那得花大笔钱，再说只要能完成客户交的单就行，你买好

的设备，客户又不知道，也不一定领你的情。精丽未来的老板说那不行，人家不知，我们知。我们要做最好的给客户，这样才能做下去。

最后谁也不让步，那合伙人只好与精丽未来的老板分道扬镳了事。最后扔下一句话：你真是个傻子！也正是主人得了"傻子"的称号，精丽才得以横空出世。

还真的要感谢那个合伙人，不然精丽这个铁罐全球小姐如何能"投世人间"？

21个春秋，如今她出落成了世界名媛，自然不可同日而语了。今天的精丽制罐有限公司，已成为全球最大的马口铁盒制造企业。

如果您愿意的话，我可以带您去美丽的东江之滨的石排镇，结识这位誉满全球的制铁盒佳丽。

制造品质一流的产品，设备不能落后，精丽采用的是日本富士全自动智能铁印刷机。全球只有六台，中国有四台，四台都为精丽所有。这套设备十分昂贵，一台就要1000多万元。看来她的主人真舍得下血本在装备上。

三年前精丽得了个全球性大奖，铁罐设计大奖。是世界第一线品牌芝华仕酒的包装铁盒。

当时，这个单出来，没有哪个公司敢接，因为难度大，一是铁塑结合，会造成结合点缝隙。二是这个包装罐开口很大，有两个变形的大椭圆形占全罐的二分之一，开口大，会造成没有支撑，这样很难成形，成品率会很低。

王炳效当时也有点犹豫，于是他找来技术人员商量，不少人考虑到成品率低，难度大，加上精丽已是天下无人不识君的程度，不差这个单，如果接的话，吃力不讨好，很可能得不偿失，没必要去冒险，主张放弃。

精丽已经是世界最大制铁盒企业，没必要去打响牌子，再付出代价。商人首先想到的应当是利益。王老板考虑了一段时间，断然说：接！打铁也要自身硬，没有金刚钻不揽瓷器活，我们真能接吗？

其实他心里也在打退堂鼓，万一做不好，岂不是坏了精丽的半世英名。事实证明，他的确接了个烫手的山芋。做下来以后，成品率之低是前所未有的。最后，只有用一比一的损耗完成了这个单，总亏损量达到30多万元，有人说他真是不会计算，明知要亏还做。

也正是这个单，将精丽推到了全球最权威设计大奖的领奖台上，又一次捍卫了精丽全球第一马口制盒企业的宝座，也向世人证明了中国制造、东莞制造、石排制造的品质创新实力的精彩。

狭路相逢，勇者胜；商场如战场！王炳效他敢于输，勇于输。他是以退为进啊。他是要将精丽推到烈焰里再淬淬火啊。你说划算不划算，你说值还是不值？

如今精丽又有一个新成员：美琦工厂，一座投资6亿元，智能化程度极高的现代化工厂降生石排赤坎，引人瞩目。加油精丽，愿你的明天更加美好。

有朋自德国来

曾凤莲

三年前，侄子在德国一个古老、美丽的城市Erfurt（爱尔福特）工作交流期间结识了一位德国好友——Andreas。

Andreas是网络工程师，喜欢中国，对中国悠久的历史、灿烂的文化充满了好奇与向往。

安德列斯夫妇

他曾非常不解地问我：为什么中国人脑子里可以装下几万个汉字，不混淆？他认为德语在拉丁语系，算是最难的语言了，中文竟然是世界上最难掌握的语言，对他来说简直是个难解之谜。

　　侄子说我是文学爱好者，喜欢德国文学，是歌德的铁粉。中学时代看《少年维特之烦恼》，喜欢巴赫、贝多芬。Andreas听了，恨不得马上就来一场说走就走的旅行。毕竟是德国人，Andreas从做决定、订计划到踏上中国这片土地，整整用了三个月的时间。

　　2020年疫情之前，Andreas终于踏上了中国这片神往已久的土地。到中国做客，探访对其来说谜一样的大中国。

　　有朋自远方来，不亦乐乎。在Andreas来之前，侄子很紧张，担心我不能跟他交流，早早让我做了功课，劝我温习一遍英语的日常用语。我跟侄子说，德语我不行，但简单的英语日常对话难不倒我，侄子这才放下心来。

　　平时我喜欢听听英语或看看英语字幕的电影。印象里德国人喜欢读书，认真严谨，"德国制造"精工品质世界著名，德国更盛产艺术家和哲学家。巴赫、贝多芬、瓦格纳、歌德、康德、叔本华、尼采、马克思、恩格斯、费尔巴哈，还有海涅、爱因斯坦、俾斯麦、康拉德·阿登纳、维利·勃兰特、约翰·古藤贝格……中国妇孺皆知的童话《灰姑娘》《睡美人》的作者——格林就是德国人。中国土豪最钟情的车"奔驰"和"宝马"，出自德国。

　　初中期间看过德国的哲学家、文学家歌德的《少年维特之烦恼》《歌德谈话录》。年长后，我推崇的是德国的哲学家叔本华、尼采，不止一次向他人推荐过他们的著作。当今卖得最热的周国平哲学作品的重要源头就来自叔本华。

　　Andreas来的时候，正好金秋十月，东莞的天气不冷不热。我崇拜歌德，Andreas介绍自己来自莱茵河畔的德国，让我对他增添了几分亲切感。

　　Andreas，50多岁了，身材高大，微胖，典型的欧洲人外表：红肤金发，高鼻深目。除了德语，Andreas还会英语、法语。Andreas的语感能力挺强。德语与英语虽同属拉丁语系，差别还是挺大的，Andreas英语说得挺流利。

　　Andreas喜欢汉语，他对每个看到的汉字都有着浓烈的兴趣，他喜欢汉语的神秘与深奥。那一笔一画间总蕴藏着什么秘密。他喜欢跟着学说汉语。兴趣是最好的老师，一个多月的时间，Andreas竟然能说上几句简单的汉语了，例如："你好，谢谢！""我吃饱了。""我是德国人！"等等。能说汉语，这让Andreas很兴奋与自豪，在与家人打电话的时候他都要"卖弄"一番，叫家人羡慕不已。

中国人家庭观念强，纽带血脉关系紧密，Andreas还是很认同的。他不喜欢自己国家的孩子过早完全脱离家庭，父子关系像朋友关系，家庭似乎缺失了应有的温情。

他向我介绍说他家祖上一直居住在Erfurt。我上网查了查这个地区，人口1984年统计不过二十来万，比石排常住人口也多不了多少。

不过那里历史悠久，1120年（我国北宋宣和二年）建市。竟然还保留着12至15世纪的教堂和18世纪的宫殿，还有一座皇帝行宫坐落于此，有很好的大学。德国教育是世界有名的，虽然我也曾在小说里看到过描写德国教师极为严苛死板的桥段，令学生心生厌倦。

不能不承认德国教育的成功，全德国总人口不过8000多万，不及广东省的人口，获诺贝尔奖的人数却占了全球的一半，也就是说8000万，与地球上的60亿人获得诺贝尔奖人数等同。按照他订的计划，我们陪他上北京瞻仰故宫，领略世界至今保存良好的中国古代最伟大的宫殿；游南京、西安、杭州，走读中国文化历史名城；往广州、上海感受中国现代化的脉搏。尤其是在珠三角，深圳、广州、东莞、珠海，和世界上最先进的城市相比也不会逊色。

一路上，Andreas不时发出由衷感叹和赞美——Wundetbar Wundetbar！意思是：了不起，了不起！

奇怪的是，德语里"中国"发音竟然如同汉语拼音"XIANA"，像我们发音：希腊。听着还挺美的，我喜欢这发音，发出的音节轻柔、和谐、温情，还有别样的神秘感。

近一个月的中国游历，Andreas盛赞中国古代创造文明令世人敬佩崇敬，对中国古代建筑、丰富的饮食文化大为推崇。感叹中国地域博大，历史悠久，文化深厚，人民聪明智慧勤劳。他一再说中国人民太吃苦耐劳了，工作时间很长。他说他们国家周末和工作日每晚九点半商场就打烊了。

君子以诚会友，以友辅仁。为迎接Andreas到我们家做客，我做了好些准备。中国鲁菜、川菜、粤菜、淮扬菜四大菜系都了解了一番，还选择性地尝试着动手做了一些，比如狮子头、三杯鸭、白切鸡等。

没想到Andreas最喜欢吃饺子。也许中国的饺子在国外最负盛名吧。Andreas

不喜欢中国那么多的高楼大厦。对中国空气、水资源的污染也深感忧虑，不过他说德国以前也是这样，现在治理得好多了，这使我这个悲观者心里升起了些许希望。

Andreas游历中国期间，态度认真，评点理性，有文学爱好者的感性细腻，又有社会学家、历史学家的审慎。他会不时拿出手机拍照，不能拍的就用小本子认真地做记录。德国人的严谨与认真体现在他要求的所有行程里。这也让我这个凡事写意，大而化之的粗人心生惭愧。

日尔曼民族是很优秀的，不然世界上最好的哲学与音乐不可能产自莱茵河。德国人的认真、严谨到了"死板"的地步，在Andreas身上我算是领教了。他随身带两个钱包，大的装身份证、卡之类，大小与寻常的身份证般；另一个小的装钱，很小，约莫成人手指并拢宽度，长不过七八厘米。里面每张钞票都是单独纵横折叠，严格按面额大小分类排序置放。Andreas每次购物，掏出钱包有序准确地将折叠得整整齐齐的纸币一一抽出，展开平整，递与卖主时，他们无不惊异，叹为观止。见我们在侧，会问Andreas是哪个国家的，闻言是德国，有些见闻的人都会说：难怪，德国人是世界上最认真的！听说Andreas是德国人后，他们好像找到了答案，就"见怪不怪"了。

Andreas喜欢跳舞，不过他跳的套路跟石排舞场上时兴的不一样，好在我那点英语基础基本能领会得了他的意思。Andreas教我跳德国舞，他也是要求step by step（按步骤一步一步地来）。有时我急躁想蒙混过关，不愿意亦步亦趋，他总能发现我的意图，便告诫我道：slow、slow（慢下来、慢下来）。

Andreas虽然很认真，但不僵硬，跳舞时非常放松。Andreas喜欢笑，什么时候脸上都带着轻松、愉快的笑容。Andreas注重形象，整洁得体，也许是受他感染，感觉跟他跳舞格外轻松愉快。他懂得学习者心理，老夸我跳得不错，这样我也就更有信心跟他跳了。Andreas跳得挺好，舞场上不少人夸他这个"老外"舞跳得好。

英语口语方面，Andreas对我也帮助很多，只要听出我英语发音不正确，Andreas就会叫停我，一一帮我纠正。Andreas常常让我看着他的嘴形发音，如果我发音发得不正确，他就跟我分析发音的方法，直到令他满意为止，就像一位要求

严格的老师。

Andreas很绅士，什么时候都是女士优先，对女士也很尊重。公德修养程度高，从来没听到过他大声说话。他说话分贝很低，有时近乎耳语，这点，我很受用，最怕高分贝的声音，也许跟我神经衰弱不无关系。

慢慢地我也了解到他对中国人还是有些不好的看法，主要是针对有些中国人的行为素质。比如有的中国人说话大声，不诚实，行为比较粗鄙，生活粗俗不讲究品质，比如开车不守规矩、乱吐口水、扔垃圾。每当看到中国人开车乱并线，Andreas就会多少带点优越感，摇头批评。每当这种时候，侄子会有些不高兴，回敬道："some persons, not all."（一些人是这样，不是所有人如此。）

我心里有些不服气，贩卖非洲黑奴、八国联军侵华有你们德国人，两次世界大战都是德国发动的，屠杀犹太人，这残酷血腥的事都做得出来，而且还是在现代，德国的人性也高贵文明不到哪去。我们国家在唐朝甚至在明朝前期都比你们国家先进文明得多。同时心里又有些怯，当代呢？呵呵。

当然那罪恶年代Andreas还没出生，不能也不应当将罪过算在他头上。每次Andreas批评中国人的时候，我会本能地想着要反驳，不知为什么会这样，难道我骨子里也有极端民族主义的成分，还是我太过狭隘？看来承认不足真不是件容易的事。Andreas没有说错，他说的都是事实，真希望我的同胞能文明点，再文明点。

一次，Andreas 不小心踩进了积水里，他若无其事地走出来得意地说：没关系，我的皮鞋是德国造，言语间充满自豪，甚至有丝得意。这或许是他国家工匠精神带给他的骄傲吧。他走出水洼后，抬起脚让我看那皮鞋，真的是没有任何渗漏的迹象。

我能感觉到他对中国产品质量不是太信任，这就是我们与德国这样的科技发达国家之间存在的差距吧。

Andreas像面诚实的镜子，对照之下，我意识到我们有不少欠文明和不体面的行为。事实上中国古人是非常注重行止礼仪的，忠、孝、诚、信、礼、义、廉、耻曾是我们国民文明的行为规范。我们还有丰富深厚的修身养性的理论知识，甚至不比世界上任何一个国家少。可如今竟然比不上我们的古人，给古人丢脸了，真是愧对古人啊。

通过Andreas这面镜子，我也意识到自己身上的种种粗鄙，更意识到今天我们有的国民真要承认人文素质的有待提高，到了要好好学习别人教养品质的时候了。

2020年年初，中国疫情初期，Andreas得知我们这里要封城，要戴口罩出行。Andreas在第一时间打来电话，安慰我们说一切都会好起来的，询问我们需要多少口罩。我们说国内目前还充足，Andreas还是不放心，寄来了800只口罩、好些巧克力来安慰我们。在那数月里，我们家常常与他在微信里交流，他会不时地聊起在中国的日子是他人生中很重要的一段经历，他将永远不会忘怀。回到德国之后他也常常将自己在中国的经历分享给亲朋好友，希望他们了解中国，甚至像他这般幸运，能到中国游历一番。

Andreas和家人曾真诚地邀请我们去莱茵河畔漫步。我也认真回复他：愿日月与共，世界和平，劫后余生能再相会！即使Andreas与我们相隔万里，身居不同的国度、民族，可是人性的悲悯真诚、善良情义又有着同样的温度和美好。

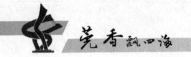

北宁来了中国客人

刘帆

2019年九月二日，越南北宁省，一辆奔驰轿车驶出刚刚开业不久的越南广达实业公司，沿着一号公路，行驶在红河三角洲沱江边，一路向西，天空湛蓝，碧空如洗。

轿车驶出一号公路后，开始在泥土路上颠簸前行。坐在后排的李扬辉总经理，看着外面的风景，浮想联翩。两年前，为了与国际更好地接轨，李总做出了一个决定：企业走出国门，且势在必行。也就是这个决定，让李总带着儿子组成越南考察组，先考察南越，后又考察北越，经充分调研，最后确定在北宁省投资。

坐在驾驶位后排的李总，此刻精神抖擞，他身材高大，乌黑的头发被车窗外的微风吹拂，明亮的眼睛时不时望着外面起伏的丘陵，金黄色的稻浪在田野上荡漾。

这一天是越南社会主义共和国74周年国庆日。

李总的去向，目标是北宁省仙游县北宁社亭榜村。那里，有个李八帝祠堂（都祠堂），在不远处，是中蔡乡，公路连通此间。公路交叉路口，站立着一位姑娘，年方十八，今天，她没有穿广达实业公司的厂服，而是身着越南传统服装白色长衫，裙摆飘逸、轻盈，头上戴着圆锥形竹笠，长发披肩，淡雅的轻柔，随风轻荡。

她焦急地抬眼张望着。

她跟她的阿爸阿妈说了，今天家里有一位尊贵的中国客人要来，此刻，她在公路口望着林市方向，她知道公司的李总一定会从这条公路过来。

250

她的心情十分激动，自从公司选择北宁省投资后，自己从筹备建厂招募人员培训开始，就一直在为这家企业服务。虽然公司才刚开业，但是这家公司的企业文化非常特别，其中一点就是以规章制度形式固化下来，企业的李总有一条不成文的规定，就是每个星期天，公司高层必须去一个越南员工家里拜访。李总身体力行，开业后就率先垂范，第一个去越南员工家访问，没想到的是，这份幸运，首先落在自己的家。

坐在奔驰轿车上的李总，是中国·东莞晟匡塑胶制品有限公司的董事长，晟匡公司坐落在广东省东莞市桥头镇，此行，他就是要落实中国大陆公司一直坚持形成惯例的企业文化之一：每个星期必须去职工家里拜访，而且还要买好吃的菜、肉和鱼，与职工家人一起聚餐，同时，奉上给职工父母每人人民币200元的礼金。通过家访，了解员工的生活状况，尽可能帮扶职工克服困难，消弭工作困扰，形成员工与企业一家亲的良好氛围，增强企业向心力。

李扬辉（左二）与越南员工合影

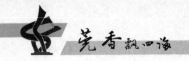

　　第一次要走进越南普通员工的家，李总的心情也是特别的不一样。尽管九月的天气已经趋于清凉，但是李总还是觉得有点热，他感受到轿车在不停地颠簸，像在海浪上起伏，还要多长时间才能到达家访的员工家里？

　　坐在副驾驶位置的翻译，是一位毕业才一年多的优雅的女大学生，姓黎，叫黎一飘。她时不时和司机交谈，然后告诉李总，已经到了某某地方，那里有什么风景名胜和著名企业，但是，乡村公路狭窄，凹凸不平，翻译也没有想到此行的山路这样难行，她担心总经理受不了。她是在河内长大，后来又在胡志明市上大学，毕业后不久就第一次到投资上千万元的公司——广达公司上班，她很珍惜现在的工作机会。

　　"黎小姐，请你问一下司机师傅，能不能稍微快一点？一定要在中午12点前抵达，超过12点上门，是不礼貌的，不要耽误人家的吃饭和休息时间。"

　　"李总，请放心，不会的，我们一定会在11点前到达李春蕾的家里。"

　　"那就好，那请告诉司机师傅不要急，注意安全驾驶。"

　　"好的，谢谢李总关心。"

　　黎小姐是在大城市长大，是一位心地善良淳朴的姑娘。两年前，公司决定在北宁省投资，自己被录用担任翻译工作，与总经理相处比较多，除了佩服总经理过人的管理水平和技术指导外，还有就是感觉总经理的亲和力和他似乎天生的对员工的慈爱。她觉得自己是幸运的，能够在这样的老板手下做事。

　　为什么要挑选吸塑车间的技工李春蕾家作为家访的第一站？这个问题，翻译最清楚。

　　2018年，公司在北宁省奠基后不久，开始招募员工培训。李春蕾当时才16岁多一点，来自乡村的她，与其他员工有一点不一样，就是她好像总是心事重重，脸上愁云密布。虽然如此，但是她的工作无可挑剔。

　　这次家访尚未公布前夕，李春蕾突然希望辞职，翻译当然最先知道这件事，她看到了李春蕾的信，李春蕾说她非常感谢公司和李总，但是，自己希望回去接替阿爸阿妈的劳作，以便帮助弟弟顺利念完高中。翻译了解到李春蕾因为这个原因辞职，觉得非常可惜，因此，她找到李总，及时向李总报告反映情况，希望留住人才。

　　恰好在这个时间段，李总认为，越南工厂即将走上正轨，不管将来盈利与否，公司首先要做的第一件事情，就是公司必须建构越南公司的企业文化，将中国文化带到越南，让企业同人一样，具有亲和力，规定公司高层对员工家庭进行家访，并且形成制度。

　　李总是军人出身，特别强调执行力，总是强调责任和担当。到越南投资，不单单是希望赚钱，他希望中国和越南这两个山水相依的邻邦，能够世代友好，两国的人们能过上富裕且幸福的生活。记得两年前到越南考察，考察组首先参观了越南首都河内孔子学院，让年轻人感悟中华文化的博大精深，特别是中越文化一脉相承，源远流长，不了解越南当地文化与国情，就难以融入越南生活。对于美好生活的向往，已成为两国人们的共同愿望，越南紧随中国之后，1986年开始走革新道路，大批外资企业纷纷到越南投资，李总思虑再三，希望给中越两国人们带去一些实实在在的好处，让他们体验优秀的中华文化。

　　在李总陷入沉思的时候，车上的黎一飘脑海开始闪过一个又一个画面。作为同胞，有机会让公司的企业文化惠及所有员工，自己是非常愉快的。李春蕾在开业之际写辞职信，用的是广达实业公司的信纸，她在信上说，阿爸阿妈年纪已大了，家中还有生病又年迈的爷爷奶奶，弟弟还小，家里十分困难，而且交通不方便，恐怕连学都上不了，她希望利用赚的钱，回去顶替阿爸阿妈，她说公司的李总是个好人，广达实业公司是非常人性化的好企业，自己也不想离开。

　　黎一飘记得八月底在汇报完李春蕾的事情后，受总经理的委托，自己和司机还到李春蕾家了解情况。在她家，黎一飘第一次真正了解到自己的祖国农村是那样落后，比起前年培训时自己到过的中国东莞桥头镇，理论上都是乡村，但是一个天上，一个地下，越南跟中国的差距实在太大了。越南需要中国的投资和文化，胡志明市国家大学的一位导师曾说过。

　　车子继续在艰难前行，似乎越往前走，路越难走。司机小心翼翼地驾驶，但是意想不到的事情还是发生了。因为避让，突然，车子在转向的时候，陷入了路边的一个泥坑。司机急了，试了几次都没脱离险境。

　　这时，一个骑摩托的人搭载一个女子来到车前，摩托车上还有一个男孩。只见两个人跳下摩托车，马上跟摩托车司机说了几句话，三个人立马到路边折树

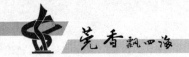

枝，搬石头，垫在车轮前后，然后三个人一同站在车尾推车。经过一番努力后，终于车子在一声大大的轰鸣声中爬出了泥坑。

"李春蕾，是你？"翻译喜不自禁，马上把自己的发现告诉坐在后排的李总。

"李总好！"李春蕾高兴地向李总问好。她用手指着远处的村子说，"我家就在前面不远处，我阿爸阿妈知道总经理要来，特意要我在岔路口迎接你们。"

"这个小朋友是你弟弟？"

"是啊！他看到我很久还没接到中国客人，就主动跑来保护我，他怕我在岔路口不安全。"

"好聪明的孩子！"李总下车，说完就拉着李春蕾弟弟上车。

"小朋友，你为什么这么关心姐姐啊？"李总亲切地问道。

小男孩望着和蔼可亲的李总，缓慢说道："姐姐在家里老是说，广达公司好，同事们好，总经理伯伯更是个好人。我想……你们来了以后，我就有机会继续上学了，求你帮帮我们吧！"

李总眼睛湿润了，多好的孩子啊！

一路说着话，车子突然在一间破旧的、年代相当久远的房子前停了下来。房子周边杂草丛生。这时，一个年长的男人走了出来，后面跟着一个女人，几个人还没进屋，李春蕾就开始向阿爸阿妈介绍起中国客人来。

两位老人看起来年纪不是特别大，但是皮肤黝黑，似乎饱经沧桑。话还没开口，眼泪就流了下来，边哭边说："多好的总经理啊，你那么忙，还惦记着我们的困难，谢谢你呐！总经理，你真的是个好人，好老板！李总仁爱，春蕾跟着你做事，是她的福气啊！"

老人执意要弯腰行礼，看到这里，李总赶快双手扶起老人。李总吩咐翻译将带来的大米、油、肉菜等礼品和礼金分别赠送给李春蕾的爸爸妈妈，看到李总给每个人发近百万元的越南盾礼金，老人有些过意不去，他说："我来自中国，我们是一家人，春蕾啊，你一定要好好在李总的企业做事，300多年了，我们家第一次迎来了亲人中国客人的到访。"

老人说，自己的祖上在中国泉州，明朝时随军来到越南，已经300多年了。老一辈的人曾代代留话，说中国的亲人一定会来越南，没想到，你们终于来了！越南革新道路好啊！

春蕾家不富裕，但是她的阿爸阿妈很快就像过年节一样兴奋起来，他们按照待人的最高礼节欢迎总经理一行。

李总承诺帮助春蕾的弟弟上学。几天后，翻译再次来到了李春蕾的家，她将公司资助她弟弟上学的五百万越南盾郑重地交给了春蕾的阿爸阿妈，同时公司欢迎李春蕾安顿好弟弟上学的事情后回去上班。

很快一年了，虽然2020年新冠肺炎疫情暂时中断了企业文化中的家访制度，但是随着疫情的逐步好转，李总相信九月的阳光无比温暖之后，越南公司的企业文化之"定期家访制度"，可以不久开始恢复。前不久，公司在认真研究后决定设立"广达实业公司助学金"。

这份爱心和资助会让更多的越南孩子，在中国著名企业晟匡公司和越南广达实业公司的资助下，将那些远在山区小村庄的孩子们与北宁省和中国东莞桥头镇紧密联系在一起。

日子变得阳光而温暖。很多越南工人写信说，他们对中国充满了向往。

看到那些越南工人无比暖心的文字，李总脸上的笑容，变得越来越灿烂和喜悦。

跨越太平洋的情谊

陈苑辉

一个是闪耀于珠三角中心城市、粤港澳大湾区城市的明珠,一个是旅游业发展迅速的墨西哥下加利福尼亚州最大的城市,在2020年举世抗疫的世纪大考中,跨越了"两国、一洋、四城",写下了人类命运共同体的壮丽诗篇。

她,是东莞市;她,是墨西哥蒂华纳市。

一个月前,中国东莞医疗专家通过视频连线与墨西哥蒂华纳的同行分享抗疫经验;一个月后,来自东莞的爱心物资历经辗转抵达医疗资源陷入短缺的蒂华纳……

就连新华社都在官微头条以"这个超遥远的地方缺医少药,东莞的援助说到就到!"为题,报道了中国东莞与墨西哥蒂华纳合作抗疫的故事。

这两座有意缔结姐妹关系的中墨城市,在疫情带来的考验中结为"战友",加深合作,增进情谊,它们的故事成为中墨合作抗疫中的浓重一笔。

舒展友好的旗帜

改革开放40年来,中国取得了举世瞩目的进步和成就,大国崛起的梦想正在加速实现,如今的中国比以往任何时候都要强大和自信。更好地向世界说明中国的真实情况,已纳入中国和平发展的基础工程。

中国人不但要会听,还要会说,会交流。正如赵启正所言:"2008年北京奥运会和2010年上海世博会是中国公众与世界公众广泛交流的机会,这两会标志着中国进入了崭新的时代。"

今天,要讲述的是东莞与蒂华纳之间的交往故事。

位于墨西哥西北边境地区的蒂华纳，北邻美国圣迭戈市19千米，西濒太平洋。这座城市有7000多个华侨华人，除美国侨民外，华侨华人是当地第二大外来族群，其中98%来自广东恩平、开平、台山等传统侨乡，20世纪90年代后，又有来自北京、上海、天津、山东、浙江、海南等省市的中国人来此发展，抒写着海外谋生的故事。

为了更好地维护当地侨民和中资企业的合法权益，中国从1985年起在蒂华纳设立了总领馆，成为除美国和危地马拉之外的第三家总领馆。关于蒂华纳与东莞这两座城市的友好往来与达成一致共识，则要以2019年的时光之轴展开。蒂华纳市政府换届之后，新任市长也十分重视对华的友好合作，履新之际即重申与东莞结好的意愿，这标志着两座城市牵手合作的春天到了，今后必将会有更多更好的合作机会，携手并进。

那时，庚子年的春节还未拉下帷幕，天空笼罩在灰色的病毒阴霾之中，抗疫的号角已经吹响了。在党和国家领导人的带领下，无数医生、护士、警察等英雄通力合作、前仆后继，筑起一道道坚固的防护墙，我国的疫情蔓延形势终于得到了有效的控制，迎来胜利的曙光。时值阳春三月，东莞市民积极履行着市委、市政府关于"外防输入、内防反弹"的号召，共克时艰、携手抗疫，为坚决打赢疫情防控和经济社会发展双胜利贡献出自己的一分力量。令人惊喜的是，短短一两个月时间，东莞已经连续28天无本地新增病例，住院患者动态清零，东莞新冠疫情防控工作取得了阶段性胜利，在疫情防控和救治上积累了丰富的经验。

彼时，新冠肺炎疫情在墨西哥正呈蔓延之势，美国加利福尼亚州的严峻疫情直逼墨西哥下加利福尼亚州，东莞市的"准友城"蒂华纳市首当其冲，前所未有的考验很快降临了。每一个生命都是宝贵的，每一次考验都要付出代价，新冠肺炎疫情必将给蒂华纳的应急管理带来巨大的挑战。

就在意图遏止疫情蔓延的关键时期，墨西哥北部四州将目光和双手转向东莞，希望能参考借鉴东莞在疫情防控方面的经验和做法，以便更加有效抗击疫情，狙击病毒。作为一座开放包容、励精图治的城市，东莞有能力也有信心向别的城市伸出援手。一场史无前例的疫情考验，将东莞与蒂华纳城市之间的距离拉得更近了。

自此，中墨两国携手抗疫的故事正式拉开了帷幕，而"东莞经验"已经成为"中国经验"的重要组成部分，走出了国门，传向了广袤的世界。

"东莞经验"飞往太平洋彼岸

北京时间2020年3月28日上午8时30分，沉寂了一段时间的中华大地，终于迎来了生机勃勃、暖阳初升的时刻，而大洋彼岸的蒂华纳比北京时间晚16个小时，时针还定格在前一天下午。

东莞与墨西哥医疗专家举行疫情视频经验交流会

时差阻隔不了两国之间的深情厚谊。应墨西哥方面邀请，东莞与墨西哥北部四州医疗专家疫情视频经验交流会拉开了帷幕，中国驻蒂华纳总领事于波，墨西哥下加利福尼亚州、奇瓦瓦州、索诺拉州、南下加利福尼亚州卫生厅厅长佩雷斯、格拉耶达、克劳森、乔治及各州医疗专家数十人，东莞市委外办主任谢玉华、市卫生健康局局长叶向阳、市卫生健康局副局长张巧利、市新冠肺炎救治专家组组长张平及十余位东莞医疗专家参加了抗疫的视频连线，共同分享中国抗疫的宝贵信息和防控成功经验。

参加本次视频连线的墨西哥四州是我驻蒂华纳总领馆辖区管辖范围，蒂华纳市为下加利福尼亚州的省会城市，跟东莞有"姐妹"之情。在持续近三个小时的视频会议中，市卫生健康局局长叶向阳介绍了东莞抗击疫情的经验和主要措施，墨西哥北部四州卫生官员也分别介绍了当地疫情最新情况。两地专家分别就新冠肺炎的早期防治措施、药物使用情况、流行病学和实验室诊断等具体专业的问题进行了充分交流与探讨，气氛严肃认真，又充满了暖暖的人情味。

跨越万里太平洋和十几个小时时差的视频会议连线中，墨西哥专家提出了关于抗疫的众多棘手问题。对于他们而言，汹涌而来的新冠肺炎是全新的课题，全新的考验。关于疾病的这些疑惑，东莞专家给予了详尽的讲解。例如，阿奇霉素和羟氯喹作用怎么样？是否能提高生存率？对重症肺炎患者使用皮质类固醇有哪些经验？是否确定氧气不饱和是非卧床患者的不良预后因素？不饱和所指比率是多少？对于出现了心脏衰竭的重危病人，使用正性肌肉作用的药物如左西孟旦、多巴酚丁胺或米力农，会起作用吗？……东莞专家们对新冠肺炎的预防、治疗、临床经验、疫情预案，以及东莞抗疫的阶段性成果等做了详细介绍，并耐心细致解答了墨方提出的具体问题，为蒂华纳后面打赢疫情阻击战打下了基础。

经过此次的视频会议，墨西哥各州专家们纷纷表示，足令墨北部四州近1100万民众受益，极大增强了各州早日取得抗疫胜利的信心，他们将借鉴东莞的成功经验，采取有效措施遏制各州疫情蔓延。墨北部四州卫生厅厅长在先后发言中代表各州州长，高度赞赏中国政府为全球公共卫生事业做出的巨大贡献，积极评价墨中抗疫合作，感谢东莞医疗专家们在百忙之中向墨方分享抗疫一线宝贵经验，表示中国政府负责任，中国专家专业素养高，中国经验弥足珍贵，对墨西哥开展新冠肺炎疫情防控工作有重要借鉴意义。

于波总领事事后在发言中谈到，非常感谢东莞市积极开展与墨地方友好合作，向英勇奋战取得重要抗疫成果的东莞市领导及人民致以崇高敬意和诚挚问候，对东莞医疗专家、东莞市委外办和市卫生健康局为此次成功举办视频会议所做努力表示衷心感谢。他说，此次中墨专家视频连线是中墨抗疫合作的新举措，为中墨地方友好合作再次谱写新篇章，相信在双方的共同努力合作下，中墨人民将最终战胜疫情。

蒂华纳，这座号称"离中国最近的拉美城市"，越过万里太平洋，与东莞建立了越来越深的合作关系。

"握手旗"背后的故事

有一张清晰的照片，印证着中墨两国的深情厚谊。只见中墨两国国旗的上边角紧紧连接在一起，仿佛向我们讲述着背后隐藏的故事——这是一张令人感动的中墨两国国旗的"握手"照，形象生动，鼓舞人心。照片的背后，是一箱箱有序叠起的抗疫物资。这是物资运抵之后，中国驻蒂华纳总领事馆拍出的一张照片，

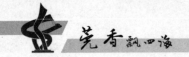

瞬间激起了观看者内心的涟漪。

虽然东莞与蒂华纳举行了视频会议，探讨了抗疫的相关知识，但是"经验介绍"远远不够，大洋彼岸传来物资紧缺的消息，像一只无形的巨手抓着东莞市领导以及市卫生健康局全体同人的心房。尽管蒂华纳出现疫情相对较晚，在3月19日才报告首例确诊病例，视频会议当天，东莞专家就对疫情快速扩散风险提出了担忧，表示希望向友好城市——蒂华纳捐赠一些爱心医疗物资。

果然，没过多久，疫情的快速蔓延势头如东莞专家预测的一样，像一团熊熊的火焰燃烧起来了，谁知会伤及多少无辜的生命？短短一个月后，蒂华纳已经有超过700例确诊病例和100多例死亡病例。蒂华纳城市的疫情无形中牵动着东莞市领导和专家的心。据相关媒体报道，从4月初开始，蒂华纳的出行人员戴着口罩，减少面对面的接触。具有新冠肺炎症状的人员被及时送到了医院急诊室，家属们如同热锅上的蚂蚁。

在全球疫情的恐怖笼罩之下，国际航空的运输受到了严重的影响，如何将爱心物资及时稳妥送至蒂华纳，成了一个棘手的难题。重重考验却并不可怕，办法总比困难多。从4月初起，中墨便搭起了"空中桥梁"，墨方开始多批次向中国派遣包机，运送从中方采购的医疗物资等物品，来自东莞的爱心物资有望搭上这趟"便车"。4月7日晚，墨西哥联邦政府从中国采购的首批防疫医疗物资通过空运运抵墨西哥首都。于是，来自东莞的爱心物资历经辗转抵达医疗资源陷入短缺的蒂华纳，犹如雪中送炭般珍贵。

紧接着，在中墨地方政府和民间社会的通力合作下，4月27日，50000只一次性医用口罩又搭乘着中墨友谊的"空中桥梁"经过转运，跨越"两国、一洋、四城"，最终抵达了蒂华纳这座城市，驰援当地医务人员。一批批物资的供给，在抗疫过程中所起的作用是不言而喻的，犹如一阵阵及时雨落进了蒂华纳人民久旱的心里。

"医护人员直面风险，东莞对蒂华纳卫生领域支持非常重要。"蒂华纳市长路易斯·冈萨雷斯在写给东莞市的感谢信中满是诚恳与谢意。冈萨雷斯还表示将用好这批口罩，改善当地抗疫医务工作者防护设备的不足，提升工作效率，援助需要帮助的弱势群体。而中国驻蒂华纳总领事于波表示，中国东莞对墨西哥蒂华纳的爱心捐赠，体现中墨两国人民情同手足、患难与共的友好情谊再升华，中墨地方落实两国元首重要共识、推进务实合作再深化，中墨团结抗疫、携手共建人类命运共同体的共同意愿再凝聚。

东莞市第九人民医院隔离病房

"医学经验交流，尤其是实践经验交流，对新冠疫情防控十分重要。"蒂华纳所在的下加利福尼亚州卫生厅厅长阿隆索·佩雷斯在接受新华社记者采访时激动地说。他还说，"在过去几个月里，中国医生在新冠疫情预防、病患治疗和恢复以及应对一些特殊情况上积累了丰富的经验，包括针对儿童及孕妇的诊疗、呼吸机的使用和疗程管理等方面，这些都值得墨方学习和研究。"

通过此次联手抗疫，东莞市委书记梁维东表示，东莞重视并积极推动与蒂华纳市缔结姐妹城市。对于蒂华纳市当前的疫情形势，东莞感同身受，十分愿意加强抗疫合作，分享东莞抗疫做法，提供力所能及的帮助，这是落实两国领导人合作共识、践行人类命运共同体理念的具体行动，更是两座城市同舟共济、守望相助的生动展现。

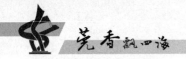

大爱中国情

王爱璋

　　"东莞市和沐慈善基金会：我馆已收到贵会捐赠的一次性防护口罩，数量50万件，此物资将用于疫情防控第一线上。无言感激！特此证明！"2020年8月11日，东莞市和沐慈善基金会收到巴基斯坦驻华使馆商务处的捐赠口罩的接收证明，并应巴基斯坦大使馆巴达尔商务参赞的邀请，于翌日在基金会副理事长曾环国的带领下，一行5人到北京进行会面，受到巴达尔参赞的热烈欢迎。巴达尔代表巴基斯坦大使馆，向和沐慈善基金会的大爱表示衷心感谢。

东莞市和沐慈善基金会的捐赠物资装箱准备出发

　　说起这段"口罩交流"的跨国情谊，还得从和沐慈善基金会创办人之一、副理事长曾环国的慈善情结说起。

　　曾环国是印尼华侨，以归侨身份两次当选为东莞市政协委员。2016年，又当选为东莞市第十六届人大代表。多年的参政议政经历，让他对家国情怀、公民的责任与担当有了更进一步的认识，对公益慈善事业也有了更多的关注与个人想法。

除了经营公司外，曾环国多年来一直兼任虎门镇侨联秘书长、副主席，东莞市台商协会虎门分会秘书长，东莞市科技创新企业协会秘书长，东莞市3D打印产业联盟执行理事长，东莞市虎门新的社会阶层人士联合会副会长兼秘书长等多重身份。说起自己做公益慈善的缘起，曾环国说可以追溯到十多年前。当时他在市台商协会任秘书长期间，台湾慈济会通过东莞台商协会开始了第一个在莞的慈善资助项目，在曾环国的引荐下，这个项目落户他的家乡虎门镇新湾社区。在接下来的十多年里，他从旁观到协助慈善团体做慈善，从施者与受者双方的真诚与感激的眼神里，感受到慈善的力量，慈善的种子便在他心中生根发芽。他给自己定下了"日行一善"，把慈善贯彻到日常生活中，"莫因善小而不为"的目标，于2019年牵头成立"东莞市和沐慈善基金会"，并出任基金会的副理事长。最初，基金会的宗旨是以传播中华传统文化，倡导学经典、读经典，以提高人们的精神文明修养为主，但一场疫情，让他对基金会以后的目标和慈善力量有了更新的认识。

东莞市和沐慈善基金会副理事长曾环国（左二）一行应邀赴京与
巴基斯坦驻华大使馆巴达尔商务参赞（右二）会面

2020年春节假期，一场突如其来的新冠肺炎疫情，掀动了千千万万中国人的心。当传来武汉封城、湖北各医院防疫物资全线告急的消息时，曾环国坐卧不

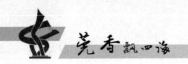

安，总觉得在这个非常时期，基金会必需要做些什么。与基金会主要理事成员一起商量，大家一拍即合。但大家对这样的募捐也是第一次，一点经验都没有，不知从何做起。后来，大家试着分头在网上发布找货源、找受赠方的消息，没想到一呼百应，仅用了5天时间，就完成了从募集资金、找货源到找捐赠对象的流程，筹措了13万只口罩驰援湖北各大医院的战果。此后几个月，基金会又分别向东莞市内一些医院分批多次捐赠了一次性口罩、可重复使用的防护服、消毒液、洗手液等一批批防疫物资。

5天筹措13万只口罩并顺利捐赠到位，是基金会第一次开展较大型的募捐并圆满完成任务。首战告捷后，基金会对慈善捐赠的操作积累了更多经验，为下一步的公益活动迈出了坚实的一步。

当国内疫情渐渐缓解之时，基金会又开始把捐赠的目标转向疫情日益严峻的国外。

2000年3月份，和沐基金会成立了下属企业"广东和沐医疗设备科技有限公司"，开始投产平面口罩、KN95口罩等医疗防护用品。有了自主的充足的货源，曾环国主动联系市侨联，请求帮助推荐海外捐助对象，希望为国际抗疫尽力。市侨联经过甄选，为基金会推荐了马来西亚霹雳州的华人足球总会作为受赠方。2020年5月，基金会把"和沐医疗"出品的20000只口罩成功捐赠与马来西亚霹雳州的华人足球总会。

准备捐赠给巴基斯坦的抗疫物资

时间马不停蹄地来到了6月份，曾环国咨询了朋友，表达了基金会想捐赠200万只口罩给有需要的国家和地区的意向。本来，和沐慈善基金会这次的首要捐赠目标是防疫力量相对薄弱的非洲国家，但朋友介绍说非洲一些国家的领使馆已经接收到国内很多民间团体和企业的捐赠，暂时防疫物资较为充裕，并推荐了马其顿、巴基斯坦的驻京领事馆与基金会对接。基金会向马其顿驻京领事馆表达了要捐赠10万只KN95口罩的意愿。马方领事馆非常高兴，双方已签订了捐赠意向书，但因当时欧洲国际航班已经停运，马方之前接收中方各界捐赠的物资还压在领事馆仓库运不回去，暂时接收不下这批防疫物资，只能遗憾表示暂停接收，并希望等到恢复航运后基金会能继续捐赠。

与此同时，发给巴基斯坦领事馆的捐赠50万只防护口罩的意向书也收到了接受捐赠的回复。为了完成这批防护口罩的生产任务，"和沐医疗"公司加大生产力度，希望早日把口罩送到"巴铁"兄弟的手

东莞市和沐慈善基金会捐赠的口罩

中。和沐基金会成员之一的广东莱竣电子科技有限公司也积极响应，捐助了10万只平面口罩给基金会。6月17日，14.54万只KN95口罩、35.46万只平面口罩带着东莞人民和和沐基金会全体会员的深情厚谊，从东莞市中堂镇装车发往北京巴基斯坦领事馆，然后由领事馆统一发运回国。6月22日，捐赠物资顺利通关，发往巴基斯坦。捐赠顺利完成后，8月12日，和沐慈善基金会一行5人应巴基斯坦驻华大使馆巴达尔商务参赞的邀请，赴京进行会面。巴达尔代表大使馆对和沐慈善基金会为巴方抗击新冠疫情提供物资帮助的义举表示感谢，同时深深感受到中国人民对巴基斯坦人民的深厚情谊。曾环国向巴达尔参赞简单介绍了基金会的情况，同时表示中巴历来就互为友好国家，应该秉承人类命运共同体的理念，互相帮助，共

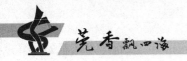

同对抗疫情。如有需要，基金会将愿意继续向巴基斯坦提供相关物资的捐助，为"巴铁"兄弟抗击新冠疫情贡献中国力量。另外，双方还就商贸和投资等相关问题进行商谈，并建立了工作群进行前期的沟通和了解。这不，他们一行刚从北京回来，就立刻接到巴达尔发来的请求，由于一个企业答应捐赠的10000只口罩临时未能到位，希望和沐慈善基金会能帮忙补足缺口。"和沐医疗"公司立刻配合落实生产安排，并快递托运到北京的巴方领事馆。

曾环国多年从事侨联、商贸等工作，有一定的经验。他介绍说，因为涉及与外国人打交道，企业代表的就不止是个人的形象了，所以要慎之又慎。为了使捐赠活动更加正规完善，基金会对每一笔对国际上的捐赠都在东莞市外事局进行备案，并在外事局的指导下严格按照流程进行操作，向受赠方提供捐赠产品的质量合格证、免责声明等文书，以避免因流程不完善而引起不必要的纠纷。

曾环国说，这次对新冠疫情展开的跨国捐赠，对和沐慈善基金会既是一次考验，同时也是很好的锻炼，为基金会以后拓展国际业务和进一步发展积累了很多宝贵经验。现在国际疫情依然严峻，当初立下的捐赠200万只口罩的目标还没有完成，基金会下一步还将继续寻找受赠对象，希望通过这样的"口罩交流"，在展示中国民间团体对国际社会的责任与担当的同时，也能从中不断地发现和拓展商机，为人类的进步做出更大的贡献。

情深义厚

林浩

"Your professional skills are very good，very good. The service attitude of doctors and nurses is also very good in." （你们的专业技术水平很好，非常棒。你们这里的医生护士的服务态度也非常好。）"Our doctors and nurses are very concerned about your health， I hope you'll recover soon!" （我们的医生和护士都非常关心您的健康，希望您早日康复！）这是2020年6月24日，意大利友人安东尼（Anthony）总经理从东莞怡心园医院出院时，与东莞怡心园医院党支部书记兼业务副院长匡亚华的一段对话。

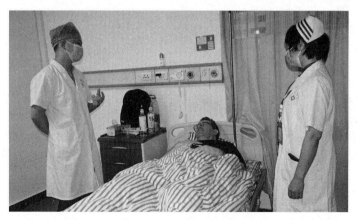

安东尼（中）在东莞怡心园医院病房

2020年6月20日，安东尼由于走路分神，一不小心被路上的石柱给绊倒了，导致右小腿在地面与石头发生了碰撞，伴随而来的是钻心的疼痛、流血不止，以及右小腿因疼痛无法行走。安东尼忍着撕心裂肺的疼痛感，用中文大声呼喊：救

命……救命啊！

安东尼的叫喊声引来了路上的行人，大家纷纷来帮忙。有拨打"120"急救电话的，有拿包给他做枕垫的，有拿雨伞遮阳的……

几分钟后，东莞怡心园医院的"120"急救车鸣笛赶到。车刚稳定，医生护士便跳下车对安东尼进行止血包扎等一系列处理，然后将安东尼抬上了急救车，风驰电掣般赶回医院。

手术室的门随之自动关上，安东尼被抬上了手术台。在局部麻醉下，对安东尼施行小腿皮肤裂伤清创缝合+胫前肌腱部分断裂修复+血管探查术。

在医护紧密配合下，手术历时一个多小时，患者安东尼无特殊不适。随后，安东尼被送返住院部病房；同时予以抗感染、消肿等对症治疗。

"6床呼叫，6床呼叫！"下午六时，护士站呼叫广播突然响起。护士长曾榕榕快步来到安东尼病床前。

"安东尼，你好！我是护士长曾榕榕，请问有什么需要帮助的？"

"现在是晚餐时间，我饿了，麻烦你去大润发旁边麦当劳买一份西餐给我，可以吗？"安东尼问道。

"好的。没有问题。"曾榕榕护士长面带微笑地回答。

"等等，先加我微信，我发红包给你。"安东尼说。

医院距离麦当劳不到200米，曾榕榕护士长大步流星地走着，不一会儿就到了。打好包准备付款时，安东尼的100元红包也到账了，并且说：剩下的零钱不用找，权当你的跑腿费。

"唉，这个安东尼！我怎么会要你的小费呢？"曾榕榕护士长心想。

"小姐，餐费是29.5元，请付款。"收银员催促道。

"哦。我马上付。"

"我转100元给你，扣除餐费后，找零钱给我好吗？"曾榕榕护士问。

"为何要这样？"收银员不解地问。

"我是出来帮人买餐的。他转了100元的红包给我，并说买餐剩下的钱给我当跑腿费，可是我不想收他多给的钱。"

"有钱赚不好吗？"收银员打趣道。

"也不是什么钱都可以赚的。举手之劳的事，何况，他是我的病人，服务好病人本来就是我的工作职责。我想，如果我把剩下的钱从微信还给他，他肯定不会收我的红包，所以才请你帮这个忙的。"

"另外，你把找回的钱放到西餐盒下面压着，病人打开包装袋拿餐时，一眼就会看到，到时他再想给我跑腿费也难了。"

"原来如此！我帮，我帮。"

"不愧是学医的，心真细，考虑问题也周到。"收银员夸道，"请拿好，慢走。"

"谢谢，再见！"

"晚餐到，请慢用！"护士长一路小跑来到安东尼病床前。

"谢谢护士长，你辛苦了！"

"不用谢，应当的。"

安东尼打开包装袋，将西餐盒拿起时，一沓零钱映入眼帘。

"why?"（这是为什么？）

惊讶之余，安东尼再仔细一点，刚好70.5元。这不正是找回买西餐的零钱数吗？

"我明白了，这护士长……"

安东尼脸上顿时绽放出灿烂的笑容。

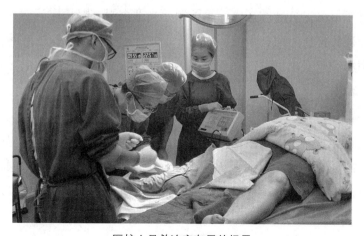

医护人员救治安东尼的场景

269

"6床呼叫，6床呼叫！"零点40分，护士站呼叫广播又响了，责任护士黎恩桐三步并作两步来到安东尼病床前。

"安东尼，你好！我是你的管床护士黎恩桐，请问有什么需要帮助的？"

"不好意思，刚才释放引流袋中的尿液到床下尿盆时，不小心把地上也撒了一些，麻烦你帮忙打扫一下。"

"好的，没有问题。我立即处理好。"黎恩桐爽快地回答。

干完这些活，一身疲惫的黎恩桐护士回到护士站。当她把手伸进口袋拿手机时，顺便也把口袋中的东西给带了出来，拿起来一看，竟然是50元现钞。

黎恩桐护士感到纳闷，这口袋里怎么会无缘无故有50元现金呢？

"噢，想起来了！"黎恩桐一拍脑袋，"这一定是安东尼搞的鬼。"

这钱不能收，得退回去给他。医院定的拒收患者、家属红包的"高压线"不能碰。不然毁的不但是自己的人格，而且也得把医院的声誉搭进去。黎恩桐护士这样一想，马上又返回到安东尼的病房。

"美丽的天使，怎么又来看我了？"安东尼面带微笑地问。

"你这'鬼佬'有这么好看吗？"黎恩桐愠色道。

"瞧你这脸色，谁招你惹你了？"安东尼不解地问。

"言归正传，你这钱呢，我是绝对不能收的，但你的心意我领了。"黎恩桐说完，双手把钱奉上。

对于安东尼这位特殊的病人，医院领导高度重视。院长周清白、行政副院长张先发、护理部主任何萍、住院部主任李小龙等多次到病房探视慰问。每次匡亚华书记去病房看望安东尼时，都是用英语与他进行交流，让安东尼在异国他乡感到更加亲切温暖。

交谈中得知，安东尼在东莞某外资企业任总经理一职，在中国工作生活10年有余，并且还娶了一个广西籍的姑娘为妻，一家人幸福美满。安东尼说，中国是自己的第二故乡，10年的中国生活经历让他深深地爱上了中国，中国是一个伟大的国家，自己就是中意友谊的最好见证人，也愿意为中意友谊贡献自己的微薄之力。

当谈到新冠疫情下，中国对意大利的帮助时，安东尼激动地说："一些西方政府，以及媒体对中国抗疫防疫的诋毁是不公平的，作为一个外国人，作为中国抗疫防疫的见证人，从公正的角度说，防疫抗疫方面中国经验是值得全世界学习的。因为自新冠肺炎疫情暴发以来，中国一直全力以赴抗击疫情，其速度、强度和规模在世界上前所未有。中国能控制住疫情并非偶然，是中国政府提出并实施了一系列有力措施。因此，作为一名意大利人，我衷心地感谢中国政府及人民对我们意大利防疫抗疫的无私帮助……"

在东莞怡心园医院医护人员的精心治疗护理下，安东尼术后恢复良好，右小腿伤口疼痛比之前有明显好转，无下肢麻木，无活动障碍等不适，住院部给他办理了出院手续。出院前，匡亚华书记来病房看望他。

"你好，安东尼。"一见面，两只大手又握在了一起。

"听下面的医生说，你要提前出院，这是为何呢？"匡书记不解地问。

"你是知道的，在公司我怎么也是一个领导，领导吧杂事多，尤其是目前疫情防控特殊时期，防疫工作是绝对不能打折扣的，让我长时间待在医院养病，我怎么放得下心呢？"安东尼解释说。

"说的也是，疫情防控中国实行'一把手'负责制。可以说，中国政府之所以能在短时间内把疫情控制住，离不开政府强有力的领导和全国人民高度自觉的服从及责任意识。比如说，中国政府一声令下，对武汉采取前所未有的'封城'举措，武汉市民就自觉居家隔离，结果是中国人民不但在短时间内就把疫情控制住，而且最终取得了防疫抗疫的伟大胜利。可是就有那么些国家、那么些政客、那么些媒体睁着眼睛说瞎话，说什么'中国病毒''武汉病毒'，极尽诋毁之能事，为自己国家防疫抗疫不力'甩锅'推责……"匡书记滔滔不绝地说着。

"匡，你像个演说家，我心悦诚服！"安东尼夸道，"说心里话，中国政府防疫抗疫的经验值得全世界学习。因为我就是中国防疫抗疫成功的最好见证人。耳听为虚，眼见为实，事实胜于雄辩。我一定会把自己在中国看到的、听到的防疫抗疫故事告诉我意大利的亲人朋友，我也愿意为中意友谊贡献自己的一分力量。"

谈着谈着，手机铃声响起。

匡书记按下接听键："喂，什么事？"

"市、镇卫健局来医院检查防疫工作了。"院办主任温李东在电话中回答。

"好的，我马上回办公室。"匡书记回答说。

"对不起，安东尼。我得马上回办公室迎接上级卫健局来医院检查防疫工作。"

"好的，你去忙吧！"

"祝你早日康复！"匡书记走时，与安东尼的手又一次握在了一起。

半个月后的一天，安东尼再次走进了住院部，来拆线。一见面，他兴奋地对李小龙主任说，他已经痊愈了，对医护人员高超的医疗技术、热情的服务态度、拒收红包，以及无障碍沟通感到很高兴。为了感谢中国医护人员，也为了给中意友谊添砖加瓦，他把自己在中国的就医经历，以及发生在中国东莞抗击新冠疫情的故事，用图片和文字记录了下来，不间断地发给自己国内的媒体朋友，嘱托他们进行真实报道，减少误解。想不到国内主流媒体《晚邮报》《新闻报》《信使报》等都如实进行了报道。

听完安东尼的介绍，大家开心地笑了。

"谢谢你，安东尼。"李小龙主任与安东尼两只大手紧紧握在了一起。爱国不需要理由，需要的是担当。"怡医人"用自己的实际行动印证了"德不近佛者，不可为医"的医者誓言，同时也用实际行动为中意友谊贡献了自己的力量。